钦天监

西西 著

GUANGXI NORMAL UNIVERSITY PRESS
广西师范大学出版社
·桂林·

钦天监
QINTIANJIAN

出 品 人：刘景琳
责任编辑：淡 霞
助理编辑：高晓涛
特约编辑：刘盟赟
责任技编：伍先林
装帧设计：谢 翔

图书在版编目（CIP）数据

钦天监 / 西西著．—桂林：广西师范大学出版社，2021.2（2021.5重印）
ISBN 978-7-5598-3397-6

Ⅰ．①钦… Ⅱ．①西… Ⅲ．①长篇小说—中国—当代 Ⅳ．①I247.5

中国版本图书馆 CIP 数据核字（2020）第 224364 号

广西师范大学出版社出版发行
（广西桂林市五里店路 9 号 邮政编码：541004
网址：http://www.bbtpress.com）
出版人：黄轩庄
全国新华书店经销
北京博海升彩色印刷有限公司印刷
（北京市通州区中关村科技园通州园金桥科技产业基地环宇路 6 号
邮政编码：100076）
开本：889 mm × 1 240 mm 1/32
印张：12.125 字数：240 千字
2021 年 2 月第 1 版 2021 年 5 月第 2 次印刷
定价：59.80 元

目 录

钦天监

1

远古的时候，我国有一座昆仑山。如果从那山上向上走，走到高一倍的高度，就到了凉风山。到了那凉风山上，人就会长生不死。如果从凉风山上再往上走，又走了一倍的高度，就到了悬圃。大概是悬空的花园吧。人就变为人灵了，能够呼风唤雨。要是再往上走，再登上高一倍的高度，就到了天上。天上是大帝的居所，能够登天的，就是神灵了。

我的父亲是一个读书人，书读多了，就喜欢讲故事给我听，讲的故事也不知真假。他讲完故事，倒会由得我发问。于是我就问：

那现在我们能不能上天呢？

不能。

为什么不能？

因为有一个皇帝，叫他的臣子把天地之间的通道断绝了。

真可惜，天上的悬空花园一定很好玩。

我父亲没有告诉我为什么有一个皇帝要叫臣子把天地之间的通道断绝了；我也没有问用了什么方法才断绝的，更加没有问昆仑山现在怎样了，又在哪里。我好想说，我们要怎样才能知道天上的消息，明白天上又是怎样的呢？

只能靠通灵的人了。

谁是通灵的人呢？

神巫是通灵的人。女的叫巫，男的叫觋。

古古怪怪的吧。

不是给你讲过有两个人，把天地之间的通道断绝了？那两个人，就是神巫，一个叫黎，一个叫重。他们住在大荒之中的一座山上。

又有一座山，不是昆仑山了？

这山不是昆仑山，是灵山，住着一群神巫。他们的右手操控了青蛇，左手操控了赤蛇，能在灵山上升降。最著名的神巫共有十四位，首领叫巫咸。另外一个神巫更有名，因为她是女巫，名叫羲和，曾经生下十个太阳。

十个太阳，是不是后来给后羿射了下来？

是的。喔，另一个故事，我也该讲一讲。你先背诵《诗经》里《大雅·灵台》的第一章给我听听，就是今天早上我教你的那一首。

好的。

> 经始灵台，经之营之。
>
> 庶民攻之，不日成之。

这是说，古代的一个诸侯，要建一座高台，用来观天。消息在当地悄悄传开后，引得大批庶民前来参加筑台。没多久，高台就建成了，称为“灵台”。

为什么要建一座灵台呢？因为在高高的台上面，天象会观看得更清楚。为什么要观看天象？因为观看天象，才明了天意。据说人世上的一切都由上天主宰，谁成为帝王，谁只是庶民，都由上天做主。明白了天意，也就明白了谁统治、谁受统治。上天会当这个统治的人是自己的儿子，这个人就叫天子。天子的文告，起首不是说“奉天承运”吗？但天象是要某些独特的人去解释的，这些人不是普通人，而是能够通灵的巫师。通灵的人就是上天和人间的中介，由他们解释天意才算合法。君王然后公布天下。庶民于是明白，于是相信。所以，通灵的巫师都受帝王礼待、重用，建立高台让他们观天，再传达上天的旨意。上天永远是公正严明的智者，把天下交托给有德的人。败德者即使获得了上天的眷顾，暂时拥有天下，最终仍会遭上天遗弃，把天下转交另外有德行的人。

可历来的帝王不全是好的，是上天也会犯错吗？我不敢问父亲，因为上天的意旨并不容许猜度。我自己就经常犯错，我错了改过，父亲就说善莫大焉。父亲说，诗中记述的是远古的商代，商纣王是个暴君，遭百姓唾骂诅咒，百姓要跟他同归于尽。那个时代，国家只是部落的组合，各有领主。纣王其实只是盟主，因为暴虐，不听劝告，不少部落的领主想推翻他，更有的想夺取王权。其中一个姬姓领主在周原这个地方筑建灵台，观看天象。一直以来，所有土地，都属于王土，天空也不例外，只有天子才能够筑建灵台，其他领主不可以观天象，不可以拥有灵台，更不要说庶民了。然而，姬姓领主竟在自己的地方筑起一座灵台，又让群众参加建造，建成了，又有通天的人上台观天文。这是僭建，真是司马昭之心，路人不用观天，都知道了。观天的结果，果然就是：上天指示，要驱除无德暴君，拥立有道的新君。有道的新君，就是他了。

啊，我于是想，上天原来也知错能改。

父亲教我读书的时候总告诉我许多故事。父亲和我都喜欢在夜晚观看天上的星斗。父亲要我注意灵台的“靈”字，顶头是云雨的雨，中间有三个口，下面呢，就是巫，是仰头看天的女巫。所以，灵台就是巫台。那年我九岁。

2

父亲一直喜欢观星。每当星空清朗，父亲就带我到户外院子纳凉，抬头望天，迟迟不睡。众星在头顶不远处闪耀，发出银光，忽暗忽明。有时，父亲和我还攀上屋顶，卧在瓦上，那时众星似乎又亲近了许多，仿佛可以伸手相握了。我父亲认识很多星，能够一一称呼它们的名字，辨认它们的位置，如同熟悉的朋友。而我，只见夜空上有一道银河，千百星星泳于河中，闪烁着眼睛，好像有许多话要说，但欲言又止。父亲能把星星或一颗，或一群，辨认得清清楚楚。父亲是古史中的神巫吗？他说不是，说神巫什么的，他才不屑哩，最多勉强列入最低级别的畴人。什么是畴人，我也没有追问，当时被一颗飞星吸引。

有一奇星忽然横过夜空，非常明亮，倏忽隐没，煞是神异。我父亲即说，那是一颗飞星，见首不见尾，若是见尾，则是便星；若是星尾如扫帚，即是长星。我随父亲看星多年，见过各种会飞的星，又见过特别明亮的星，因此也算是同龄中的知星人吧。星斗满天，我认得太白星、客星等。客星很有趣，在天空上忽然来了忽然又不见了，像自由行客。我家不时也有长辈来客，偶然问我星星的事，我也能略说一二。一二罢了。有一日，父亲嘱我画一星图，让他指正。这成为我除读四书、习字、绘画之外的日课。每日午后，我在小书房内的案桌上展开一幅宣纸，两侧以镇尺压实，就用小号毛笔绘画。画的都是我所知道的天上星辰，不是画出星光就算，而是要画出星名、含义。原来星空的世界如同人间世界，既有帝王将相，也有河船桥路。天上的星就是地上的人，一颗星是一人，或一物。一般人的星不为人所见，因为太卑微了，大家视而不见，只有帝王将相的星象，才特别光亮，例如皇帝，乃是紫微星，那星恒久发光发热，若是暗晦起来，必定大事不妙。

父亲教我看星，说古人把天上的星宿划分为三大区，那是三垣：紫微垣、太微垣、天市垣。垣，就是城墙。再加上四象：东方苍龙、北方玄武、西方白虎、南方朱雀，四方又各领七星，合共二十八宿。我画的星图就从紫微开始，这是皇帝的居所。地上的皇帝住在紫禁城内，天上的皇帝住在紫微垣内。我先画垣。这垣是左右各一，左方一幅名紫微左垣，右方一幅则为紫微右垣。两垣并不相连。我所画的天垣，一左一右，犹如两片豆荚，微微弯曲，面对面，距离不太远，中空无物。两片豆荚，既不相连就有裂口，一南一北，犹如门口。南方门口有些星，父亲说那星名天床，我就在那处画了一张床，并在旁侧写下“天床”二字。至于北面的门口，父亲说有两组星，一是罗伞，一是杆。我即画了一把大伞、一杆伞柄，并写下“罗伞”和“杆”在旁。那日的星图就完成了。父亲说，我画的只是简单的图像，便于认识星象，正确的星图除了图像，还得把星的数目一颗一颗画出来，大小光暗，也得点明，可用朱砂点染。如今画得简单，只需我认星的名称、位置、象形。每日不需多绘，但必须辨识和牢记。

第一日，我虽只画了两垣和三件事物，但我记住了，两垣是两幅南北走向的墙，墙里是天上皇帝的紫微宫。

3

我的小书房其实算不得书房，而是大厅堂里的小角落。这地方，我觉得很有趣，大概是父亲特别建造的厅堂，和别的厅堂并不相连。它是一座两面厅，看来是房屋，有四面墙，可是有边门。也就是南面有一扇门，北面又有一扇门。如果从这扇门进去，可以从另外一扇门出来。如果从那一边的门进入，也可以从这边的门出来。就像父亲说的什么八阵图似的。也不知道父亲是怎么想出来的。娘亲说，有什么奇怪的，江南的园林，譬如拙政园里的远香堂，就有四面厅哩。

我家的两面厅，也在园子里。这个房子里面有一道隔扇，是一列板门合成的，板块的底下是木板，上层是纱绣，罩在棂格子的木架外面，虽是板槅，却有透孔，因为花绣和棂条很密，看不清楚隔邻有什么人，只听得见声响。父亲有很多朋友，常常有书友到家来喝茶，看书看画，都坐在朝南那面的厅堂里，而我则在另一边的后房写字，或者，到娘亲的堂屋里嬉耍。平日，我也在两面厅的后厅读书，那里有许多书架，摆满了书。我也可以自己拿书看。我六岁时读过《三字经》《小学集解》《幼学琼林》，八岁开始读四书、《孝经》，尽管许多地方并不明白。我不明白的地方还有许多哩。此外，每天都要习字，爷爷收集了许多字帖，父亲要我同时留神那些名家的字帖，像看书那样，不过像看图画。我最喜欢张旭龙飞凤舞的草书，老实说，我其实也看不明白，我看着那些线条游走，就像天上翻卷的浮云。但父亲要我临楷书，是褚遂良的，或者欧阳询的，一笔一画，要整齐中正，还得心平气和。父亲说，欧阳询的样子很丑，他的书法却很美；我们再也看不到他的样子了，却仍然可以看到他的书法。

我的父母本来住在江宁的鸡鸣山，鸡鸣山又叫鸡笼山。父亲在鸡鸣山的观星台做事，他说都是闲工夫，好处是可以多读喜欢的书。当年他还是个小伙子。我想，那地方的清晨，一定听得到鸡啼，此起彼落，催父亲上班。父亲告诉我，元代在大都建立司天台，大都城址就位于今天的北京。司天台由王恂和郭守敬带领，这个郭守敬可是大大有名，他制作了浑仪、简仪、圭表、浑象等观测天象的仪器。那他就是通灵的神巫吗？父亲大力地摇头，只是说神巫不用观测的仪器。

明初，司天台被战火破坏了，观测仪器全部运往江宁的鸡鸣山观星台。明成祖迁都北京，但天文仪器仍然留在南京，继续观测天文。在北京另外设立“行在钦天监”，只能依靠肉眼观测。这，父亲忽然说，就是神巫的做法了。当年的南京现在叫江宁。后来北京终于仿制了南京的观测仪器。南京的观星台作用于是大不如前，在那里供职的人差不多就像旧仪器，可说投闲弃置。钦天监本来是官名，以前叫司天监，掌管观察天文、推算历书、授时等工作，也泛称政府掌管天文、研究历法的部门。

父亲说了一件他牢牢记着的事，原来元代时郭守敬建造的观测仪器，到了明代，由于没有留下好好的说明，加上明太祖下旨不许民间私自学习天文，于是逐渐再没有人懂得运用，后来甚至有些仪器倒置了也不知晓，直到有一位西洋传教士到来，重新调教好，才可以使用。那个西洋人，名叫汤若望。

父亲觉得这方面要学的还有许多许多，改朝换代了，南京改称江宁，于是和几位朋友从山上下来，迁来北京，北京的天象台听说来了一些西洋人。那时他们还是小伙子，满以为可以到天象台找到工作，但没有。父亲索性不再出外工作，之前变卖了爷爷留下的一些瘦田，家族的书坊解散后也分得微薄的股份，还有外祖父曾留给母亲很体面的嫁妆，将就一点，也就不需怎样工作了。他说反正没有门路，又不愿意考科举，因为从明到清，考的是八股文。八股文想来不会是好东西，它的内容和形式都有严格的限制，还规定字数。他不考，也不要我考。

我在北京出生，在家说的是南京话。当年明成祖迁都，大批汉人随着从南京移居到北京来，也带来了南京话。清朝初期因大量使用汉员，许多事物满人又前所未闻，所以南京话仍然通行。到了今上康熙皇帝时代，北京官话才逐渐流行起来。我自小父亲也教我北京话。所以北京话我也会说，不过和家人、朋友一起时，我们仍然说南京话。

我曾问父亲，会回到鸡鸣山，看看故居吗？我知道鸡鸣山，早年是很有名的，那里有一座鸡鸣古寺，山南有国子监。国子监的建筑宏伟，学员众多，一度收生接近一万人。特别的地方是，也接收外国的留学生，例如来自日本、高丽、暹罗的。父亲曾在国子监读书，但想到官场黑暗，说不宜漏夜赶科场，而兴趣又在天文，所以后来转到观星台去。

鸡鸣山的山麓曾经有许多文人雅士聚居。祖父的一位胡姓好友，在前朝最后一年，刊刻了有名的《十竹斋笺谱》，很受欢迎，采用了前所未有的饾版、拱花等技术。我问父亲什么是饾版、拱花。他解释：饾版是印刻时把一幅彩色的画，每一种颜色，分别逐一雕刻版子，然后套合起来刻印；每种颜色，丝毫不能套偏，图画复杂的话，可能会用到几十块版子。这种分色刻版，真是杂凑“饾饤”的工夫，所以称为“饾版”。拱花是把凹凸的硬板嵌合，令纸面局部拱起，产生浮雕的效果。父亲还留下了一套爷爷的《十竹斋笺谱》，他欣赏那种用心、准确的技术，技术到了这地步，就是艺术。胡氏两代跟容儿一家也是好友，两家人同样是医大夫。

我想鸡鸣山一定很好看，是一座灵山。

有什么好看的，都没有了。

不是可以看星吗？

哪里看星不是一样的？反而是星看人，到底不同。

当我问他以前的事，他瞪着我，忽然严肃起来，也没答话，变成了另一个父亲了。因此我知道，有些东西是不能问的，又或者问得不对时候。他的几个老友也没有在钦天监找到工作，一位叔叔转做茶商，接浙江来的茶叶做小买卖；另一位，他最要好的，容儿的父亲，做了老本行，开了间药店。

好好读书，父亲想了好一会儿说。

我读书的书桌就是后厅中其中一张，另一张则是我画画用，桌上摊开我正在画的星图，每天画几个星象在纸上。我已经画了天床和华盖，后来画了五帝和五帝内座。内座就是座椅，五帝可不是五个皇帝，而是五颗星。原来，五帝内座这个星象，或叫星官，是由五颗星合成的，每一颗星是一个座位。皇帝一年五季要轮番坐遍每一个座位，春季坐春位，夏季坐夏位，之后是季夏、秋、冬等。

什么是季夏？为什么一年变了五季？容儿问。

我怎么知道呀？

4

我画另外两颗星时最高兴，因为我对北斗星最熟悉，纳凉的时候，我很快就看到它们，一共是七颗星，像个斗的模样，还有一个手柄。斗是四颗星，柄是三颗。斗的口面对皇帝星，原来，北斗星是皇帝的车子，难怪它停在紫微右垣的外面，天床下面的位置，皇帝从天床那里出来就可以坐北斗车出巡了。至于那天画的另一个星叫勾陈，我又不明白是什么事物了，也画不出来，只好画了一圈大黑墨。父亲看着笑了，却说，记着这颗全天空最亮的星，名叫勾陈一，不会走到别的地方去，也永远那么亮。

轮到交通工具了，因为皇帝天天要出巡，又要到皇宫去办事。皇帝的车子，共有三辆，一辆是位于垣南的北斗，另有两辆，位于垣北，都由四匹千里马驾驰，而且御夫是最能干的王良和造父，马车疾驰时，如同飞行。有时，皇帝出外不乘车，乘船，因为天上有天河。船都泊在北方，一艘名天船，位于紫微右垣的北门外。另一船远些，在紫微左垣外，泊在渡口，那泊船的岸边叫天津。马车附近，有一座马棚，名叫天厩，是皇帝的马厩。

我总是一面画，一面听父亲和他的书友说话，平日谈的都是些诗文。说说笑笑，喝喝茶。不过，有时声音压得很低，有时又说得很大声，把我吓一跳。不过，近日说的竟是什么西洋人、教堂和监牢。娘亲来看过我画的图，说我画得不错。她告诉我，图中还应该有不少事物，但我年纪还小，将来再画上去好了。我问还有什么呀。她说，譬如那两垣，右垣内躲着七个人呢，左垣内则有八人，就像打开豆荚见到荚内的豆颗。当然，垣内的每一个人就是每一颗星，他们都是皇帝四周的官员。那我明白了，天床、华盖、天柱也是一些星合起来的模样，不过，我要把星和星之间的线连起来才行。母亲说，是嘛，并不是人人都能想得出那些线哩。

画北斗星的时候，我以为已经把紫微垣画好了，因为北斗已是在紫微左垣和紫微垣的城墙外。不过，墙外除了北斗，还有很多星。一连几天，我就画那些围着紫微垣内的一些星。先是画厨房。皇帝、皇后和太子都要吃饭，厨房应该在垣墙内才是。可是紫垣内实在太挤了，厨房不得不搬到城外。厨房一共有两个，一个是内厨，就在北斗的斗口上面，这是为后宫而设的厨房；另外一个叫天厨，专供食物给皇帝，并且宴会文武百官。

我的紫微垣画完，父亲看过后说，不要忘记还有两处，就是天上的监狱；于是画了座天牢，它位于北斗的底下，父亲说，这一座是关困贵族高官的大牢。另一座囚困的是一般平民，位于紫微左垣之下西方的地方。几颗星图织成一个罗网的样子，名叫贯索。我终于把紫微垣画好了。娘亲说，天上三垣，我不过只画了一垣，还有两个呢。

难不难画？容儿问。

容儿比我小一岁，随他父亲到来，大人聊天，他就走到我的书房，看我的绘画。我说一半一半。画床、座位、船都不难，画车和马难些，画人很难。画北斗最容易，最难画的是勾陈和贯索，只能写字算数。在小弟面前，我好像很有学问似的。

5

每天下午，我都在双面厅的后厅画星宿，画完了紫微垣，还有两个垣，一个叫太微垣，同样是由两道墙包围起来。左边的是太微左垣，右边的是太微右垣，里面有很多人，都是皇帝的官员。皇帝每天要到这里来听政，所以这里也有一张五帝座。人很难画，因为样貌和衣服都不一样，我只好写下他们的官名，即三公、九卿和五诸侯。有三件事物我觉得很特别，它们都在墙外，一个叫灵台，是座高台，灵台我知道是看星宿的台，在太微右垣外。它的旁边是一座明堂，恰在左、右两垣南面的门口。明堂是祭祀、庆典用的。太微左垣北面的门外，有一个周代的鼎，这鼎也够神奇，是历代皇帝都要抢夺的宝贝，好像抢得了，就抢得了天下。整个太微垣位于北斗星底下。

第三个垣叫天市垣，这是老百姓住的地方了。不过，皇帝又有一张帝座在垣里，他来看看百姓过得怎样，听听百姓的想法，最重要的是不能有百姓生事。天市垣又是由左垣和右垣包围起来，特别的事物不多，我画了几层楼高的市楼和一辆叫车肆的木头车，都画在两垣的南门口。整个天市垣就在贯索底下的位置。我站起来看看三个垣，像什么呢？

一个“品”字，容儿说了。

画天市垣的时候，说实话，我不很专心，因为前厅有很多人交谈，说话的声音时大时小。他们说，京城里的确多了很多西洋人，高大，头发都剪得很短，不梳辫子，却卷起来。他们又长胡子，眼睛有的黄色，有的蓝色，像猫子。有人见过他们跳到河里游泳，半身赤条条上岸，全身都是毛，像猴子。又有一个说，西洋人在朝廷里当官啦，从外国带来不少珍奇玩意儿，讨得皇太后、皇帝和许多官员的欢心。又有一个说，西洋人并不简单，他们有许多本领，会做数学，会观星象，会计算日食月食，懂历法，都是有用的知识。又有人说，西洋人来我国传教，教我们信耶稣，不要拜邪魔，不要娶妾。他们不是在王府街那边建了西洋教堂，花园里有大幅的图画？我们都该去看看，听说观众人山人海。

一次我正独个儿在双面厅里画星图，忽然整个厅堂都摇动起来，我坐也坐不稳，不知为何好像被人一推，推到墙上，再跌倒在地上，四周哗啦哗啦响个不停。我坐在墙脚，看见厅内的花瓶都掉在地上，裂开，遍地碎片。这时，娘亲和福伯赶来，把我扶起，带我离开。我见到我画的星图还在案上，就拍掉纸上的沙石，匆匆卷起带走。不久，父亲也回家了，说外面有很多房子倒塌，很多人受伤，甚至死亡。原来那是地震。我们都吓坏了，我只想着容儿一家可好。福伯说，上天发怒，不久就有大灾难啰。父亲听了，摇摇头，沉吟说：应该有预兆，为什么没有？

我家幸好损失不大，打破了不少瓷器花瓶，书架上的书只是散落地上，封面花斑斑，内页仍完好。地震后好一阵子，我没有再画星图。双面厅要修理整顿，也没有书友来访。那段时日，我们也没有看星。我也没有做特别的事，仍学《论语》、《大学》和《中庸》。但若干年前一次地震，连续三天，令许多人家破人亡，连王府街的天主堂也倒塌了，那次地震却挽救了一个人，一个特别的西洋人，是钦天监监正汤若望。

康熙七年六月十七日戌刻（约公元1668年7月25日20时），地大震。余适客稷下，方与表兄李笃之对烛饮。忽闻有声如雷，自东南来，向西北去。众骇异，不解其故。俄而几案摆簸，酒杯倾覆；屋梁椽柱，错折有声。相顾失色。久之，方知地震，各疾趋出。见楼阁房舍，仆而复起；墙倾屋塌之声，与儿啼女号，喧如鼎沸。

人眩晕不能立，坐地上，随地转侧。河水倾泼丈余，鸡鸣犬吠满城中。逾一时许，始稍定。视街上，则男女裸聚，竞相告语，并忘其未衣也。后闻某处井倾仄，不可汲；某家楼台南北易向；栖霞山裂；沂水陷穴，广数亩。此真非常之奇变也。

——**蒲松龄**（1640—1715）:**《聊斋志异·地震》**

康熙十八年七月二十八日巳时地震，京城倒房一万二千七百九十三间，坏房一万八千二十八间，死人民四百八十五名。

——**刘献廷**（1648—1695）:**《广阳杂记·卷一》**

6

后来，一切又恢复早前的样子，双面厅修理整齐，父亲的三四个书友又来了，容儿没随叔叔来，他要在家帮忙收拾，因为许多药瓶碎了，药材一地都是。容儿自幼就学会辨认药物，还懂得看一些经脉。不过大家仿佛经过那么一震，心神似乎不再和以前一样了，少了欢乐、和洽的声音，有时唉声叹气，有时却争论起来，其中竟有一位叔叔大力拍打桌面，指责西洋人非我族类。另一位叔叔则说，满人又是我族类吗？父亲连忙要大家压低声音：啊啊，这话说不得。父亲说，有两样东西，不同意见的人，最好不要讨论，因为立场不易改变，一是政治，二是信仰。果然，这两位叔叔从此再不肯同场出现。

我的星图只画了三垣，纸上有些地方被尘土染黑了，有些地方还穿了洞孔，我知道星图是三垣四象二十八宿，那是开始时父亲提起的，竟不得不半途而废。父亲忽然说，这样好了，可以画天上的三个战场。于是我在一幅全新的宣纸上再次画星图。原来，天上的世界即是地上的世界。地上有皇帝和皇宫，天上也有。地上有许多官员和衙门，天上也有。宫廷之外，地上都是老百姓和市街，天上也有。

人间不停地打仗，战火漫延到天上，天上也分为北方、西方和南方三个战区，三处都跟中原接邻，可不是和睦相处。北方玄武是北夷，这是北方战场；南方朱雀是南蛮，这是南方战场；西方呢，则是白虎，这是西方战场。父亲说自古以来，这三方的夷族总是侵扰我们，天上看到了。

东方呢？

东方是中原，太平安静，没有战争。

夷族来侵，如何保卫东方？于是，在天垒城十三星之南，中原建了一个垒壁阵，后面满布羽林军。羽林军护卫皇帝，必要时也得加入作战。北方御敌有一座大军营，大斗口是颗极亮的星，就是著名的北落师门，秋天星空中最亮的一颗星。打仗需要军器军粮，要花许多钱，北落师门附近早已设立天钱十星，是为军库藏。至于垒壁西，另有十二名诸侯组成的阵线，共十六星，代表齐、楚、燕、韩、魏、赵、秦等国。周天子本来是统帅的首领，但星光渐暗，终于沦为诸侯之一。

北方战场的北落师门也有补充力量，包括狗国和牛宿北部的左旗、河鼓、右旗、天桴等星官。河鼓是军鼓，天桴是鼓槌，左旗右旗则是军旗，指挥作战，没有它们是无法调动军队行动的。在这些军官中，有一颗星我们很熟悉，它是河鼓二，就是银河边的牛郎星。

哦，牛郎和织女的牛郎星？容儿问。

是的，牛郎星其实也叫“大将军”。

迢迢牵牛星，皎皎河汉女。

第二个战场是西方战场，称西方战场不怎么正确，因为中原的正西部有青藏高原，可作屏障，真正的外患甚少，来自西方的敌人其实是位于西北方的夷狄，因此应该把那里称为“西北战场”。军营入口在南门，一旦发生军事，天帝会发兵，经阁道、附路，进入军南门，会合当地守将。南门内有十一颗星组成的“天大将军”。

星空中有一条天街的星官，是华夏和夷狄的分界，街的北面，是夷狄杂居，南面则属于华夏。在天街北面，有五车星官，这是华夏的重武器，已经攻入夷狄的地界。在天街边上，还有我们华夏的天关。至于天街的南面，还有许多相关事物，都是军用配备，还有玉井，是个捕捉野兽的陷阱，因为旁边饲养了牲畜，还有军井。野战部队用的露天厕所，由四颗星组成一个茅坑，坑前设有屏风遮挡，当然，可以想象，气味是挡不了的。要是能够画出气味就好了。

第三个战场是南方战场，这个战场是小战场，相比之下，前两个战场是强悍的外患，南边只是少数南蛮而已。守军有十星组成的库楼，统帅为骑阵将军，率领一众骑官、从官和车骑等副将和积卒……

父亲见我精神涣散，明知我对打仗没有兴趣，说：天上真会打仗吗？我想，谁会喜欢打仗呢？除了疯子。出于自卫，守护家园，那是没有法子的事；如果是侵略人家，那实在不对。

我开始画天上的战场，当然，我仍旧只画星的图像，不画星官的数目。父亲说，以我这样的年纪，画星官的图画就可以了，暂时也这样理解吧。有些星官的星到底有多少颗，我也数不清楚。我能够画出数目的星官只有北斗星一个，共七颗，四颗是斗，三颗是柄，名字我也记得，由右至左，忽高忽低，是天枢、天璇、天玑、天权、玉衡、开阳、摇光。春天开始，这时北斗在东方，天帝从东方开始巡视。

我看过诸葛亮和北斗星的故事。容儿说。

那你告诉我吧。

诸葛亮会看星象，看见大星陨落，就知道有大人物死亡，例如刘表、关云长、周瑜。这一次他病了，病得很重，看看天空，很不好，看见自己危在旦夕。

那怎么办？

姜维提议祈祭消灾。就在帐中设置祭品，点燃明灯，对北斗星祈福。只要七天之内，明灯不灭，就可以延寿十二年。十二年，不是十一年，也不是十三年。诸葛亮吩咐姜维在帐中守护。

诸葛亮真神妙。

到了第六夜，帐外忽然一片喧哗，姜维正要出外查问，谁知一位将军冲进来报告军情，扑熄了灯。诸葛亮长叹一声，知道没得救了。

不问苍生问鬼神。《三国演义》的故事？

是的，病了还是看医生才好，一个医不好，多看几个嘛。

7

最初的时候，是娘亲教我认字。她给我一本书。打开书，只见这边有一幅大大的图画，画的是一个人，或者一只手；那边的一页是一个字，是“人”字，或“手”字，字也是大大的，比父亲写的字大许多。有时候，图画是一幅，但字却有两个，不过，大多数只是一个。这样的书，不很厚，很快就读完了，而且，整本书，我都会背。读完那本书，我说，读完一本书了。父亲就笑，这哪算是一本书，不过是认认字的本儿。但我觉得那是一本书，空闲的时候，我还会背一遍，那些字就一个一个从我嘴边跑出来，那些图画也从我脑中飞出去。人手足刀尺，山水田，狗牛羊，一身二手，大山小石；几桌椅，碗桶盆……娘亲听了也笑，说我是傻小子。但我觉得不错，认字使我认识了许多事物，让我知道文字和事物的联系，让我听到文字的声音。从图画中，我又看到文字和实物多么相像，“羊”字长着两只角，“狗”字有一个嘴，“山”就高高低低，而“田”就四四方方，中间有横的和直的小路。

有图画的书，也真的就是认字的书，我只念了一本。之后，由父亲教我读书了。他告诉我，像图画的文字，是象形文字，这些文字逐渐少了。文字像图画，很好，但抽象的想法，图画画不出来，怎么好呢？所以我们要把文字释放出来，让我们可以想象，可以表达更多的东西，还有就是，吸收外人传来的新事物、新想法，我们的文字、语言才能够一直活下去。

如今我们的文字，最多的是形声字，那是形状和声音的配合，他说。一半是形，逐渐化简，有的留在侧边，或者悬在头顶、放到足下；另一半是声，是读音相同或者相近的字。例如“河”“睡”就是了。因此，如果我们执笔忘字，父亲教我，不妨想想，那个字是属于什么范畴的，相近读音的字又有哪些，就可能把字写出来。

这次，父亲教我读的书没有图画了，而文字却是三个字、三个字排成队，一行行，非常整齐。这本书，虽然没有图画，我也很喜欢，因为读起来，像唱歌，三个字三个字一起读非常顺口，读几次就会背。容易背的书是很可敬可亲的老师，因为父亲教我的书是每一句、每一篇、每一个字都要背熟的。有些书很深，字数并不整齐，声音又古古怪怪，要记熟很难，读来读去记不住。记不住可糟了，不准吃饭，连娘亲也救我不得。所以，那本叫作《三字经》的书我很喜欢，它就是这样：人之初，性本善，性相近，习相远。你看，三个字一句，四句一组，而且押韵，是不是朗朗上口？读这本书，一个人朗声读很畅快，如果和别人一起读就更有趣，我就是属于更高兴的一类，因为我是和容儿一起读书的，有时你一句，我一句。

容儿读：三才者，天地人。

我读：三光者，日月星。

8

谁是容儿？他是我的书友。我们差不多出生时就互相认识了，但真正认得，大概是四五岁时。我们最初一起在花园中玩泥沙。容儿是父亲的一位好朋友的孩子，他家就在我家隔邻，后院对后院，竹篱笆对竹篱笆。怎么会这样呢？原来我们是世交，容儿的爷爷和我的爷爷都曾任官职，唉，那时候还是前朝呀，那时候，官场黑暗，官绅勾结，他俩人微言轻，心灰意冷，提早致仕，都住在南京秦淮河畔的乌衣巷，他家住巷头，我家住巷尾。后来，前朝到了末期，病入膏肓，政治恶劣极了，加上大旱连年，到处都是饥民，人祸遇上天灾，最后就是民变。两位爷爷大抵都认为做官凶多吉少，不想儿子冒险，所以都送到观星台去。天灾或许没有办法，人祸本来可以避免。后来，两个老人也搬到鸡鸣山去了。真是物以类聚，鸡鸣山山上山下，他们有不少朋友。

容儿祖籍江苏，那里出了许多名医。容儿的爷爷是儒生，那时江苏由儒转医的人很多，江苏读书人总懂一点医术吧。到不再做官了，就转行行医。但正因为名医太多了，竞争很剧烈，最不好的，据叔叔说，为了出名，相熟的往往互相吹捧，不相熟的就排斥。于是我想，我要是不幸生病，当然可以找叔叔看病，要是不找叔叔，那谁来看我呢？我可不知道哪一个才是真正的好医生。

由我医好了。容儿说。

你九岁罢了。

我九岁，你十岁，九岁可以医十岁。

啊哈，苏州有一句话："叶天士也要背三年药箱"，意思是连叶天士那样好的医师，也要努力学习，叔叔说。江宁名医里，有一颗特别亮丽的明星，就是叶天士，号称"天医星"。叶天士以治疗温热病著名，他从小跟随父亲学医，不幸父亲早死，他十四岁就自立医馆，并且努力学习，不断到处拜访医师求学，十八岁已成为吴中名医了。为什么叫他"天医星"？原来苏州有一个道士，很会吹牛，会占卜，自称会驱邪辟鬼，有不少人信他，尤其是那些有钱人，他于是赚了许多钱。有一次他病了，两眼红肿，布满血丝。自己无论怎样作法，一直不好。听说叶天士的名字，就跑到江宁求教叶天士。叶医师望闻问切，了解他刚死了爱妾，夜夜流泪、失眠，于是说这红眼病没什么大不了，吃两服药就好了，可是七天之后两颊会长出毒疮，这可没得救了，除非……

除非怎么？道士急起来。除非在毒疮出来之前，先加以制止，办法是每夜临睡前，自己用右掌摩擦左边面颊，四百九十下；再用左掌摩擦右边面颊，四百九十下。不能多不能少，左右要分清楚，力度要匀浑，切忌摩得红肿。记着，四百九十下。七天之后，难关，或者可以渡过。

这七天，道士晚上只谨记按摩两颊，集中精神，怕数多了，又怕数少了。摩擦完毕，累极了，倒头就睡得像死去。七天后，道士不再眼红，左右面颊的毒疮也没有长出来。他又出来招摇了。群众批评他：你不是很会占卜吗？怎么不知道会有红眼病？还要跑到江宁去？他又吹牛说：上天正是这样告诉我，我的病不简单啊，凡人怎能医，只有叶天士可以，因为他是“天医星”下凡。天医星的名字就是这样传开了。

容儿，医者不单要会医病，还要会医人，医人的心病。

明白的，父亲。

壬寅已（以）来，儒林上达，每多降志于医，医林好尚之士，日渐声气交通，便得名噪一时，于时医风大振，比户皆医，此道之再变也。

——**张璐**（1617—？）:**《张氏医通》**

中国的医疗技术的方法与我们所习惯的大为不同。他们按脉的方法和我们的一样，治病也相当成功。一般说来，他们用的药物非常简单，例如草药或根茎等诸如此类的东西。事实上，中国的全部医术就都包含在我们自己使用草药所遵循的规则里面。这里没有教授医学的公立学校，每个想要学医的人都由一个精通此道的人来传授。在两京（南京和北京）都可通过考试取得医学学位。然而，这只是一种形式，并没有什么好处。有学位的人行医并不比没有学位的人更有权威或更受人尊敬，因为任何人都允许给病人治病，不管他是否精于医道。

——**［意］利玛窦**（Matteo Ricci，1552—1610）:**《中国札记》**

9

对了，我问容儿，我说病人膏肓，但什么是膏肓？

“膏”是指脂肪，我们不是说“民脂民膏”吗？“肓”呢，大概是心脏与膈膜之间的地方。病毒到了这个地方，就无药可救了。

啊，有一次我听父亲一面看北京印发到各地的《京报》，一面说：“尔俸尔禄，民脂民膏，下民易虐，上天难欺。”

《京报》是政府允许出版的民间报刊，公开发行，可订阅，也有零售，每次刊一小册，长方形，少者五六页，多者数十页，篇幅并没有限定。用的是连史纸，或者毛太纸印刷，封面用黄纸，报头“京报”则为红色。内文主要是登载政府的公告，誊抄官方要向公众传递的信息，包括手谕、奏折，等等。我们也是这样知道政府消息的，不识字，就请人读。在市集上读报也就成为一种职业。

我问父亲“尔俸尔禄”是什么意思。他说这是古代衙门在门前矗立的石铭，告诫官员切勿以为可以欺凌百姓，上天其实是知晓的，天理不容。在宋代，这几句是黄庭坚的书法，父亲还把拓本找出来让我看，很漂亮。

下民易虐，因为没有知识，我说。

但上天难欺，容儿说，我也要请周伯伯给我看看。

原来许多用词，我们经常运用，其实并不了解。《康熙字典》在康熙五十五年才成书刊行，要是我一早能够读到就好了。不过许多事情，我们以为知道，其实并不是真的知道。有时我们可能知道事情是这样，却没有弄清楚，事情为什么是这样。

明末社会大乱，匪徒多，两位爷爷都搬到鸡鸣山上去，仍然彼此结邻。他们也在山上度过了晚年。生逢乱世，有知心朋友守望相助，非常重要。再后来，明朝变成清朝。他们对前途总是有商有量，互相照应、信任，观察了一些日子，觉得也不妨跟随新朝廷搬到北京来，说不定有了天文的一些知识，可以在北京的钦天监做事。许多旧朝的官不愿意做新朝的官，因为是外族入主，有的人不但不接受，甚至拼命反抗。这是入关前要汉人剃头、改服，又滥杀，之后又跑马占地，投充庄头蛮横欺压的缘故。当今康熙皇帝亲政后，才下诏永远停止圈地。

滥杀？我没有记忆，因为不曾经历。可父亲说前朝又怎样呢，还不是一个又一个糟糕的皇帝，难道那时百姓的生活就好过，不是到了人吃人的绝境吗？

但什么是投充庄头？容儿追问。

这是我从父亲和朋友那里听来的，很没趣的东西。

那到底是什么没趣的东西？

别以为我对所有没趣的东西都知道。我问过父亲，那是八旗到来后大量圈地，把圈地分成各种园庄，皇庄啦，官庄啦。爵位高的，占得的园庄土地肥沃；瘦瘠的园庄，就分给其他八旗官丁。园庄由庄奴负责耕种，再从其中选出有能力的做管理，这些管理就叫庄头。明白吗？

明白，那么投充呢？

那是汉人归顺新朝，不少献上自己原有的土地，这批土地称为“投充地”，人称为“投充人”。献得最多的，就成为投充庄头。庄头和投充是两种人，有点分别，庄头老早就追随八旗，从关外到来，所以又称“老圈庄头”。至于投充则是本地人，他们献上土地。父亲说，一种是新移民，另一种是原住民。到了康熙皇上执政，才废止圈地。

那为什么说他们蛮横、欺压？

你知道，大欺小，强凌弱，庄头可以管理庄丁嘛，就会欺凌庄丁，剥削啦，逼迫啦。当然，也有例外。

什么例外呢？

我年纪比你大，知道的事情比你多，我可有欺负你？

没有。

所以，有了糕饼，可也要分我一半。

好的，你有，也要分我一半。

一言为定。

谁要描述中国今年遭受的大灾劫，也会充满苦楚，眼含热泪。上天、大地，以及其他，似乎都在惩罚这些异教徒，我们可以确凿地说“上帝要惩罚他们”。上帝关闭了人类获取云南的宝库，令苗床干涸，颗粒无收，连野草也无法生长。无数人忍饥挨饿，饿殍遍野，世风腐化堕落，瘟疫肆虐整个王朝。残忍的匪徒蜂拥而起，无恶不作，他们抢夺一切、吞食一切。百姓举家四处流浪、乞讨，目睹遍布的死亡景象，只会感到晕眩、震惊。有的人竭力苟存性命，有的人却厌倦生活，上吊自尽。配给的口粮一旦吃完，就只能吃野草和树皮。最后，陷入人吃人的地步。

——**孟儒望**（João Monteiro，1602—1648）

来到全中国最美的一个城，叫作绍兴……我没有发现中国有比它更整洁的城。鞑靼人未遇抵抗就占领了它，他们本可以照样解决浙江省南部的城市，然而，当鞑靼人公告百姓剃发时，士兵和市民都拿起武器，为保护头发拼死战斗，胜过保御皇帝和国土，不仅把鞑靼人赶出城，还把他们赶到钱塘江边，甚至赶过江，杀死很多人。如果他们真追过江去，也许能够收复省城及其他城市，但他们没有乘胜追击，只满足于保住自己的头发，留在南岸对抗鞑靼人，在那里坚守。这样，鞑靼征服之旅被阻达一年之久。

——**卫匡国**（Martin Martini，1614—1661）：**《鞑靼战纪》**

10

读书人难道都可以不用工作吗？所以，也有不少跟着上京来考科举了。他们的出路其实不多，除了考科举，科举并不易考啊，最好的工作是做幕友，父亲说，清朝官员大多不懂汉文，又不肯用心学习，所以要雇用幕僚，替他们管理这个，管理那个，称为“佐治”。有些人一边佐治，另一边又准备考科举。此外是做塾师，薪酬很微薄，还得有一个秀才之类的头衔。最后是卖文，那更艰难了，要成为畅销作家才能够糊口。作文章，父亲说，可要非常小心才行。

父亲说，就是做了官，俸禄也不高，俸是白银，禄是米，这是什么“尔俸尔禄”，一个九品芝麻小官，一年的俸禄大概是白银三十三两，禄米三十三斛。五品，算高官了，一年的俸禄也只是白银八十两，禄米八十斛。清朝没有宰相，以大学士替代。做到了一品大学士，无可再高了，年俸银也不过一百八十两，禄米一百八十斛，根本不足以养大群的妻妾儿女、大批的奴仆家丁。他们可以生活得那么风光，因为总有许许多多的办法，获得额外的收入。其中“火耗”和“羡余”两项，是大家都知道的，朝廷也默许了。

什么是“火耗”？那是收税时，倘是碎钱，就要熔制成标准的银锭，炼制过程中有所损耗，官员就向百姓索取额外的银两。“羡余”？那是收取税粮时，据说储存和水运，都会损耗，所以要向百姓加收。真是“民膏民脂”。皇帝对官吏贪污，不做得太过分，也就左眼开右眼闭。

父亲和叔叔很幸运，生活简单朴素，也就不成问题。至于外人，也不过是人罢了，不同的人，只要互相尊重，为什么不可以融洽相处？他们在钦天监有过和西洋人交往的经验，都是有礼、不会作假欺诈的西洋君子。前朝八股文不是好东西，康熙皇帝不是把它废了，改考策论吗？也是这个时候，我们两家一起搬到北京来，可充满希望哩。可惜四五年后，父亲说那位“太平良相”黄机上奏皇帝，认为不考八股文，读书人就不读经，不讲圣贤之学了。好像八股文可以使人成圣成贤。黄机的家族，当年很显赫，并且曾主管东南沿海的造船事务，民间流传出许多黄氏的故事。又有一位名士王士祯，认为不通八股，文章就做得不分明。于是又恢复八股文考试。八股文，也许有利管治吧，父亲和叔叔都很失望。更令他们失望的是，北京的钦天监并没有接纳外地人。

容儿，我父亲从江宁迁来北京，还有一个原因。

哦，是吗？

也许不一定重要哩，我也不知道是否真确。明朝时，南京的书坊据说兴盛极了，有百家之多，是所有城市中最多，也最好的，许多都由家族打理，单是周姓主持的就有十四家，称为金陵什么的书坊，印刻图书，什么都有，时事、戏曲小说，应有尽有，最好卖的，你以为是什么？

是什么？

教人考八股文的天书。

都想做官。

其中一家书坊，由我的曾祖父开设，家族继承。

哇。

因为爷爷做官，就由他的堂弟主持。生意还不错呢。后来就没有了。为什么？朝代转变，江南的书坊很受限制，尤其是江宁，有些被查封了，没有问题的，就跟随到了北京这里。这里是文化中心啊，父亲说，我们家族的书坊也不得不歇业。我们周氏几家人也就各散东西，再没有联络。只有我们一家到北京来。

可惜啊。

歇业分家时，父亲也分得一些家当。

所以周伯伯也不用担忧生活，这就好。

父亲平日看看书、写写字，在家里教导我。父亲并没有为我聘请老师。私塾老师教的往往是怎样写八股文，这种书，父亲说，什么“程墨”“行卷”“天盖楼选家”，太多了，把全国读书人教成傻瓜。

士人不得以身出治，而佐人为治，势非得已。……

州县幕友其名有五，曰刑名，曰钱谷，曰书记，曰挂号，曰征比。剧者需才至十余人，简者或以二三人兼之，其事各有所司。而刑名、钱谷实总其要。

——汪辉祖（1730—1807）:《佐治药言》

即有可卖之文，然今日买文之家，有能奉金百斤，以买《长门》一赋，如陈皇后之于司马相如者乎？子必曰无之。然则卖文之钱，亦可指屈而数计矣。

——李渔（1611—1680）:《笠翁一家言》

11

容儿的爷爷变成了医生，他的两个儿子继承父业，成为大夫。如今容儿的父亲和伯伯仍旧做了本行，在北京西山下的大街开了一个小店，居住则在半山，和我们接邻。附近住户稀少。从居住的地方下山工作，不用半个时辰。回去，这是上山，时间久些，但也不用一个时辰。叔叔他们说，空气清新，也好运动运动。容儿的伯伯有两个儿子，比我们还要小五六岁，年纪太小了，通常和母亲留在家里。只有容儿随父亲下山来。

药铺除了卖药，世叔伯两兄弟还替人看脉。大抵医术不错，不少人来求诊。那医馆我也常常跟着容儿下山去玩耍，店里贴墙几乎都是高高的盒子格，每一格都写着药名，又有许多瓶瓶罐罐都是药材。整个店铺有一种奇怪的味儿。全店暗暗的，这边有磨碗，那边有铡刀，角落上还有个满身有字有画的铜人，总之是很怪异。怪异罢了，我看惯了倒也不怕，容儿更不怕，常常这边翻翻，那里瞧瞧，一忽儿摸几条草出来叫我猜猜是什么，一忽儿又抓一把白菊花问我香不香，又问我想不想喝茶。别看容儿年纪小，许多药材他都认识，会给我嗅黄连。

哑巴吃黄连，有苦说不出，要不要试试做哑巴？

试试。

对了，我喜欢上医馆去玩的另一个原因，是在那里总有许多东西吃，像陈皮梅、山楂片、葡萄干、甘草橄榄、甜话梅。这些，本来是送给病人当药吃的，可我们小孩儿来了，没有病，也不会少一份。此外，最特别的是甜点，一会儿是红枣茶，一会儿是莲子羹，如果是娘亲和父亲一起带我来，而不是福伯带，还有冰糖燕窝吃哩。

我对药材没有什么兴趣，没有病而能够吃的例外，反而店内一件会“嗒嗒”响的事物吸引我，那是一个算盘。看容儿的叔叔哗啦啦用双手把珠子利落地拨上拨下，嘴上说三钱六啦，别人就乖乖给他三钱六，真是非常钦佩。我就是在那时候跟容儿的父亲学会珠算的，每次我到来，总要趁叔叔不用算盘的时候，像弹奏音乐那样，也用力拨上拨下好一阵。然后叫三钱六啦，二钱八啦，容儿拿来。容儿说，一块冰糖可以吗？我说，也行。那一年，原来我十一岁了。

12

容儿也上我家来玩，跟父亲读书，也有一起玩的时候。我们在花园里捉蟋蟀，看猫儿爬树抓鸟雀，斗落叶，玩得整个人像泥鬼似的。我家当然也会做糕饼，这时候，我们又忙了，因为面粉团块才好玩呢，我是捏面粉人的天才。我常常把书里看过的人物捏出来，什么猪八戒、孙悟空、唐三藏，做好了，看谁能猜中。不过，大人总是会猜中的，这证明我捏得好。不过我总得想些特别的人物，让大人猜不中。有一次，我捏了一个怪眼人，眼睛特别大，朝着一个方向瞪，是什么人呢，大家终于都不知道。我说是书里的一个机械人呀，可仍然没有人知道是什么书里的，我就说是《列子》里的，他们一味莞尔，耐心地听我说故事：

古时候一个皇帝叫周穆王，有一天，他的工匠带了一位倡优来见他，那倡优是个很有才艺的人，会跳舞、唱歌，周穆王和妃嫔都很欣赏。最后，表演完毕，那倡优竟然向穆王的侍妾挤眉弄眼。穆王非常愤怒，拔剑要杀这大胆无礼的艺人。工匠立刻上前，剖开倡优，原来是个木偶呀，是个假人，不过是工匠用皮革、木头、树胶等事物制成，可做得真好，体内还有五脏六腑。拔掉它的心，就不会说话；除去肝，眼睛就不能看东西；摘去肾，就不能走动，真是神奇了，是不是？

容儿：这倒有点根据啊，父亲早些时候不是教过我，有一本医学书说“心开窍于舌”“肝开窍于目”“肾主骨”？

叔叔：对，容儿倒记得。这本书是《黄帝内经》。不过《列子》和《黄帝内经》都是伪书，后人伪托古人的书。中国最擅长伪托，不可不小心。《列子》里还有很多有趣的故事呢。

父亲：《列子》是晋代人的作品，机械人的故事可能从印度的佛经抄来。有趣的故事还真多，例如有一位工匠大家叫鲁般，不是鲁班，他是敦煌人，为母亲制造木车马，由木人驾驭，母亲坐上后，却绝尘而去，失了踪影。他在武威修建佛寺时，因离家太久，就造了木鸢，放假时飞回家去跟妻子相聚。妻子怀孕了，鲁般的父母责怪她。她只好说出真相。父亲后来找机会坐上木鸢，谁知不受控制，一飞飞到吴国去了。吴国人当他是妖怪，把他杀死了。故事很离奇，可也有启示，闵儿，你以为呢？

我：制造木车马、木鸢，不是很好吗？

父亲：的确很好，还值得鼓励。

我：那么，我想，就不要让它们跑了，飞走了。

父亲：说得对，我们是做机械的主人，还是做机械的奴隶？外人对我们的文化有过两次大规模的冲击。

我：哪两次？

父亲：一次是魏晋时的佛学，另一次，就从前朝开始，那就是西学。

我：西学？

叔叔：西方的科学技术。佛教来临，我们没有什么回赠；西学到来，我们应该也有些有用的东西跟人家交流吧。

父亲：据唐朝《朝野佥载》记载，当时一位木匠设计了一个木僧，会手执一碗乞钱，碗中钱满了会发声："布施。"又有一个小县令能够刻制木人，不仅能说话，还能唱歌劝酒。问题是，我们就只会制造这些了。据说明太祖时，西洋人送来一个漏刻，连着一个木偶会指示，他觉得没有用，丢弃了。

我拿着用面粉捏的糯米人汤团，想了又想。娘亲这时说，我做的糯米人偶不错，但容儿的也不差呀，大家来看看吧。原来容儿见大人剪纸鞋花样，他也拿起剪刀剪了一些，可他剪的不是花儿、草儿，而是动物。容儿于是把纸动物从袋子里拿出来，原来是两匹驴，一匹白、一匹黑。我问，有没有故事呢？容儿说，有的。他也讲了个故事：

那是唐传奇里的一个故事，名叫《聂隐娘》。聂隐娘是位武艺高强的剑手，她和她的磨镜丈夫各有一匹驴子，一匹白、一匹黑，叫作黑白卫，这有什么特别呢？原来他俩的坐骑都是纸做的，平时放在袋子里，要用的时候一抖放出，就会走路。有趣不有趣？可惜我剪的两匹驴，抖来抖去也不会走路哦。或者我也剪个纸鸢，祸难降临的时候，拍拍手，它会承载我们，飞起来。

13

奇怪，父亲为什么要我去考钦天监，而不是去考国子监呢？到了我这样的年龄，也就是过了几年启蒙的年龄。京城的国子监，父亲也带我去看过。读书人谁不想进国子监？想想看，国子监是皇帝办的最高学府，收的主要是达官贵人子弟，读完书，成绩优异的，可以直接当官。读私塾，或者在家修读，很难考上。考入官校的学生，走出来就有气派，前途是亮闪闪的，做了官，可以不断晋升，升到三品、二品、一品。

说来钦天监也是一所官校，但想读的人看来不多。当然，在这里读书也可以参加科举，但成绩总比不上国子生，好像从没有一个钦天监的学生中过科举。有什么好比呢，在钦天监，要读五年书，留在监内可当九品芝麻官。如果一直升级，升到当上钦天监监正，可厉害了吧，几乎是没有可能的，除了要像国子监生一般读很多书，还要会观星，会测量，会做各种仪器，要懂算数，难怪许多年来，往往是西洋传教士当监正。其实，即使当上了钦天监监正也不值得羡慕，因为官阶只是正五品。

可国子监就不同呀，所谓“左庙右学”，和孔庙仅仅一墙相隔，非常漂亮，人还没到，在大街上远远就看到高大的牌坊，两边是柱子，顶上有三层横木，上面各写着“国子监”的大字，这两座大门楼，面对面，走过了才是大门，名叫“集贤门”，“集贤门”才不简单，因为是皇帝专用的，其他人都得走侧门。进去了，还有二门，那门叫“太学门”，过了再走，才是课堂的所在，又见到金色的琉璃牌坊，真是皇宫的气派。

钦天监可寒碜得多。它在哪儿呢？原来躲在礼部衙门后面，在紫禁城的大门口外、人人都知道的天安门前。天安门前是一个大广场，两边排满了重要的官署。礼部是朝廷六大部门之一，钦天监隶属礼部，就坐落在东边的礼部建筑，是名副其实的跟班。

它的楼房、围墙等，是前朝正统皇帝时建造的，还很牢固。起初，它的名字还是司天监，后来才改为钦天监。钦天监可没有那么多雕花门楼。康熙帝即位后，曾经驾临国子监，并且由孔子后人国子监生孔尚任接待讲解。总之，国子监是京城里人人去看过、人人羡慕的地方。如果在街上有人问路，知道去逛国子监，一定找得到，若是找钦天监呢？没人说得准。

可是父亲说，钦天监在皇帝的眼中，远比国子监重要，国家有什么大事，首先就得通知钦天监，而且要快。所以，这个重要的官府，就得近在眼前，员工随传随到。它的大门朝向紫禁城。入口的月台上设有晷景一座，堂后是三重建筑物，数数也有许多房舍，规模已算不小。大门匾写着“奉时敬授”，整个官署的工作，就是这四个字。古往今来，所有皇帝的心，就悬挂在灵台上。钦天监就是灵台。

康熙二十四年，我参加入学试，及格，进了钦天监。那一年我十二岁。

父亲还亲自送我来钦天监报到，福伯替我带一个布包，内里有一些衣物，还有一包糕饼。娘亲还把两根葱塞进布包。父亲把我带到一间大屋子里交给一位监员，拍拍我的头说：好好读书。我说我会的，说着说着，忽然想哭，但看见旁边有些和我一样年纪的人都没有哭，就不哭了。

14

容儿反而哭了，难道是因为叔叔不让他也考钦天监？为什么他不和我一起去考钦天监呢？他的父亲不是我父亲的好朋友吗？不然的话，为什么容儿会经常上我家里来，和我一起，听父亲讲书？我们两家人不是共同进退吗？看来，只有两个理由吧，这几日，我一直在想，在猜，自己对自己说话，不知道对不对。

首先，容儿年纪比我小一岁，也许因为年龄不符合入学，所以不能报考。那么，只能等到下一次了。唉，下一次，钦天监是三年招一次生的，那时候我已经三年级了。我们不会同一班，他也不会和我一起上课了。

其次，容儿的父亲也许不喜欢钦天监，喜欢的是国子监。那么，我和容儿就不可能在同一间学校读书了。我们此后只好分开，各奔前程，真是依依不舍噢。不会的吧，容儿的父亲和我的父亲，说不上不喜欢当今的朝廷，也没表示喜欢，他们说还要多些时间了解。不过他们肯定讨厌考试要考八股文，也记得两位爷爷的教训，仍然害怕做官。怎么会喜欢为了做官而给人读书的学校？再说，国子监也不是平民容易进去的地方，能进的都是有后台的子弟；而且有钱人家捐纳，就可名列监籍。容儿大概不会喜欢。这个想法应该不对。

我问过娘亲了，容儿为什么不和我一起考钦天监呢？是谁的主意，是他的父母，还是他自己不愿意？他平日不是乖乖的，读书还要比我用功？我是家中独子，娘亲有一次对我说，就当容儿是她的亲生。她见我这么紧张，只笑笑地对我说：迟些日子，你就会知道了。唉，迟些日子，是什么时候呢？一天，十天，一月，十月，地球运转一年，十年？

迟到的日子终于到了。今天早上，我按照平日那样，坐在书斋里等容儿进来，一起读书，一起游戏也好。我要问问原因。他应该来到了，外面有声音我都熟悉，有他的、他娘亲的、我娘亲的。房门打开了，进来了三个人，三个都是女人，没有容儿。是娘亲、容姨和另一个陌生的小姑娘，没有容儿。

容儿呢？我站起来大声问。

我在这儿。

我一呆，站在我面前的一个姑娘，原来竟然是容儿。

15

许多年后我才知道，父亲把我送进钦天监的原因。康熙皇帝许多次南巡，其中一次到了江苏，访问江宁时，曾上观星台观看星星。父亲当年仍在观星台工作，也许职位不高，还轮不到他接驾，但对江宁钦天监的员工则是非常的大事。皇上随行的将兵，有二三千人，浩浩荡荡，竟也无比肃静。当然也有些位居高官、有学问之人随侍，其中有当时得令的李光地。另一位很受皇上赏识的熊赐履，由于已退职，一直居住在江宁。熊赐履曾在江宁的国子监教书，很有学问，父亲说他因为不畏大权臣鳌拜，率直地批评朝政，获得朝野的尊敬。李光地也是他向皇上引荐的。但民间有些读书人不喜欢李光地，认为他很会逢迎，会见风转舵，见皇上喜欢朱熹，就从本来尊崇王守仁，转而推崇朱熹。到头来，李、熊好像失和起来。

皇上到江宁，熊赐履当然恭迎圣驾。午间，在钦天监室内，皇上屏退了左右，和熊叙旧，私下细谈，到了黄昏才出来。只听得皇上问熊赐履，李光地的学问行不行？熊答：一字不识，不过偷窃别人的议论，乱说一通。皇上再问：听说他认识天文历法？熊答：皇上试问他天上的星，一个也不认得。熊走后，刚入夜，皇上步上观星台，李光地也气喘吁吁地跟上。

你识得星？皇上问。

不晓得，不过在书本上偷几句。

这是什么星？皇上指天上的参星，问。

参星。

你说不认得，怎么又认得参星？

参星能有几个，人人晓得，至于天星极多，别的实在不认得。

那是老人星？

书本上说，看见老人星，天下太平。

有什么相干，都是胡说。老人星在南，北京自然看不见，到这里自然看得见。要是到你们闽、广，连南极星也可以看见。老人星哪一日不在天上，怎么说看见了就天下太平？

李光地吹捧不成，一脸是灰。老人星，是天空中第二颗最亮的星，仅次于天狼星。不过人们以为天狼星是凶星，老人星却是寿星，好星坏星都一直在天上，看不看得到完全是地理纬度问题。皇上和李光地的对话，在鸡鸣山的钦天监内外流传，成为笑柄，大家都认为皇上了不起，有科学头脑，而且重视天文学。这在父亲和几位叔叔的心坎中，一定留下很深的印象。所以不久他们就举家搬到北京来。

但这笑话其实还有前文，却不是人人知道的。原来今上南巡到杭州，准备到江宁时，知道有几位精通天文的西洋传教士在江宁，他们是法兰西的洪若翰、意大利亚[①]的毕嘉，都是耶稣会传教士。洪若翰神父早在法兰西已是著名的天文学家，到了中国，康熙打听过他的底蕴。打算到观星台，就先派亲信侍卫赵昌去向他们查问：南极老人星，江宁可以看到吗？出江宁地平多少度？等等。赵昌得了答案，马上飞驰回报复命。至于李光地，康熙皇帝还是一直宠信他的，他的名声不佳。赵昌大哥后来告诉我，因

---

① 意大利亚，即意大利。

为朝廷里分为两派，互相排斥，李光地先事一派，其后又转投另一派。

赵昌大哥，当年只有二十来岁吧，后来成为我的忘年交。

（明珠）与索额图互植党相倾轧。索额图生而贵盛，性倨肆，有不附己者显斥之，于朝士独亲李光地。明珠则务谦和，轻财好施，以招来新进，异己者以阴谋陷之，与徐乾学等相结。索额图善事皇太子，而明珠反之，朝士有侍皇太子者，皆阴斥去。

——**《清史稿·纳兰传》**

16

我进入钦天监学习的前一天，因为是第一次离家，父亲嘱咐我在外生活各种各样要注意的地方：要努力学习、尊敬老师、留心听课、和同学和洽相处、小心说话，有问题就自己想办法解决，尽量不要麻烦人家，切勿以为人家欠你什么。更不要沾上社会上不良的风气。什么不良的风气？赌博、懒惰、贪图玩乐，明朝就这样亡了。我忍不住问：明朝真的这样亡了？

父亲想了想，说：闳儿毕竟也大了，要知道一些过去的事情。他喝一口茶，要我坐下，然后说话。

明朝早在神宗万历后期，就名存实亡了。从崇祯倒数，之前共有三个皇帝，三个都很糟糕。神宗许多许多年不上朝，朝野都批评他不议政，不批示奏章，什么都不管，酒色财气。其实呢，据爷爷听到的内情，他一直有病，病得不轻，而且不良于行。不过，如果国家命运系于一身，这么一个皇帝，政务荒怠数十年，怎会不出问题？内忧又往往产生外患，东北的女真就这样日渐强盛起来。

万历之后是光宗，他只做了二十九天皇帝就暴毙了，死得不明不白。然后是熹宗，他是一个天才木匠，爱好木工，终日沉迷做椅做桌，可对政治毫无兴趣，也没有治国能力。他要是生在民间，不是皇帝就好了，不幸当上皇帝，绝对失职。结果任由宦官乱政，官吏贪赃枉法。朝外呢，士大夫当然忧心如焚，大力非议朝政，有些话说得很激烈，这是以往没有的，正因为皇帝不闻不问。可士大夫之间又各持己见，分派结社，意气相争。

总之，明末数十年政治坏透了，经济也坏透了，终于激发了民变。到了思宗崇祯，实在已无力挽救。占星的人会说，紫微失色，其他的星宿就不安其位了。

爷爷也是因此不做官了？我从没见过爷爷，他就长眠在鸡鸣山上。

爷爷在明万历晚期开始做官，官职不高，但目睹宦官到各地征税，勾结土豪恶霸，税金都收归皇帝的私囊，税吏当然也从中大大渔利。地方官员再没有收入，向皇帝上书投诉抗议，可都石沉大海，皇帝根本不理。尽管这样，爷爷还是做了差不多三十年的官。苟存性命于乱世，不想同流合污，更不想惹祸，只好称病退下来。他就不想让我在那里打滚了。我们家族在江宁有一书坊，爷爷偶然下山，会到书坊看看，回来就带回一包一包的书。最后几年，他再没有下山了。

崇祯，父亲继续说，跟其他几位比较，还不是很坏的皇帝，他有心收拾残局，只是刚愎自用，实在也已经时不我与。例如上任之初，见钦天监用的大统历和回回历推算都欠准确，就重用徐光启，让他设立历局，重新修订历书，因此招来汤若望等西洋人，做出了《崇祯历书》，为后来的历法奠定了基础。

父亲说徐光启是个很有眼光的人，早在神宗时期，他已提倡引进西方科学，他和西洋传教士利玛窦合作，翻译出好几卷欧几里得的数学书《几何原本》，又编纂出集农学大成的《农政全书》。万历年间甘薯传入中国，徐光启鼓励大量培植，有助于解决灾荒。他写了详细的《甘薯疏》。有人争辩以为甘薯原产中国，因为不耐寒，只可以在南方培植，北方不宜。徐光启不同意，他认为原本出处有什么关系，人力可以回天。事实上，经过改良、栽培，终于让我们也可以吃到甘薯了。他还向崇祯推荐汤若望等人。他的眼光显然高于当时的其他人，而用心良苦。当然反对他的人也有不少，偶然间也会有些煽动人心的话，连那位高妙的名士李贽对他也完全不理解。

崇祯甲申三月，便是明亡。而幸吾先帝不系子婴之组，不入景阳之井；身死社稷，决烈光明。……而后乃缀附弘光，痴如刘禅、淫过隋炀；更有马士英为之颠覆典型、阮大铖为之掀翻铁案。一年之内，贪财好杀、殢酒宣淫，诸凡亡国之事，真能集其大成。

——张岱（1597—1679）:《石匮书后集》

臣等昔年曾遇西洋利玛窦，与之讲论天地原始，七政运行，并及其形体之大小远近，与夫度数之顺逆迟疾，一一从其所以然处，指示确然不易之理，较我中国往籍，多所未闻。臣等自后每闻交食，即以其法验之，与该监所推算，不无异同，而大率与天相合。故臣等窃以为今兹修改，必须参西法而用之，以彼条款，就我名义，从历法之大本大原，阐发明晰，而后可以言改耳。……臣等访得诸臣同学尚有汤若望、罗雅谷二臣者，其术业与玉函相埒，而年力正强，堪以效用。

——徐光启:《治历疏稿》

《大统》既不能自异于前，西法又未能必为我用，亦犹二百年来分科推步而已。臣等愚心，以为欲求超胜，必须会通；会通之前，先须翻译。……翻译既有端绪，然后令甄明大统、深知法意者，参详考定，熔彼方之材质，入大统之型模。

——徐光启:《历书总目表》

17

容儿，我们钦天监，不算是一个大部门。忽然想到我才进钦天监半年，不过因为功课还可以，而且上十天课就有一天假期，过年过节，更可以放三天假回家。把钦天监说成“我们”，容儿也没笑我，我还不过是钦天监的一年级生，也说不上是天文生。她只是要我告诉她学习的情况，而且留神听我说，偶尔也提问一下。

对了，比起吏、户、礼、兵、刑、工六部来说，钦天监规模很小，成员不到二百人，但别小看它，它主宰了国家的命运，虽然隶属礼部，却超越其他各署，我们是与皇上直接联系的官府，见皇上的机会，比任何部门都多。

哇，皇上，容儿吃了一惊。

真的，试想想，六部的官员，还得是高官，天未亮就齐齐赶到乾清门侍立，向皇上恭呈奏折。

官也不好做哦。

对，我们钦天监，可不同了，有什么引起皇上的兴趣的，皇上就亲自驾临，逗留几个时辰仍不舍得离去，又经常传召钦天监的监正进入南书房。监正进入乾清门不需通报，自由进出，不必三跪九叩。

钦天监如今由一些西洋人掌管，受尽宠信，只怪我们自己人不争气，把一年变出两个春分、两个秋分，而正午的日影又会不在正确的日圭刻度上，而外来的西洋人可做到正确无误。我进入钦天监成为学生，那位以前的钦天监监正杨光先早已革了职。听父亲说，杨光先还是一介布衣的时候，已反对西洋人到来，认为他们的目的是传播邪教，他虽然承认西洋人的历法是好的历法，但宁可不要，这许多年，中国不是始终存在吗？

的确一直存在，存在了好几千年。我们有山、有海保护。父亲说，照风水术来看，这是天然宝地，背山面海。不过天时地利不足恃，还需要人和，人才是最重要的啊，怕外人到来是否因为自己太虚弱？父亲说，佛教不是来了吗？到头来变成我们自己的文化，也丰富了我们的文学艺术。

不过朝廷让钦天监多收学生，也要感谢杨光先，虽然他是钦天监最不称职的监正。之前，钦天监每三年一次的录取最多只限六十人。因为礼仪之争事件后，少了一些官员，影响国运民生，朝廷才多收天文生，重新培养。加上工作越来越繁重，皇上重视，也就多收学生，再从中汰选。别问我什么是礼仪之争，我深入调查后再说。我投考时，竟然收了九十四人。

进入钦天监读书前，我无意中听到父母亲低声说话：

时代虽然不同，总算能够继承遗志。

不是做了些准备工夫吗？教他认识天象、绘图、演算、习字。

就是进不了，也没关系，如果不介意闲言闲语。

闲言闲语？附近那么少的邻居。

要管闲事的话，自然就有千里眼、顺风耳。

还有一张大嘴巴。什么闲言闲语？

父子俩都游手好闲，只会望天打卦。

我的确只会望天，但不会打卦。山上的长臂猿，不觅食的时候只会唱歌。你介意吗？

怎么会介意，汉官受歧视，汉官自己也歧视汉官，还是远离官场的好。

望天，毕竟是为了地上的百姓，最近的情况……

父亲看到我在门后，收了口，转而对我说：好好读书，好好学习；不要乱说话。

父亲让我去考钦天监，从没有解释。但钦天监是一种特殊的专业，过去，监官是父子相传，不得转业，大概是天机不可外泄吧。这规矩如今是否仍然实行，我可不知道。我因为一直在家由父亲教我读书，没有成为什么员生。幸好钦天监不需什么学历，哈，不用考八股文。成了天文生，可没有官做，仍然必须学习和天文相关的文学经典。如果抬头看天，满天繁星，无一认识，不知何谓流火，何谓岁星，如何编历书，计算节气？所以，我们这些学生，首要是学习，由老师讲授天文知识，一学五年。月有月试，年有年试。进学不难，遣走更易。先学两年，及格才分派到钦天监三个部门，再学三年。如果这也算是“官”员，可不是在地方办事的官老爷。

我也不要做官老爷。

那你可要努力学习哦。

会的，当然会。可惜你不能也到钦天监来。

也不可惜，你放假回来，告诉我上课情况不就一样吗？

好的。

18

自从父亲和福伯一起送我入学后，一连两天，都不用上课，原来有些事情要先做好。有一位老师数了人数，就由专人带我们沿着一条两边长着树的宽阔大路开始走。耳边只听到知了不停地叫，以及我们走路时沙沙的声音。我们没一个人敢作声。忽然一个同学问：北方也有蝉吗？有的，老师端详着这个小个子的同学，说，问得好，以后有任何问题、任何想法，就要提出来。蝉有许多种，我们听到的，叫斑衣蜡蝉，俗称花姑娘，或者花蹦蹦。老师指着路旁的树说，这一路上的树是国槐，也有几株银杏。看到了吗？银杏上不是有好几只花姑娘，多漂亮。

过了大路，我们转入小路，前面有许多房舍，也有分叉的路，我们进入其中一条，走到一座平房前，老师说我们一年生就住在这里，这处叫作甲区。然后我们进入屋内，里面沿墙有许多床，都是四脚木板床，床上已放置好折叠的床褥，搁在床尾。至于床头，则紧贴墙壁。这房子的墙都是槛墙，只有底层一半是墙，上半部是窗。窗子不是由中间推出去，左右分开，像我家里的厅房那样，而是一个四方框，上边连接墙木，下半推出去的支摘窗。这种窗有个好处，可以整个取下来，夏日取下后就很风凉。这种窗我家厨间也有，不取下时，只要推出去，斜斜的，有铁枝撑着，还可以挡雨，一般的槛窗就不能挡雨了。

容儿，你家的不也是支摘窗？

是的，可以撑起，又可以摘下的窗子。

我喜欢窗子，越多越好。你喜欢窗子吗？

喜欢。

老师依编号给我们每个人分派床位。床头的旁边，有一个高高的架子分为四层格，有两格有门可掩上，有的格内放一个盒子。架上有一格留空，看来适宜放书本。架子前面摆了一张小桌，桌下是一张木凳。老师很快分派好床位，我的编号是七，第八个床位却是空着的。

我们一共是三十二个学生，住在同样的宿房，老师把我们分为四组，每组八个人。暂时，每组的一号是组长，要负责联络和照顾同组的七个同学。有什么特别的事件发生，要立刻通知老师，譬如有同学生病，监内有校医，可去诊治。接着，老师指定宿房内每日由两名学生轮值负责打扫。

这一日，老师还带我们去库房领取用品，领的是衣物。由于每个人高矮肥瘦不一，得亲自去领取才合身。衣服计有圆领对襟汗衫及细布膝裤三套；右襟窄袖短襦直筒长裤两套；净白布袜六对；圆头厚底青布京鞋两双。依各人高矮分大、中、小码，布鞋大小则先试穿。我们个个双手捧着，一路咧着笑嘴跟随老师回到宿房。老师吩咐我们，把每件衣物用品用笔写上自己的编号和姓名，以免和别的同学错认，因为衣服都相同，尤其是洗涤后悬挂在晾衣竹上。编号则是区号组号先行，例如我们的编号为某区某组某号。我呢，就是甲区二组七号，即甲二七。

老师指指宿房庭院外一间房舍告诉我们，那处墙后是一列茅厕，暂时小息，要上茅厕的可以去，不去的，可以在床边坐一回，把带来的私人用品放在桌上或架上。说完，只见一半人都出去了。

我忽然觉得有点孤单，到了一个陌生的地方。

你会认识新朋友的，渐渐你就习惯了。

容儿，要是你也来读书就好了。

钦天监可不收女生。

你可以扮男生，祝英台不是女扮男装上课吗？

哦，我不是祝英台，也不要做祝英台。何况，我也有我的功课。

学医？

等出外的同学都回来，老师数过人齐了，又带我们绕前院、后院、小路走了一遍，把路过的房舍一一给我们说清楚。除了茅厕外，有洗衣房、水井处、厨房，连接的乃是膳堂，膳堂又连着烧水处。值日生每日需取茶水壶带回宿房，放在门边的长桌上备用，那里有茶杯和茶叶罐，门侧放有扫帚簸箕、油纸伞等数件，又挂有抹布供擦抹桌凳。我们只见前院房舍檐下，有不少竹躺椅，如果夜晚躺在上面将会多么舒服。

后院边上有老师的宿舍，有些老师也有家眷，看见几个小孩在草地上玩耍。另有一座带招手游廊的漂亮楼房，楼上为图书室，叫摩星楼。其后一群房舍为钦天监监员的办事署，再远一点是三年级以上同学的课堂和宿房。至于晨运却在另一端之后。老师讲了校内必须严格遵守的规则，例如不可偷盗，不可欺负同学，不可争吵、打架等，这天的要事就办完了。老师又说，我们每日早上起床要把床褥折好，一面说一面示范，把被褥抖开，又折叠起来。正在示范，有两人冲入宿房，一个是老师，是我们宿房的舍监，带着一个少年，神情尴尬，像个大苦瓜。原来他是迟到的同学，正是我邻床的新同学。不对，不应笑他像大苦瓜。

19

在宿房里，我们的床左右都有窗，但这窗，并不属于我一个人，而是也属于我一左一右的同学。我的床号是七，左边的同学是林宁，他是六号，和我拥有同一的半个窗；我的床的右边的同学是阿克伊，我常常错叫他作阿伊克，因为他的名字怪怪的，他是蒙古人。他的床号是八。他和我也同样拥有半个窗。为什么这样说呢？每当下大雨的时候，我们总要关上窗子，宁儿和我急急去关同一的窗子，阿克伊和我也一样，因为窗子的一边是我，另一边是他人。奇怪，在同一的房子里，我有两个同窗。我们在同一的屋子里学习、生活，都先各有两个同窗。当然，屋子里有这许多窗子，我们和其他同学都可以说是同窗。

我的同窗八号阿克伊，就是第一天入学迟到的人。他几乎是最后在晚膳时才赶到的。为什么这么迟才到呢？他说，父亲带着他去错了地方。他们对北京城不熟，以前在大草原过活，拥有上百匹骏马。后来，大草原不平静，有战乱，改朝换代后，移到南下的城去，又遭到满洲王族圈地，没法谋生，才投亲北京，生活艰难。报考钦天监，当然可以减少食口，也可学得技能，幸运的可以入学。也许学校另外分配有蒙满学生入读的名额。

入学那天，阿克伊父子由路人指点，竟去了国子监，发觉去错了，又被指点，去了国子监附设的蒙古公学，都不对，才辗转找到正确的地方。幸亏宁儿一见他派得了床位坐下休息，即送上两个烧饼给他，因为他看来真是又饿又累。

宁儿个子小，总是喜欢叽叽喳喳说话，又爱送食物给朋友，有时候很胆小，怕黑。到了学校又老是记挂娘亲，一提到娘亲眼睛都红了。我只好对他说，我们都长大了，是大男孩了，要学会照顾自己。学校里有很多同学，有我们陪伴，不用怕黑，大家一起好好读书才是。宁儿是我在校结识的第一位同窗，当日派宿位，坐下小息时，他打开了带来的布包，取出纸包着的东西，取出来一件，走过来。

可以请你吃一个吗？

好呀，谢谢。

我立刻取来吃了，幸而老师没有看见，因为撒了一地的芝麻。

20

我们一天吃两次正餐：午膳和晚膳。午膳在午时左右，晚膳在黄昏。这么说，好像欠了点什么似的，其实并非如此。我们一般都早睡早起。清晨卯时，我们就起床，不起床也不行，因为整个宿房的同学都起来了，组长也会来拍拍你的背脊把你叫醒。起来吧，同学都起床了。

折好被褥后，移置床尾。枕头也在床头移正。看看旁边的同学，咦，有人不穿汗衫睡眠，现在才赶紧穿上。拿着杯子和面巾到水井那边的沟渠边用木盆盛水洗脸，用杯子盛了青盐水漱口。然后，或者，上一次茅厕，回来。是晨练的时间了，每个人选择自己喜欢的运动。有人打拳，太极拳、形意拳，跟着一位老师的模样做；有人到射圃里去学射箭；阿克伊跑到马厩那边去了。宁儿拉拉我的袖子，我们两个和大家一起踢毽子吧。

天色起初微明，渐渐光亮，大家看来精神很好，到饭堂去吃早点了。今天的早点会是什么呢？一会儿就知道了。饭堂连着厨房，只隔着一扇大门，食物都由厨房里送出来，新鲜的菜由大碗碟送出来，直接搁上饭桌；粥、饭、面盛在铁锅里，连锅一起放在贴墙的长桌上，各自拿碗去盛，吃多吃少，自己取用，汤水也一样。

饭堂内的家具是一式的方桌，可围坐八人，每边二人。我们一早被编好每组八名同学。组长点着人数，围着一张桌子坐好，如果少一个人，他会去找，等人齐了才用餐。热腾腾的早点送来了，是一大盘芝麻烧饼哩，宁儿竟拍起手来，他说最喜欢烧饼。

厨房又送出用锅子盛着的食物，放在墙边的长桌上，一字儿排开十分壮观。组长和另一位同学早已从另一张放食盒的桌上取来八个碗、八双筷子和八只汤匙，于是我们各自拿着碗去排队轮取锅子里的食品，原来是小米粥。这时，又有几碟小菜上了桌，有酱肉、豆腐百叶、榨菜和花生米。

21

没有规定哪一天去洗澡，觉得自己应该去洗澡了，那就去洗好了。以往在西山老家，父亲和我到山下的小店买物品时，我留意到有不少澡堂，父亲说那是公共的浴室，成人用作谈话、谈买卖的地方。我从没进过这种澡堂。在钦天监洗澡的时间大都安排在用过晚膳后，因为那段时间比较空闲，没有课要上，也没有工作要做。而且，洗完澡，已经是晚上，在户外乘凉就会很舒服。不过，澡堂在走廊最深的一边，偌大的地方，黯黑、空洞、陌生，一个人进去，难免心慌。宁儿总是在澡堂附近伺候，见有人向澡堂走去，就跟随进去，人一走，他也急忙离开，有时身上的水还没抹干。有些不同组别的同学，见他在澡堂外，神色怪异，大概以为这个小子有点毛病。

洗澡可以不洗头发，也可以同时洗，洗发比较麻烦，因为干发需要时间，梳发辫也需要人手。原来宁儿胆子小，却是个结发辫的高手，有他帮忙，从此可以无忧。当然，我回报的方法是，约好一起上澡堂去，一起离开。不过，原来我们不必为梳辫子费心，上课一周我们才知道，校内有剃头房，每天开放，随时可以去剃头梳辫子。我们每个月都去两次，每个人都整齐清洁。

我终于想到，这是全男生的好处。

对，所以，木兰从军十年，太多不方便了，难道从来不进澡堂?

打仗，不流血也流汗，一身臭汗，会像宁儿那样……

不同的，澡堂没有人就冲进去?

洗澡成为打仗?

我们三个人，宁儿、我和阿克伊，总是一起，抱着一叠衣服进入澡堂。我们在澡堂里总是你一句我一句，不让声音静下来。澡堂是个像宿舍睡房一般大的房间，一些门板把墙隔成一个个空间，没有门，靠墙是一个木架，上下两格，供摆放衣物和鞋子、浴巾及杂物。有人不放心，把钱包也带了进来。地面总是湿湿的，所以我们都脱下鞋袜放进门口的篮子里，走进去先把篮子搁在墙架上。

澡堂的入口除了草篮，还有木桶、木盆和水勺，随便使用。拿了木盆可以到旁边的水池打水，水是井水，有专人打水注入水池。平时，井是锁上的。据说是因为多年前一个新生晚上在宿舍外溜达，失足掉下井去。

有没有死去？宁儿惊问。

没有，但救上来，已经半死了，一位学长答。

喜欢冷水浴，一大桶水连水勺也就够了。若是怕凉，那就提个水桶到另一个门口进去取热水，再回到澡堂里。热水房还整日提供开水供你沏茶，不过要注意开放的时间。热开水每天都会由值日生提来。

洗澡完毕，换过干净的衣服，到门口把脚抹干，把鞋穿上，可以回宿房。可以休息一下了吗？不，还有一件事：洗衣服。我们的衣服必须自己洗，洗衣房就在澡堂旁边。把衣物放在草篮就行了。一般来说，天气并不很热，也没出许多汗，我们要洗的，不过是一套汗衫裤。打一盆冷水，拿一块洗衣板，把衣服涂上胰子，用力搓一阵，换两次清水就大功告成。要是娘亲看见，不知道会不会摇摇头，父亲呢，却大概会说，也好，要照顾自己了。

汗衫其实可以留到第二天早上再洗也可以，因为白天洗，有日照，衣服会又干又香；晚上晾在竹上，总是又凉又硬。如果晚上下雨，那就倒霉了，只好再洗一次，幸而衣衫上都写了号码和名字，不会弄错和丢失。

22

每天早上，教我们的是一位年纪比较大的老师，早上的课，差不多都是他教，教的都是书本里的文章，像《千字文》，一千个字，每句四字。由老师读一句，我们跟着念，读几句，听一听，然后由老师讲解，再由他读一次，我们读一次，之后，就由我们一起读，直读到会背：

天地玄黄　宇宙洪荒
日月盈昃　辰宿列张
寒来暑往　秋收冬藏
闰余成岁　律吕调阳

《千字文》因为不长，又有韵，一群人一起，像唱歌。这篇文章，父亲其实早教过我了。许多同学也都读过，而且会背。阿克伊可有点困难了，他没有读过，下了课，还要找宁儿补课。读完了《千字文》，下午我们就学《名物蒙求》，也是四个字一句，像这样：

天尊地卑　乾坤定位
轻清为天　重浊为地
丽乎天者　日月星辰
润以雨露　鼓以风霆
云维何兴　以水之升
雨维何降　以云之烝

这篇文章，许多同学又读过，老师也是要我们念熟，但最重要的是要我们明白，云是怎么来的，雨又是怎么产生的。然后要我们想想一个问题：为什么说“天尊地卑”？想想吧，想到了就告诉我。

《名物蒙求》我们只学选段，老师教了好几天。然后，另一天，我们读《幼学琼林》，也只选卷一天文部分，这次不再一定是四个字一句，有时是五个字，或者六个字，一起读，感觉很好，觉得这才是读书，书声琅琅，才是读书人的样子。老师说，这是中国古人对天地的认识，已经很了不起，我们应该认识：

混沌初开，乾坤始奠，气之轻清，上浮者为天，

气之重浊，下凝者为地，日月五星，谓之七政，

天地与人，谓之三才，日为众阳之宗，月乃太阴之象……

这告诉我们，什么是“七政”，那是古人对日、月，加上金、木、水、火、土五星的合称。七政，又称七曜，都可以用肉眼观看到。

为什么不叫七星，而叫七政？宁儿问。

这是因为中国人长期以来相信占星学说，《易经·系辞》：“天垂象，见吉凶。”简单地说，就是上天日月五星，下垂征象，提示人间吉凶祸福，主要针对政治，因为变化不同，呈现吉凶有别，所以索性叫七政。这位同学问得非常非常好，这方面，你们学习下去，会日渐明白的。

几个月下来，我们读了许多文章，有一件事很奇怪，我们读的文章，有时候内容提到月亮星辰、天和地，老师总是会特别花时间，仔细地讲，例如“参商二星，其出没不相见；牛女两宿，唯七夕一相逢”，这时，老师会解释，参、商古人以为是两颗星，从来不会同时出现，所以杜甫说“人生不相见，动如参与商”。其实参和商是同一颗星，就是太白金星，好像一个人分别扮演两角，有时在清晨出现，称为“参”；有时在傍晚出现，就叫“商”。早上出现，晚上就不会露面了；晚上出现，早上就不会再见。至于牛郎、织女，才真的是两颗星，只有七月七日那晚上才可以会面。

又例如读到《诗经》:“七月流火，九月授衣”，什么是流火呢？原来“火”是天上一颗星的名字，心宿的亮星，又名大火。那是说七月的夜晚，可以看到“大火”星向西落下；到了九月，天气转凉，就得准备冬衣了。诗我会熟诵，可我如今才知道意思。

过年放假回家时，我告诉父母在学校读书的情况，我说很喜欢学校，教我们读的文章里有很多星星的名字。父亲笑着说，因为我读书的地方是钦天监，国子监教的是“国学”，钦天监教的是“天学”，它们的名字里不就嵌着不同的字吗？一个是研究地上的经史子集，另一个，认识头上的星空。

23

我们进入课室时，老师已经在室内了。除了见到老师，我们看见老师的桌子上有些事物。平日，那桌子除了笔盒和书本外，并没有别的物件。我们都坐好之后，老师说今天我们会讲“方向”。

什么是方向呢?

方向就是东南西北吧，老师。

哪里是东呢?

太阳出来的方向是东。

西呢?

太阳落下的方向是西。

南和北呢？

前面是南，背后是北。

太阳其实并不好动，不会出来又落下去，日出日落，不过是习惯的说法。反而是地球转动的缘故。要是天阴了，看不见太阳，怎样辨别方向呢？

没有人回答。老师说，那就要由石头来指示我们了。老师在桌子上放下一堆石子，他把石头拿给坐在前排的同学看，看完传给背后的同学，一面讲石头的故事。他说，我们现在看到的石头，好像和其他的石头没有分别，其实是不同的，这种石头天生有神奇的特性，会吸铁，有人称之为“慈石”，好像慈母把孩子吸到身边。真正的名字应该是“磁石”，带有磁力，能吸铁，所以也叫“吸铁石”。你们见到的石头都是从大石上分割出来，经过细磨，磨成鱼儿的样子，长长的，头尾很小很尖，仿佛一枚针。这枚针受到地磁的引力，鱼头永远指向南方，鱼尾当然是北方了。

桌上有一只盛了清水的大汤碗，老师说大家都围过来看看，是否这样，是要试试的，说着他在碗内放下一条黑色的鱼。他告诉我们，这水中浮着的鱼，是磁石，鱼头不是指向南方吗？无论怎样摇动汤碗，鱼头总指向南方。这就是我国四大发明之一：指南针。

看完了鱼形指南针，我们就看桌上的另一件事物，那是一块木板，上有一块圆木板，圆木边上刻了度数。这木板上竖着两支木棒，顶上又以一条短横木相连，远看像个秋千架。横木正中垂下一条白线，在线梢粘贴一块小小的长条子石头。老师说，这是另一种指南针；除了指南针，还有指南车。迟些会带我们去看，因为，它存放在另一个地方，不在学校里。

指南针和指南车有什么用呢？我们都回座位坐好，听老师细说。相传，古代中原的黄帝和九黎氏族联盟的首领蚩尤作战，黄帝在大雾中迷失了方向，因此打败了。后来，黄帝发明了指南车，知道方向，才得以取胜。战国时代的思想家韩非子在著作中写过"立司南端朝夕"，"司南"，就是指南针，"端朝夕"则是定四方方位，确定早晚的方向。那时已利用磁铁做司南了。

秦朝时，秦始皇担心有人行刺，用磁铁做了宫门，如果有人身怀兵器，就会被大门吸住。

秦始皇遇到好几次行刺，但他的磁铁宫门，我倒没有听过。

老师说，这只是传说。

老师进一步解释，早期的磁铁磁力不足，会受空气和水的移动影响，并不很准确，针指的南和地球上的南有些偏差，这个偏差叫磁偏角，是宋朝科学家沈括发现的。在外国，到西洋人远渡大西洋时才发现。

石头是一种矿物，可以从地下、山上发掘。我们中国人很聪明，很早就认识到磁铁会吸铁，知道天地间有一种磁力和磁力线，明白到我们住的地方有磁力，会指出方向，于是发明了指南针。

我们要反复地试验才好，知其然，而不知其所以然，是不会发明指南针的。指南针的用处非常大，如果我们坐船，在河里航行是没有问题的，要渡过茫茫大海，没有指南针就不行了，白天，在海上可以看太阳认方向，晚上可以看星，一旦下雨，没有星怎么办呢，船就迷失了。

东晋时候有位高僧名法显，写过本《佛国记》的书，写他到印度去学佛，回国时坐船。以前，船到了晚上必须停泊不动，但法显那时已经有指南针，所以他很快就回到家了。我们钦天监的监正、博士老师不多是西洋人吗？他们都是坐船经过很大很大的海才能到中国来的，那全靠指南针。指南针，讲风水的人喜欢称为罗盘。

当然，大家知道前朝郑和七次下西洋，他带的“宝船”非常壮观，每艘船都有放置指南针的针房，挑选经验丰富的船员掌管，别人不可进入针房，航线就叫作针路。很多航海的人写下航海的方法、绘画了航海图，出版了《针经》，于是，我们知道，世界很大很大，中国之外，还有许多地方，许多国家，许多人。

容儿，我忽然想，将来我们是否也可以拿着指南针出海，看看其他的地方。

磁石吸铁，隔碍潜通。或问余曰：“磁石吸铁，何物可以隔之？”犹子阿孺曰：“惟铁可以隔耳。”其人去复来，曰：“试之果然。”余曰：“此何必试，自然之理也。”后见一书曰：“蒜可以避磁石之吸铁。”尚未之试。

——刘献廷：《广阳杂记》

24

中国人常说：光阴似箭。光阴，是什么呢？老师问。宁儿大声地答：光是光阴的光，阴是光阴的阴。同学大笑，老师也笑起来，这，我们知道了。宁儿继续说：光阴就是日月，日月就是光阴啦。老师说，对了，光是亮光，阴是无光，也等于说，太阳出现，就天亮了，那是白天，太阳是日，是光，光是光线；月亮也有光，南方的福州人唱："月光光，照池塘，骑竹马，过洪塘。"但其实月亮自己是不会发光的，它的光是反射太阳照的光。白天和夜晚，有日或者有月，都属于光，没有日和月，才是阴天。

星呢？

有的星会发光，大多数的星也是反射太阳的光。阴天虽然阴暗，并不是说日月星都不见了，而是它们被云雾所遮掩。

老师说，这一课要讲的主要是光。光从太阳射出来，光是线一般的事物，看来像线一般直，像箭一般飞行，快得我们看不清楚。现在，我们来看看光线吧。说着，老师打开身后的一扇柜门，拿出一件并不很大、像一把直尺那样白白的事物来，我们从来没有见过。它的模样像尺，可又不是尺。尺是薄薄的、扁扁的。老师给我们看的东西，像是三把尺连在一起，是三把同样的尺，边和边都连在一起，所以，它不是平面的，是有体积的，打侧面看，是三角形的，我们都知道三角形，也明白什么是体积。

你们说说看，光是什么颜色？

是白色的啦。

老师带我们都站到门口，那里刚好有阳光照进来。老师把那粘在一起的白色三角形物体，放在阳光下。奇怪，阳光从一边的面照进去，又从另一边射出来，光都射到了墙上，本来白色的墙忽然出现了许多不同的颜色，有红有绿有黄。老师叫我们数，一个争着说六色，还是宁儿数对了：七色。

这就是光的颜色了，合起来才是白色。

老师，你手里拿着的是什么？

这是三棱镜。回座位去再讲吧。

25

这天，我们钦天监的学生都很兴奋，为什么呢？因为这天是这个月的第三十日，逢十是旬，是假日哪，不用上课，又可以出外游玩了。最雀跃的还不止于此，更难得的另一件事，却是许多人事先不知道的。什么事？原来在钦天监读书与进入私塾、书院等地方读书又不一样。进私塾吧，得缴学金。即使穷乡僻壤，穷人家多少也得送只母鸡给老师，或者带一篮鸡蛋才行。那么，我们钦天监呢？一个子儿也不收，而且，想不到学校每个月还有月俸给我们。多少钱？足足是一两银子。读书不用付学费，供食宿，还有月俸，真是打着灯笼也没处找呀，所以，我们每月收下了一两银子也不知道该藏在哪里才好。难怪校规中有一条：在校内偷盗别人财物，立即驱逐出校，并且送官查治。大概没有人敢犯事了，我们收了银子也放心了。

放假可以回家，也可以留在学校，或者出外溜达。吃完早点，就有同学赶快离校上街去了。但也有同学会等到用过午膳才出外，这样可以省下出外午膳花的钱。父亲只需我每月回家一次，看看母亲、叔叔、容儿，报告学习的情况。这一次，我决定到市场去，带着一两银子，去买喜欢的东西。我也吃了午膳，比较轻松，而且到了下午，街道会有更多的瞄头。大清早，又不是要赶集买牛羊猪肉；相声、说书，唱戏还不曾开台哩。下午就不同了，越晚越热闹，灯色越辉煌。

我们三个人，宁儿、阿克伊和我一起，当然朝人最多的地方去逛，什么朝阳门、崇文门都是首选，商店、地摊到处都是，真是眼花缭乱。我见到了许多喜欢的事物，各种会咯咯叫的彩绘泥塑鸟儿、母鸡、无锡阿福、纸鸢、大头陀螺、布老虎、竹节长蛇、刺绣布猴、瓷娃娃、陶鱼哨子、小炊具，样样都想买。一忽儿想买条绣花手帕送给娘亲，要不要买张画片儿送给父亲？一忽儿又想起还有容儿，也许该买一对木珠子耳环？结果都没有买，却看了一场木偶戏，是《三打白骨精》。阿克伊也说好看。白骨精没有血肉，只有骨头，全用线吊着，手舞足蹈，居然还会翻筋斗。奇怪，白骨精样子多丑，没有眼珠，又张大了空洞的嘴巴，咬得牙齿咯咯响，宁儿居然一点儿也不害怕，还笑得哈哈不停嘴。

我们看完木偶戏，去吃了一碗豆腐脑，继续逛街。忽然看见一个地摊，卖的是不常见的事物，我决定买一件，宁儿和阿克伊也说好，那是京城中少见的木屐。摊主老伯说，这是广东来的货，下雨穿最好。我们一定想起澡堂满地是水，有双木屐总比赤足好。于是，三人各买了一双，挂在两肩，宁儿还愉快地吟道：脚着谢公屐，身登青云梯。我说：谢公本无屐，青云亦非梯。

宁儿买得最多的是零食，一包又一包的，看见零食摊档就挤进去。忽然听到他大叫：阿闳哥。朝声看去，只见一个少年正和他拉扯，要抢他的一包食物。那少年瘦瘠，却比我们高半个头，衣衫褴褛。正在迟疑，阿克伊霍地上前，抢去食物，就挡到宁儿前面，也不说话，他一急就说不出话来，只怒目瞪着少年。阿克伊并不高大，但块头健硕，臂膀粗壮，应该会角抵。

他是成吉思汗的后裔？

应该是吧，下次我问问他。

那少年看势头不对，只好转头就跑。宁儿说，要是他问，也许就送给他。他一只手提高，搭着阿克伊的肩头，一起回校去。

回到钦天监，很多同学已经回来，各人买了不同的玩具，有几个买了空竹，在那里呜呜嗡嗡地拉；有人买了毽子，朝我们踢过来，我们就跑过去一起玩了。阿克伊呢，也有他的玩意：跑去后园骑马。

京师丐头，向分蓝杆子、黄杆子两种。蓝杆子者，辖治普通之丐；黄杆子者，辖治宗室八旗中之丐也。盖自入关以来，旗人向不事生计，而宗室中亦有游手好闲之徒，余威未杀，市井横行，故其党魁黄杆子一席，必以属之位尊势厚桀骜不驯之王公贝勒，方足以慑伏之。所辖均旗人，犹之寻常一族之族长，不足为耻，且资格权力足以雄长其曹，被推之后，虽欲辞而不得也。

——徐珂（1869—1928）：《清稗类钞》

26

今日非常有趣，用过午膳，我们在课堂内等老师。不久，有人进来了，吓了我们一跳，原来不是我们见过的老师，竟是另一位长着大把胡子、头发像菜花、眼睛是灰灰蓝蓝的西洋人。原来他也会讲汉语，叫我们都站起来，跟他出去。因为钦天监最特别的地方是，由西洋人做主管，有西洋人办事，他们偶尔也会到课室来教导我们，只是他们教的都是高班的同学，而且不是每天来。

西洋老师都是传教士，听说，他们是不娶妻的，所以没有子女。在我们中国人眼中，他们就是和尚，但他们和我们的和尚又不一样，不剃头，也不穿袈裟，穿和我们一样的衣服，有时也穿西洋衣服，穿皮鞋。这天，西洋老师带我们到另外一个课堂去上课。课堂前面的墙上有一块很大的黑色木板，老师拿一支白色短短的圆棒，在黑色的板上写字，从左边横着写，一面写，人往右边移，很快写完，大约有十个字吧，1 2 3 4 5 6 7 8 9 10，10 占两个位，是不是字呢，像画图。老师说，今天教的是十个字，叫作数目字，不是中国字，是阿剌伯[①]字。阿剌伯在地球东方的地区，住着阿剌伯人。世界是很大的，世界上除了中国，还有许多别的

---

① 阿剌伯，即阿拉伯。

人和别的国家，譬如说，老师自己就是意大利亚人。

阿剌伯人和中国人一样，都很聪明。他们发明了数目字，就是黑板上的十个字，这些字有什么用呢？老师说将来我们就会明白。现在，知道它们可以数数目就可以了。中国人数数目用的字是壹贰叁肆伍陆柒捌玖拾，对不对？或者简单地写，是一二三四五六七八九十。说到这里，老师在黑板上那十个字的底下，一个跟一个，写下中国的数目字，老师的中国话说得很好，我们都听得懂，他教的数目字，我们也懂了。

老师给我们纸和笔，叫我们把黑板上的字写下，叫我们记熟，还教我们记的方法：1像1支笔，2像鸭子，3像耳朵，4像一个人站着叉腰，5像个钩，6像烟斗，7像一把折起来的伞，8像眼镜，9也像烟斗，不过竖起了；10是1和0合在一起，0像个鸡蛋。老师还从衣服里掏出两个数字来，原来一个是烟斗6；另一个是眼镜8。他还说他每天都吃一个0，即鸡蛋。

上课可以这么有趣，我觉得非常高兴，我发觉西洋老师总有特别的讲解的方法，真希望西洋老师常常来教我们。而且这样上课，不用抄书写书法，更加不用背书，十个图画般的字我们一会儿都学会了，不必整日整夜念念有词地背书，谁不喜欢呢。最高兴的当然是阿克伊，他说，这一次我早就懂得了。再说，老师很友善，又和蔼，会问我们懂了没有，不懂的话可以问，一定要明白。一堂课，我们都欢天喜地。我心想，国子监大概没有这么有趣，真幸运，我进了钦天监。啊，老师临下课前说了什么？他说，星期日早上，欢迎你们到天主堂来听道理。

老师还说了一句，我留下很深的印象，他说：算术是读懂这个世界的钥匙，它由数目字组成。但要明白这世界是怎么创造的，还得到天主堂来。门很小，但一敲，就开了。

27

今天，又有新的事物使我们大开眼界了，是另一位西洋老师来教我们，可不是讲什么四书五经的古文，也不必背诵。这让我们觉得很轻松。这堂课居然也是画图，可不是画星。最特别的是，画图竟不必用我们常用的笔，用毛笔的话，就需要用墨、用砚台，还要用水。

课室贴墙的四周，除了门和窗，都是木架，都比人高，沿墙排好，木架上有一些盒子，里面不知装了什么东西；至于矮的木架，还有掩门，里面也不知藏了什么，很神秘。我们都希望老师会敲一下，打开那些门，看看门内有些什么，因为每次开门，就有奇异的物体出现了。这一次，老师从盒子里掏出一批特别的笔来。世界上还有不一样的笔哩。老师派给我们每人两枚，看来像两根小木棒，长短跟毛笔差不多，起初，我还以为是筷子呢。小木棒当然是木头，和毛笔一般圆圆的，毛笔当然是用竹制成笔杆，在笔的一端伸出羊毛或驼毛、猪鬃等。那么木杆呢，木的尖端被削成尖尖的，是一段黑色的很细的芯，不像软软的毛，而是硬的，有点像簪，这枝“笔”的尖端画在纸上，显出灰黑的颜色，像炭。这种笔，名叫铅笔。但笔芯不是真正的铅。

用铅笔可以写字，可以画画，不必磨墨，不用墨，不用水，也不会在纸上化开、染晕成一片，而是一笔一画，清清楚楚。笔芯用得多了，会缩短。如果缩到和木头齐平，可以用刀斜着削尖，就会又露出炭一般的黑铅条。如果字写错了，不必涂掉弄成黑团块，可以用一块叫“橡皮”的东西把字擦掉，毛笔有毛笔的配套，铅笔有铅笔的配套，毛笔的配套是墨、砚台和水，铅笔的配套是刀和擦胶。不过，听高班的学长说，西洋人也有用水的笔，不用磨墨，墨水早已做好，盛在瓶子里。笔嘴也不是软毛，而是硬铁片，软毛却做成笔杆，蓬蓬散开，像鸟一般，写字原来也可以很好看。

容儿，我把其中一枚回家时带给你。

老师不会责怪吗？

不，这是送给我们的。

之后老师又从盒子里拿出一批尺，由组长分各人一把。尺大概有一本书那么长，和我们家中用的差不多，一尺也分十寸，不过尺很薄。尺我们见过，做衣服、量布、量木材都会用尺，可老师分派给我们的尺和我们常见常用的又不一样。我们用的尺是厚厚的，有点像镇纸用的镇尺，量布用的尺会长些，尺上常常刻了

“百子千孙”的字样，一把尺长十寸，因为一尺就是十寸。老师分派给我们的尺却是西洋人用的尺，一尺有十二寸。

这尺也奇怪，尺上的数目字不是一二三四五六七八九十，也不是1 2 3 4 5 6 7 8 9 10 11 12，而是很特别的直线，有的是一条、二条、三条、四条直线，有的是两条斜靠的直线，还有交叉的直线。原来是罗马数目字。这么一来，老师就先教我们这些数目字。一至十，写成Ⅰ Ⅱ Ⅲ Ⅳ Ⅴ Ⅵ Ⅶ Ⅷ Ⅸ Ⅹ。活像插秧。罗马数目字倒也不难，数目字原来也用上加法和减法，六、七、八都用上加法，九却用减法，四也可用减，五减一成四，即Ⅳ。

老师又派给我们硬硬的纸，教我们把尺放平，拿铅笔画直线。一定要直，长短随意，但一定要直，不能弯弯曲曲打斜起拱。他说，为什么要用铅笔和直尺来画直线呢？因为用毛笔可以画很好的山水画，却不能画很准确的直线。直线是很重要的，你们很快就会明白的。

我终于学会画一条很直很直的线了，我觉得很快乐，我真喜欢在有黑板的这间课室里上课。

28

今天，又有另一人入课堂，又是一位西洋人，头发卷曲，背后垂一猪尾般小辫，相信留发日子尚浅。西洋老师教我们，总有些新鲜事物、新知识。我们都打起精神，坐得端端正正，眼睛前望，看着老师的蓝眼珠和一把灰胡须。这老师同样会讲汉语，他说，这堂课是教我们点、线、面三个概念。说完，从条案上的盒子里取出一支白色的短短事物，回转身，用那白色事物在黑色的板上碰压了几下。黑色的木板上就出现了几个白色的小点子。

他说，这些白色的圆圆的实心的物事就是点。一面说，一面把点涂得略大一些，怕我们看不清楚。黑色板上的点我们都看见了，有的大些，有的小些，都很清楚。老师把手伸向一位同学，又指着一个点问：这是什么？那同学也很聪明，立刻站起来答，是点，老师。老师点点头说，对，满分，是叫作点。又说，在课堂里答话不必站立，坐着就好。接着，老师又转向黑色的板，用手指指着白色的点，一面移动一面说，这是一个点，这里的另一个也是点，看着，我现在从这边的点画一条直线，一直画到那边的另一个点，看，两个点连接起来了，线可以连接两个点，一条线的两端就是两点。接着，他又把手伸向另一个学生问，这一条是什么？那同学也答了，是线。又问，线的两端是什么？答是点，两个点。好，大家都拿了满分。

容儿，你也拿满分了吗？

明白了点和线之后，老师延伸开去，这次是三个点和三条线。他在板上点了三个点，然后把三个点用三条直线连起来，一面说，这是面。这样的面，叫作三角形。凡三角形都有三个点和三条相连三点的线；还有，两条线连一个点的地方叫角，一边是大的角，一边是小的角。他又重复问同学，当然大家都很高兴，因为每个人都拿了满分。阿克伊也不用因为要记诵课文而发愁。

我们听完课，都要用铅笔在派给我们的纸上做堂课，就是画点、线和面，我们都画了许多三角形。我们大家都学得很高兴，不但学到新的知识，还认识了铅笔、橡皮、尺。西洋老师用的是黑板和粉笔，还有粉刷。进来派文具和抹黑板的博士老师是助教，他在我们做堂课时在我们身边巡视，看我们画，错了就指正，还让我们问不懂的地方。他是汉人，说话当然方便得多。

点、线、面我们都学会了。同时也学会了画线的时候用尺，把尺放在两个点的位置上，用硬笔拉一条直线，这样，线会是直的。当然，用毛笔也能画一条直线，但即使很用心地画，线条还是起波浪似的，对于精细准确的工作，就不适用了，反过来说，毛笔最合适书法和绘画，硬笔适合工程和设计。

接着我们就学图形了。我们已经会画三个点连接三条线的面，这个面会是三角形，因为一个点加上两条线就组成一个角。可是，并非任何三个点加上三条线就会画成三角形。例如把三个点画在同一的一边，那么，连出来的样子只能是两条连接了三个点，另一条线只连上一个点，另一边要绕半个圆才接到第一点上，那可不是三角形。会是什么形呢？我们迟些就会学到，是半圆形。

我们已会画三角形，且看看黑板，上面已经画了其他的形状。

三角形旁边，有四个点，四条线，是四边形，当然它也有四只角。下一个，对，应该是五个点，五条线，成五边形，还有六、七、八、九等。够了，我们要停下来，回到三角形和四边形。西洋老师要我们自己在纸上画一些三角形和四边形。他用粉刷把黑板上的图擦掉，重新画一些，一面画一面教，我们很快又学会了。原来三角形也有许多，有的是正三角形，三条线，又叫三条边，都一样长短；另一个是等腰三角形，其中两条边一般长。

然后是四边形。正方形是四条边一样长，长方形是对面的二条边一样长，另有一个叫平行四边形，是个四边形不错，可其中两条对边是斜的，也一般长。西洋老师讲课总是问：明不明白？学问学问，不要害怕问。其他地方的夫子老师大概从不会问学生明不明白，也没有让学生问。天文生第一年要学的点线面我们不久都学了。我们学的当然是数学，原来叫作几何，多么有诗意的名字，宁儿低声念："罗敷年几何？"我答："二十尚不足，十五颇有余。"

后来，我们在几何课上又学了五边形、六边形等，也就是五角形、六角形那些，还有圆形、半圆形，不同的点线面。面都是平的，像一块板，只有长和宽，没有厚，即是，只像一扇门板，不是一个柜。不过，我们不久又学了另一种模样，叫作立体，那就不是门板，是柜了。板块是平的面，即平面，柜则是立体，厚厚的，不错，就是会站立的物体啦。会站立的物体可多了，桌子、椅子、花瓶、牛、马、人都是，还有西瓜、梨子。不过，这些又有分别，还有名称，桌子、椅子，是立方体，西瓜、梨子却是球体。

然后，老师忽然问：我们看到的星图，只是平面，没有深度，并不是立体，我们看不到左右侧面，看不到后面。它有侧面，有后面吗？我们这样看到的，就肯定一颗没少？

我们谁也不能回答他的问题。过了好一会儿，他说，对了，我们其实并不知道。我们必须要有更好的工具。譬如要画一个精确的球体时，会用一个特别的工具，叫圆规。角有大小不同，三角形的角，四方形的角，可以量出度数，这，又得用量角器了。

西洋人真的有许多奇异的学问。我们天文生现在见到桌子会说，立方体；见到皮球会说，球体。

容儿，你以为我是球体还是立方体？

哈，是不明物体。

29

有一天，下课之后，我留在课室中告诉老师，我年纪小一点的时候，有一位叔叔到我家做客，见我在一旁做功课、数手指，他告诉我一种很奇怪的数目字，看来很像老师教过我的罗马字。

哦？像罗马字？

是的，罗马那些 Ⅰ Ⅱ Ⅲ Ⅳ……

老师让我写在黑板上，于是我就拿一截粉笔写了。因为那些数目字很特别，很容易记，虽然已是许多年前的事，我依然记得。我一面写，一面说，那些数目字是我们古代的算筹，就是一支一支的小木棒，或者竹片，可以放在一个竹筒里。如果不用算筹，用笔写，就是这样，而且有两种写法，一种是纵式，另一种是横式：

纵式是：| || |||

横式是：一 二 三

真是有趣呀。

是的，老师，所以我一直记得。

的确和罗马数目字极相似。

我们和罗马人也许是同一个祖先？

谁说不可能呢。

老师，我叔叔说，凡是个位、百位、万位的数字，要摆成纵式，凡是十位、千位的数字，要摆成横式。超过十位的筹式就要纵横相间。还有，数目字有零，即0，则空出一位，像202，是个位与千位之间空出二位：|| ||。所以：

23是═||| 802是Ⲡ ||

1003是— |||

这可做加减乘除呢，也有横式和纵式的算草。

你们古代中国人，真的非常聪明。谢谢你告诉我这些。你叫周若闵？

是的，老师。

为了使新宗教的出现不引起中国人的疑心，神父们在公众的场合下不要公开谈论宗教的事务。先要谦逊尽公民之职，然后学习当地的语言、文字和风俗习惯。要尽力用更直接的方法，即是以自身作则，以圣洁的生活来教导异教徒。以这种方式赢取人民的友谊。

——［意］利玛窦:《中国札记》

30

过了几天，同一位西洋教师又来教我们，他说要讲的是分数。什么是分数呢？得先要知道什么是整数。老师在黑板上画了一个西瓜、两个苹果、三个梨子。他说，这些水果，都是一个个的事物，都是完整的，没有切开过。如果用阿剌伯数字写，一个西瓜是 1，两个苹果是 2，三个梨子是 3，例如房间里一张桌子、两把椅子、三本书，我们用阿剌伯数目字也该写 1、2、3。这些水果，或桌椅、书本，都是整整齐齐的，所以叫作整数。

我呢，他说，也是一个整数，我可不是西瓜，不可以把我分割啊。要是我有个大西瓜，一个人吃不分给朋友，不是太小气了吧，最好就是切开两半，和朋友分享，一人一半。用数学的数字该怎样写呢？是这样写：½ 这个数的意思就是一半，是一件物事，分为两半。斜线底下的 2 表示有一件事物可分成两份；斜线上的 1 表示它是被分开来的事物的一份。1/2，这就是分数了。

把一个西瓜分为两份，每份都是 1/2，如果把两份合起来，就是 ½+½。演算的话，要记住一点，斜线上的数目可以加，斜线底下的数目，不需要加，也不能加。所以，上述的算题就变成 1/2+1/2=2/2。凡是斜线上、下的数目相同时，就是 1，因为算式中的 / 是 ÷ 的意思。+ − × ÷ 的 ÷。所以 2/2 即 2 ÷ 2=1。你们看，半个西瓜加半个西瓜，合起来不又变成一个西瓜了吗？虽然给切了一刀。梨子呢，要是也要“分离”，是否很凄惨啊，他作拭泪的样子，把我们都逗笑了。

老师讲到这里就问我们明不明白，又问了一些同学，同学们都说明白了。于是老师接着又讲了什么叫分母、分子，教我们通分母等。继而在黑板出了十道题给我们计算。他说，斜线底下的数目，仿佛母亲，所以叫分母；在线层上的譬如孩儿，是分子。一个母亲可以有许多个孩子。通分母是由于分母的数目不同，必须打通一致才行。方法有多种，下一堂再学吧。又教了我们约数，例如 2/4、3/9、4/16 可简约为 1/2、1/3、1/4 等。每一款式必须约至最简。

下课后，同学如今都会自己离开课室，不必老师带领，三三两两，鱼贯而出，不一会儿走得干干净净。因为宁儿和我刚好是这天的值日生，要负责收拾教室、擦黑板，把粉笔放回纸盒，交给老师放进橱柜。只见老师从柜中见到算盘，拿了一个出来晃动，问道，你们两个会不会用这个？我们一起答会呀，老师说，来来来，你们来给我说说。

31

于是老师和我们一起坐下，宁儿和我一起告诉老师，那个算盘共有上下两层，一共十三排，上层有两颗珠子，每一颗代表五；下层有五颗，每颗代表一。计算时若是七，就从上层拨下一颗，从下层向上拨两颗。看，就这样，不是等于在斜线上下挤了七颗珠子吗？

我们说，加减法都是把珠子拨上或拨下，如果数目过了十，就进位一到邻旁的一支木棒上，那颗珠子就是十。嘀嘀嘚嘚，计算起来像唱歌。

老师立刻就明白了。宁儿说，用算盘，有口诀可以背，例如：

加法

加一：一上一，一下五去四，一去九进一

加二：二上二，二下五去三，二去八进一

加三：三上三，三下五去二，三去七进一

依次类推到加五，但加六会不同，因要进位。加六，是六上六，六去四进一，六上一去五进一。

依次类推到加九。其实，不用背口诀也可以，是不是？老师问。

是呀，我没背过。

我也没有。

那么减法、乘法和除法也有口诀？

是的，嗯，乘法要背“九九歌”，宁儿说。

“九九歌”？

就是九一得九，九二是十八，九三二十七……宁儿说。

是不是九七六十三，九八七十二，九九八十一？

哎呀，老师早就会背“九九歌”。

我们看着老师拨了一会珠子就说可以了，谢了我们。正要离开时，老师从提袋里掏出几个古怪的物事来。

送两个玩具给你们，一人两个，老师说。

玩具？谢谢老师。

谢谢老师。

一个是放大镜，可以把物体放大。

这个呢？

是望远镜，可以看到很远的景物。

好奇异的玩具。

拿望远镜，千万不要对着太阳看，记住了。

可以看星吗？

可以，不过星太远了看不见的。看星要用特别的望远镜。

32

怎么猜也猜不到，这天下午，我们竟然不在课室上课，老师让我们在门外站好，然后说，今天到校外去上课，所以大家都很兴奋。首先，老师对我们说，出校上课，是到大街上走路去，会走些路，经过店铺、人群、车辆，所以，必须守秩序，不可横行霸占整条街，应该排成两个一齐跟着走。沿途不可游戏、停步观看、买玩具，不可走进横街小巷，不可大声叫嚷，追逐猫狗，紧跟大队朝前走，失散迷路，自己负责，回来受罚。

由两位老师带我们出校，他们检查一下我们的衣饰鞋袜头发，觉得整齐就出发了。我们都紧紧跟着老师走，路上也有人好奇地看我们，也有人说，是钦天监的学生吧。一定是到鼓楼去了。果然，一盏茶的工夫，我们就到了鼓楼。其实，同学中有好些人已经到过这里，但是，进过鼓楼的就没有了。鼓楼从外面看，很宏伟，底下是城门，有门洞，是砖石砌成，像一座大殿，城上有三层楼，有两重大屋顶，三重檐，有两角飞檐，盖的是灰色瓦片，滚绿琉璃瓦框边，楼和底层不同，是木建的。

我知道，每个城市都建有钟楼和鼓楼。北京的钟楼因为火灾，已经毁坏，如今只剩鼓楼，楼上有门卫把守，也有钦天监的学长，认得是钦天监的学生来上课，当然放行。鼓楼上设有更鼓，是古代报时的器具，鼓面是用整张牛皮蒙制，楼内有鼓二十四个，代表二十四节气，由銮仪卫的旗鼓手负责。老师介绍銮仪卫在前朝叫锦衣卫，很厉害，除了缉探的工作，还担当皇室车驾仪仗的杂务。如今改了名号，已免除了缉探的任务。旗鼓手每夜打更五次，每更一个时辰，即戌、亥、子、丑、寅各一次，击法为十八响快，十八响慢，轮流击，合共一百八十响。城中大小街道的更夫则手拿铜锣、梆子，开始报时，并喊：小心烛火。

至于钟楼，楼内原挂有大铁钟，因声音不够洪亮，改悬另一大铜钟，声音纯厚绵长，不仅都城内，十多里外都可听到。

很小很小的时候，我们好像还听到那钟声？

好像，就当听过好了。

钟楼已毁。老师说，撞钟法与击鼓法相同，初更与尾更均先击鼓后撞钟，二至四更则只击鼓不撞钟。钟鼓楼本叫谯楼，是二楼的合称，其实是两座楼。凡谯楼都设鼓、号角及刻漏三物，各地如是。何时撞钟、击鼓，为什么要有刻漏呢？因为击鼓和撞钟，由铜刻漏报时而定。楼内的铜壶漏，由钦天监的学长守护，看流水的刻度定时辰。这日，不知何故，老师正想解读滴漏的用法，户外天色灰暗起风，似有风雨来临。两位老师决定率众早返校舍为佳。

33

我们钦天监，属下的三个科系分为时宪科、天文科、漏刻科。一年级时，全体学生一同上课，各科的学问都要学，这是基础。两年后，才凭成绩决定分科。

什么是时宪科？这一科主要是研究日月交食的变化、检验岁差和节气的均匀和推算。最重要的是，把天气变化、时令的吉凶等编制一本时令书，每年编一本全年时节的细部，印刷出版，数以千万册，择定吉日，钦天监官员敬呈皇帝后，再分派所有大小官员，以至全国百姓，大家都可依历书办事，民以食为天，百姓就按历书，以便配合日照雨水，播种插秧，耕田收获。

什么是天文科呢？那就真的是观看星斗的部门了。天文科的员工要昼夜率领天文生记录星象的变化，为星斗分类，标明位置、动态，认识各类流星、异星。此外，还要追踪晴雨、风雷、云霓、晕珥等气象。

晕珥是什么呢？

那是指日月四周的光晕。

这个部门不是叫官员坐在案前，埋头疾书，而是抬起头来，登上观星台看天，不分昼夜，而夜间当然更重要，更频繁，再记下所见，实时呈交钦天监监正，整理后再上奏皇帝。时宪科的主要工作是编历书；天文科的另一主要职务是制作天文仪器。没有仪器，怎么观星呢？有些星，单凭肉眼是看不见的，不是它躲起来，和你捉迷藏，而是太遥远了。这就需要望远镜。没有地动仪，又怎么知道哪里发生地震，强度多少？没有日圭，又如何知道日照的方向、高低、长短？这些全影响农耕，主宰日出而作、日没而息的民生。

所以历书很重要。

很重要。

什么是漏刻科？漏刻，那是指示时间的器具。之前不是说在钟楼和鼓楼有刻漏吗？把刻漏科的名字改为漏壶科可容易明白了。漏壶就是铜壶滴漏。用一组可漏水的壶，排列成阶梯的模样，高处壶内的水，滴向下一层的壶，一个接一个，依次类推，就可以计算出时光，把时光分为一更至五更。官员要派人监看在壶边坐更看守报时，而报更的人实时配合打更，用钟或者用鼓，又或者用锣，沿街向百姓报时。在钟楼或鼓楼向全城报更。

我们平日听到的打更，原来是这样的。明白吗？

一更：咚！——咚！三更：咚！——咚！咚！

五更：咚——咚！咚！咚！咚！

对，漏刻科也管理祭祀、朝会、营建、择取吉日、办禁忌等事。这个科，和占星学有关。

本来还有回回科。回回科是制定回回历法的部门。这种历法最早由西域天文学家札马鲁丁在元世祖时引进，元朝时设有回回司天监。前朝洪武年间，取消了回回司天监，将有关阿剌伯的历法工作并入钦天监内。我考入钦天监时，朝廷因见回回历法与国情不合，已取缔了。

大概就是这样。我当然说得简陋，因为我所知的毕竟有限。

34

谁不爱玩具？皇帝当然也爱玩具。贵为皇帝，他的玩具可非比寻常，国内的，要什么有什么。其实整个皇城，把它缩小，是否像一件木砌出来的玩具？精致、美丽、对称，整个地皮经过人工改造，设计好，分配好。三大殿固然没有树木，花园里的树木，即使是国槐、古柏，都是移植过来的，或者重新培植，草地也是重新铺设。当然他这个玩具，要背山面水，没有山没有水，就人工堆起来，人工挖出来。而主人只有一个，就是皇上了。他可以分一点跟你玩，也可以随时取回去，他用高高的围墙收藏起来。

本土的玩具，皇帝都有了。所以明清的帝王，都被西洋传教士带来奉上的奇异玩具吸引，喜欢极了。起先是明末的万历帝。利玛窦献给他的贡品有四十件之多，全都没有见过。其中两件，更把他迷倒了。哪两件呢？一件是会报时的自鸣钟，另一件是钢弦琴。自鸣钟是上发条才鸣响的。万历帝第一次见到它时，钟还没有调好，到了该响的时候没作声。于是立刻下旨宣召神父们进宫修理。神父回说这些钟都由很聪明的工匠制造，不需要任何人的协助就能日夜指明时间，并且有铃铛自动报时，钟上的每一个指针会指示不同的时间，操作起来也不难，一两天就可以学会。

会依时依候自己唱歌的钟，皇帝真是闻所未闻，就派四名太监去跟利玛窦学习钟表技术。太监岂敢不努力学习？几天就记住了，钟表嘀嗒嘀嗒地响起来。四名太监中的两名还被任命专职侍候这些会唱歌的钟大人，恭恭敬敬，怕它饿了，随时饲食，即上发条。这事皇太后知道了，便要皇帝把玩具送去给她玩玩。皇帝知道不妙，如果皇太后喜欢它就得留下了，于是叫太监暗地把发条松开。果然，皇太后玩了几天，见它又聋又哑，并不好玩，也就交回给皇帝。朝廷的大小官员，对送钟这样意头不好的事，居然不敢置一词。

除了自鸣钟，万历喜欢的还有那架钢弦琴。可宫中却没有一个人会弹，于是又派四名太监去学习演奏的技术。这次利玛窦正好派庞迪峨每天进宫教授音乐，又把曲谱的大意译成中文，取名为《西琴曲意八章》，每一章内容都以修身格言为题，阐扬天主教教义，借此传教。许多年后，康熙三十八年，我听闻宫廷里也举办过一场西洋音乐演奏会，好几位传教士分别以大小提琴、喇叭、大键琴、直笛等合奏，音乐刚开始，康熙皇帝马上叫停，认为难听到死。无论如何，不过是一些西洋会发声的玩具，天子封闭的大门终于叮叮咚咚，被敲开了。

训曰：明朝末年，西洋人始至中国，作验时之日晷。初制一二时，明朝皇帝目以为宝而珍重之。顺治十年间，世祖皇帝得一小自鸣钟以验时刻，不离左右。其后又得自鸣钟稍大者，遂效彼为之。虽能仿佛其规模，而成在内之轮环。然而，上劲之法条[①]未得其法，故不得其准也。至朕时，自西洋人得作法条之法，虽作几千百而一一可必其准。爰将向日所珍藏世祖皇帝时自鸣钟尽行修理，使之皆准。今与尔等观之，尔等托赖朕福，如斯少年皆得自鸣钟十数以为玩器，岂可轻视之？其宜永念父所积之福可也。

——雍正记录:《康熙家训》[②]

最后我有一件事向您请求，这是我多年的希望，迄今未获得回音。此事意义重大，有利传教，那就是派遣一位精通天文学的神父或修士前来中国服务。因为其他科技，如钟表、地球仪、几何学等，我皆略知一二，同时有许多这类书籍可供参考，但是中国人对之并不重视，而对行星的轨道、位置，以及日、月蚀的推算却很重视，因为这为（对）编纂《历书》非常重要。我估计，中国皇帝每年聘

---

① 法条，即发条。

② 《康熙家训》，因康熙平时在宫中常给皇子皇孙以教诲，雍正即位后，对康熙家训加以追述，并整理汇编成书。也称为《庭训格言》。

用二百人以上，花费很多钱，编纂历书，且成立钦天监专司此职。目前中国使用的历书，有《大统历》与《回回历》两种，对推算日月蚀，虽然后者较佳些，但均不准确。宫里宫外各有两座修历机构，宫内由太监主持；宫外则设在南京雨花台，由学人主持。可惜他们除遵循先人所留下来的规律进行推算外，其他可说一概不知。

——[意]利玛窦:《致罗马阿耳瓦烈慈神父书》(1603年5月12日)

35

一年级生最早学会的除了天干、地支，然后就是二十四节气了。节气这些一年发生的变化，根本是人人都懂的，尤其是农民，所以，博士老师一面教一面说，如果我们不知道二十四节气，会被人耻笑。果然，不过上了一堂课，我们都记住了七七八八，何况，节气也有歌可唱。只要记住开头的四句歌词，一年的节气已包括在内。歌词是这样的：

春雨惊春清谷天，夏满芒夏暑相连。

秋处露秋寒霜降，冬雪雪冬小大寒。

读起来真是很别扭，又啰唆，说不得是好歌词，可是，内容可丰富了，一句歌词就包含了六个节气。例如第一句，除了末尾的“天”字，其他六个字都指一个节气，分别为立春、雨水、惊蛰、春分、清明、谷雨。第二句就是立夏、小满、芒种、夏至、小暑、大暑。头五个字已经写出了六个节气，最末用了暑相连，一箭双雕，聪明极了。第三句是立秋、处暑、白露、秋分、寒露、霜降，也是前六个字已带出了秋的节气。第四句是立冬、小雪、大雪、冬至、小寒、大寒，最末的小大寒和暑相连一样，既简单又有韵味，读来又不觉写得差了。只有阿克伊在发愁，好像霜降眉头，看来又要宁儿替他补课了。

中国人很早就从天气变化知道日月星辰的活动，循环而有周期性，所以就学会每天日出而作，日入而息；又从大地上草原的变化，一岁一枯荣，而定出二十四节气，依照节气从事一切活动。谁说天文不重要呢。所谓节气，就是气，是气候，是天气，节气表示一年四季天气的变化，反映了四季冷暖及阴晴雨雪的情况。古人很早就由官府制定历法，最初的书本是《太初历》，历书上写下二十四节气，那还是秦汉的时候呢。中国以农立国，这是我们特有的天文，西洋人没有这种说法，渐渐地他们也觉得有道理。

要编写二十四节气可不是任何种田的人办得到的。编写的人，也许是一组人，加上前人的知识，累积起来。这些人，要知道地球自转一周为一天，围绕太阳公转为一年。二十四节气其实对应的是地球在公转轨道上二十四个不同的位置。由于公转轨道上的位置不同，太阳光照在地球上就会有时偏南、有时偏北，引起了气候、昼夜的变化。地球围绕太阳转一个圈，这么的一个圈是三百六十度。我们的祖先久而久之，知道这个情况，于是每隔十五度划分一个节气，每个节气相隔大约十五天。这样，每月有两个节气，刚好合成二十四节气。博士老师对我们说，注意天象固然很重要，会做算数也是很重要的。考科举，必须勤读四书五经；在钦天监，就一定要学好算数。但不要以为只有钦天监才教算数，国子监也有算数科，数，不是六艺之一吗？不过简单了些。

他们的学生都分配到钦天监来上课。看看外面的房子、桥梁、道路，不懂数学，能建起来吗？

36

我是在成为钦天监的学生之后才完成以前画过的星图的。我在家中画过紫微垣、太微垣和天市垣，本来该继续画三垣以外的星宿，可是却被突发的事情打断了。没有想到，过了一段日子，我竟可以继续画我的星图。原来在钦天监内我们一群学生都要学习星图。要会看、会背诵，还要会画、会默。而且，不单需要熟悉星的名字，还要记熟星宿的数目和图像。譬如说北斗七星吧，对，是由七颗星组成的，但哪七颗星呢？每一颗星的名字都要记得，是天枢、天璇、天玑、天权、天衡、开阳、摇光。光是背熟是第一步。其次，要能辨认彼此之间的联系，哪一星和哪一星结邻，哪几颗形成斗状，哪几颗形成柄状。好了，还得学会星形的方向，斗是朝内还是朝外，斗柄朝上还是朝下。这些至关重要，因为斗柄所指的方向牵涉到春、夏、秋、冬的季节，农人依靠看天空中的星来耕种呢。

星图不简单，三垣四象二十八宿，布满天空，可也不觉得挤。不觉得挤，令我想到之前一位老师的话，星图真的只是平面？不知道。幸好我们有一年的时间学习。而我，幸运的是，我已经在家中学过三垣，打了底子，就不觉得太难。

我在班上真正要对付的功课是从三大战场开始。哪三大战场？还不是父亲早教过我吗？但学校的解释不大相同。老师介绍了各个战区之后，指出这些西洋人是不讲的，认为这是地上中原的汉人自我中心的胡诌。古人迷信占卜，什么都要占卜，跟外族打仗总要问吉凶，为了对应，就在天上开启了三个战场。问题是，这是否说天上不止一个天帝？又或者是因为天帝管理不善，不能让各族和平共处？早年西洋人监正利玛窦绘画的地图，已经明确显示，这世界是一个球形，中国并不在球体的中心，要说中心，所有国族都在中心。他没有把这话公开地说出来，但看图知意，钦天监的学生都心里明白。南怀仁老师同样也指出过。

博士老师大多是经过五年的学习，取录升级成为助教的。许多更是曾经跟监正学习，不断进修，也教学生教了好些年月。当过天文生的，比较明白课程中什么易学、什么艰深，凡遇上难明难记的名字，就用故事及图画来辅助。像紫微、太微、天市、战场这些，用通俗的实物联系星名，的确连最难的星图也让我们有了初步的认识。

37

钦天监里的学习还包括书法。每天早上，吃过早饭之后，就上听讲课，下课后，我们就学习书法。博士老师告诉我们，传教士来华研究中国文化，最惊异的是我们的书法，变化多端，但又各有法则，而且表现书法家的个性，这是世上绝无仅有的艺术。所以，我们的书法一定要练好。好学问还需一手好书法，尤其是科举，书法欠佳，常常被扔在一旁；如果殿试，三甲中的第一甲，书法更要入皇上之目。据说许多学子，开始写字，常常先打探当今皇帝最喜欢哪位书法家，学的又是哪一家的字体。钦天监虽然不是国子监，但文书工作绝不比国子监少。我们每天习字，正好抄写《步天歌》，那是以三垣四象二十八宿的星名编成的歌，多读则朗朗上口，把星名都记熟了。博士教我们紫微、太微、天市和三大战场后，其他四象二十八宿，相对来说也不易记，但四象有动物形象，每一动物由七颗星组成，合共二十八星，只要记住动物的头、心等体位，多看多记，也可熟记，第一年，这是入门的功课。我一面学，一面奇怪，天空的星的确跟地上的许多事物很相似。

《步天歌》？

对，好像在天上散步一样。

早在隋朝，有位名丹元子的隐士，就当自己在天上转悠、唱歌，把天空中的星名编成一首歌，不是一首，而是一组，几颗星合为一组，例如三垣就是三首，四象就有四首，二十八宿，每宿一首，也就是二十八首。隐士大概觉得天上那么多星，如何记得这么多名字、位置，所以作了通俗的歌诀，每句七言，有时还押韵，这样，抬头望天，就可以知道什么星在什么方位了。天上千百的名字，的确很难记，隐士真是有心人，过了几百年，我们这些天文生还受益匪浅。可惜当年这些歌诀并没有在民间流传，因为不许私习天文。中国的好些学问就是这样，本来光辉耀目，却遮掩起来。

我们每天习字，会写那些《步天歌》歌词，平日空闲时都自言自语，念念有词。我且记下紫微宫的末六句，写的是北斗星：

北斗之宿七星明，第一主帝名枢精，
第二第三璇玑是，第四名权第五衡，
开阳摇光六七名，摇光左三天枪明。

短短的六句歌词，就把北斗七星写得很清楚了，它不像一般讲星宿，讲图像，什么像一只汤匙啊。《步天歌》并不是教我们把星想成什么样子，而是这些就是什么，星有多少颗星，亮不亮，在什么方向和地方，附近又有什么星。歌词六句，简简单单，例如第一句说北斗星共有七颗星。第二句说重要的第一颗叫天枢。第三句说第二、第三颗星名叫天璇和天玑。第四句指天权和紫微宫的天衡。第五句指第六和第七星，即开阳和摇光。最末一句则指出，在摇光星左面有一组三颗星合成的另一星宿，名叫天枪，而且十分明亮。由此可见，丹元子的《步天歌》是科学的天文学，不是光想象它的模样，因为图像比较虚幻，每个人心目中的星象都可以不同，否则也不会有人说北斗，又有人说汤匙了。

《步天歌》这样写星，想想看，在隋朝，世界上还没有望远镜哪。凭目视上千颗星，替它们写下系谱，可不是步天奇才？

38

老师说，今天要讲的是假想线，很重要。什么是假想线呢？假想线就是一条条的线，却是假的，不是真的，是我们从脑子里想出来的。譬如说，我们晚上抬头望天，见到许多星。天上的星其实都是一颗一颗，互不相干的，每一颗都单独存在，四散在夜空中。那么，为什么我们却会说这七颗是北斗星，这三颗是织女星呢？很简单，我们眼看心想，把一些星组合成图像，用假想的线把它们连接起来。当然，由于人的组合能力不同，想象力有别，于是看出来的图像就有了分别，你看这是斗，他看像小熊，没有问题。日子久了，某个称呼的人多了，大家约定俗成，同一颗星用同一名字称呼。你再称呼其他的名字，别人就不知所云了。

我们不是都见过自鸣钟了吗？它代表了时间，也即光阴、日和夜。你以为它真会计算时间？不过是有些聪明的西洋人，想到把一日一夜分为六十段，每段画成一条一条假想线，表现在钟面上。圆圆的钟面上整整齐齐刚好分为六十段，每段是西洋的一分钟，长针绕钟面运走，一个圈就是六十秒钟，恰恰是一分钟。钟面大的数目字一个是五分钟，短针移动一格就是一小时。时间，竟可以看得见了。光阴本来是看不见的，一小时、十二小时，如何看得见，如何知道？有了假想线就知道了。

我们生活在地球上，为了让我们认识看不见、摸不着的庞大的地球，我们又借助假想线了。我先用一条圆圆的线画成圆圈，把它由线转为面，再用泥捏成体，成为一个圆球，这个圆球就代表我们住的地球。我们试在这个地球上加上假想线吧。首先加上横线，这横线我们习惯称为纬度，在球体最宽的位置画一条，叫赤道，因为那里最热；位于赤道以北的纬度叫北纬，位于赤道以南的叫南纬。然后在球的上半和下半各加一条横线，就把地球分出了热带、温带和寒带，球的南北顶端是北极和南极。这些线，赤道一条最长，离赤道越远的纬线，周长越短，到了两极就减缩为 0。

这样还不够，除了在球上加假想的横线，还可以加直的假想线，从北到南的直线。如果地球是平面的，那么的确是直线，那就简单了，但地球是球体，那就是曲线了。这些曲线我们习惯称为经线。经线也称子午线，和纬线一样，是人类为了量度而假想的线。

当经度和纬度连接在一起，加上相对的高度，能够准确地知道地球上任何的位置。你们想想，假想线多有用，多方便，大家就接受了，好像真有那许多的线，好像这世界就是被假想线划成的，你们还会碰上更多更多的假想线。

但世间的假想线又是否总是好的？这个问题，就留给大家想想。

容儿，你以为呢？

39

这一天，博士老师一开始就指指自己，这是我的样子，有头有手有脚。可是，你们以为天地的样子又是怎样的呢？同学的头就垂下来了，好像在看自己。只有宁儿大声说：天圆地方。

对了，这是中国古人的说法，古人认为天是圆的，地是方的。天像一个锅盖，或者像一把打开的伞子，也就是华盖；地是方的，就像一个棋盘。太阳和月亮都是锅盖上的蚂蚁。人们就盛在棋盘里。这就是“盖天说”。远在殷末周初那么久远时，古人就有了这样的看法，而且有记录在案。《晋书·天文志》的记载，很清楚地写道“天似盖笠，地法覆盘”，正是指出天像顶笠帽，地像个倒翻了的盘子。

那么，天圆地方，天地之间，有没有事物支撑呢？没有的话，悬挂在上面的天岂不要掉下来？于是，有的书说，天与地并不直接连接，而是，上下之间，是有支撑的，在大地之上，地的周边有八根柱子支撑着上端的天，所以不用担心，天不会塌下来。看来，天地的模样可不像一个带圆穹的凉亭？所以，古时就有共工怒触不周山，以及女娲炼石补天的传说。

不过，后来的人觉得天圆地方好像不妥，因为上边是圆，和下边的方如何吻合呢？那八根庞大的柱子，可从没有人见过。

在秦汉之前，盖天说流行，但到了汉代，新的学说出现了。那时候，有一位天文学家，名叫张衡，提出了对天不同的看法，他认为，“浑天如鸡子，地如鸡中黄”，他把天比喻为一个圆圆的球，一半在地上，一半在天上，合起来，就是天地，如同一只鸡蛋，地面如同蛋中的蛋黄。他又认为，日月星辰是围绕着这个圆球转的，绕着天地的轴转一圈就是一昼夜，人有时看不见日月星辰，是因为它们转到天球的下面去了。

很多读书人觉得“浑天说”比“盖天说”合理。而且张衡的浑天说已认识宇宙无极无穷，天地之外还有天地。我们人类是蝼蚁一般的小虫，居然会想到在天地之外是无穷无尽的，很不简单。谁说夏虫不可以语冰？张衡不但会著书，还会制造仪器，做了一件浑天仪，还发明了地动仪，可以测量地震的位置。张衡真值得我们敬佩。

一堂课，老师讲了很多这位科学家的本领，使我们很佩服他。老师讲完，宁儿一声也不响，反而是一位姓张的同学说，他一直注意历史中有哪些姓张的伟大人物，可总是找不到。有一次找到了，是张良，因为他的故事很动人，几次到桥上去见一位很有智慧的老人家，可迟了，到最后早到才获得兵书，后来成为有用的人。哪知，原来张良并不真的姓张，多么失望呀。现在好了，终于遇到张衡，觉得自己的祖先也有伟大的人物。他刚说完，忽然听得宁儿如梦初醒似的说，怎么忘了出使西域的张骞呀？

说起祖先，一个姓郑的同学忽然大叫，我家祖先也有一个伟人，叫郑和。引得哄堂大笑，他莫名其妙。另一个同学说：郑和是太监啊。宁儿补充：他原本也不姓郑。

40

博士老师给我们讲过“盖天说”和“浑天说”之后，第二天，他又讲“盖天说”，我们不是已经学过了？老师说，弄清楚我们生活的地方很重要。

这一次他派给我们每人几页纸，其中一页上面有字印着，另外的纸则是空白的。字竟是《周髀算经》所述盖天宇宙的形貌，不过，不是全篇，只是摘录的句子，据说这也是先秦数学成果的总结。周，是周代；髀，是什么呢？本来是指股骨，这里的意思是用来测量日影的表。原来这是中国最早的历书、最早的数学作品：

一、天似盖笠，地法覆盘。

二、天高于地八万里。

三、极下地面高于四旁地面八万里。

四、欲知北极枢，璇玑四极。

五、北极璇玑四游。

六、璇玑径二万三千里，周六万九千里。

七、极下不生万物，阳绝阴彰。

八、极下者，滂沱四隤而下。

九、天之中央，亦高四旁六万里。

十、冬至之日虽在外衡，常出极下地上二万里。

十条经文，老师不再讲解，让我们依提示画一幅天地图。于是各人执笔，各自画图。宁儿低声地给阿克伊解说。好一会儿，大家都画完了。老师收齐卷后，打开带来的一幅图给我们看，那图是两条横线。两线中间都有一个向上凸的尖角形。上面一条代表天，底下一条代表地，天地之间写着八万里。天线中间凸起的即是华盖的顶端，地线之中凸出的是璇玑，顶端平坦，离天二万里，位于北极枢下。

老师低首翻看大家的绘图，他说，大家仍受“天圆地方”的误导，可见这说法多么根深蒂固。天地线，都是弧形，华盖和斗笠的顶部都是平坦的，只有中央稍稍凸起，圆的只是圆形的周边而已。老师说，所以要分两次教“盖天说”，是要让我们明白，凡事要求证，要存疑，要下功夫深究。最后还说，“盖天说”其实是“平天说”，天没有盖，天地都是平坦的。

老师忽然举起一幅图，原来是阿克伊所画。阿克伊吓得立刻站起来，不知是否要受责罚，哪知老师说所有卷子中他画的最有意思。那纸上画了一上一下两条横线，线的中央却有一件向上凸起的事物，像一支柱，柱顶正中稍尖，但平坦，到了边缘则向下垂。天地两横线并不相遇。老师问阿克伊，何以有此构思？阿克伊答，他答得很慢，可我还是清楚地听到。他说他是蒙古人，自小在大草原生活。草原就是地，一眼看去，地上常有一个个蒙古包，包顶是平坦的，四周垂下布帏，这就像璇玑立于地上极低之处，四周垂下。

蒙古包是我们的家，一个流动的家。住久了，因为没有阳光照到，又无雨水滋润，草枯了，这时候我们会迁到其他地方去。让原来的地方休息，呼吸新鲜空气，它会重新长出青草，我们又会迁回来。马匹也会很高兴。

草原病了，原来会自己治疗自己，容儿说。

会的。

但可不要再损害它的健康。

阿克伊继续说：我们的天地，我想，就是璇玑，不过经书中的璇玑离地六万里，我家的蒙古包离地只有六尺高。蒙古包顶是个圆圈，却是平坦的，中央稍尖，因为包内有一支柱支撑。至于外面的天空，我们在大草原上看见的天空，真的像锅盖，把我们罩在里面。其实，我们无论朝什么方向走，一直走，都不会碰到天的边，也没有见过天的边和地的边连在一起。所以，我想，天是没有边的，地也没有，天和地都是无边、无穷无际的。

老师听了说，很好，很好，认识来自生活。这时宁儿忽然大声颂诗：“敕勒川，阴山下，天似穹庐，笼盖四野。天苍苍，野茫茫。”最后一句，我们一起念：“风吹草低见牛羊。”对对，老师和大家都笑起来。他奖给阿克伊一个放大镜。大家都鼓掌，宁儿鼓得最用力。

41

第三天，老师说，除了“盖天说”和“浑天说”，后来又有另一说，叫作“宣夜说”。也不知是什么人创立的，好像是出自古老的殷代。想想看，那么早的年代，就有人想出天像什么了，中国古人真不简单，也很想弄清楚生活的地方。

“宣夜说”怎么说呢，天像什么?

什么都不像，既非盖子，又非鸡蛋。

“宣夜说”认为天根本没有形状，不分方圆。根本没有一事一物，天就是什么东西都没有，如果一定说有，就是气，充塞天地，看不见，摸不着，总之是一无所有。那时候，日月星辰就是我们说的七政，也就是日、月，以及金、木、水、火、土，共七个星辰。星辰都浮在空中。天是无穷广阔、漫无边际的。最初这么想的人，也没文字留下，后来，到了汉朝，有个叫郗萌的人提出，但“宣夜说”之书失去了，郗萌的说法只由他的弟子记下来。那段文字，我们在《晋书·天文志》中可以找到。

那么，老师，为什么叫“宣夜说”呢？

啊，林宁，别忘了你叫什么名字。

和我的名字有什么关系？

你何以取名宁儿？

是因为……对，我明白了。我还是婴儿时，父亲说我老是大声哭闹，替我取名宁儿。

喧闹，其实是孩童在发表意见。喜欢观星的人，深夜不睡，指指点点，宣布自己的发现，大概因此被称为宣夜者吧。

从“盖天说”发展到“浑天说”，再到“宣夜说”，好像很多人采取“浑天说”。宁儿对旁边的我说，他觉得“宣夜说”有些气魄。我也比较喜欢“宣夜说”，似乎有点庄子的味道，像可以逍遥游一般。

天圆地方，宁儿忽然有个鬼主意，低声对我说：为什么不是天方地圆？

老师说：“浑天说”产生后，“盖天说”的天圆地方仍然流行，其实反映了天尊地卑的想法。分别等级高低，是否有利于统治呢？说天和地一样的圆，天子和庶民岂非再没有尊卑了？一位中国士大夫杨光先曾嘲笑圆球的说法，他说大地倘是一个圆球，那么上下的人，脚与脚不是互相抵触，而下面的人不是倒悬？真是胡说八道，想想也令人喷饭云云。这位杨先生还做过钦天监的监正呢。

老师继续说：原来过去西洋人和我们中国人对天空的看法，也有点相似。西洋传教士老师说过，西洋的国家最初相信天上有一个天球，球会转动，是由八个天使推动的，又有文学家作诗，说天空有九重。至于教会，则说天地最初是混沌一片。

后来呢？

老师说，后来就有了地心说，到现在是以地心说为主。这就要提到一位西洋科学家了，名叫多禄某[①]。他认为天上是有日、月、地球，以及金、木、水、火等星，其中，最重要的是我们住着的地球，因为地球是其他各星球的中心，金、木、水、火等星，连太阳全都围绕着地球转圈，地球是不动的，至于月球，也是绕着地球转圈。星球转圈有两类：第一类，自己本身转一周，这称为本轮，那圆圈是小圈；第二类，是星球除了自身的转圈外，还绕着地球转一个大圈，那个大圆圈叫均轮。

地球位于中央，由内向外，层层推出，依次为月、水、金、太阳、火、土、木各星球，除了月球及太阳，各星球都在公转时同时自转。这就是多禄某的地心说。

科学就是这样运作，不是转圈，而是向前，新的说法取代旧

---

① 多禄某，即托勒玫，亦称托勒密。

的说法。科学史呢，就是这样不断修改、更新。科学家会改过。这才会进步啊。将来大概也会有聪明的人，觉得多禄某的说法不够好，提出更好的学说。

42

十天就是一旬。老师教过我们认识日子的计算，譬如说，一年是三百六十五日，以月来数，一年是十二个月，这方面，我们和西洋人是一样的。但另一方面，我们和西洋人又不一样，我们的十二个月是用月亮来数的，每个月都是三十日；西洋人呢，他们的月份，则是依太阳来定。因此，他们的月份有时大、有时小，也就是有时多一日、有时少一日，甚至少二日。西洋人的一、三、五、七、八、十和十二月都是三十一日，二、四、六、九和十一就是三十日。本来也很简单，但偏偏是七月和八月忽然又出了花样，连续两个月都是三十一天，据说是因为意大利亚的两个国王，硬要把自己的名字加在月份上，谁也不肯少一日。唉，做了帝王，他就说了算。还是我们的皇上好，皇上有年号，可没有把名字加到月份去。以往的皇帝有许多个年号，随时改一个，明朝清朝就只有一个，所以称呼皇上的年号也就可以了。

老师曾告诉我们，西洋人没有节气，他们只有四个季节，他们说的圣诞节、复活节，是节日。就像我们的端午节、中秋节。

啊，有一种日子的计算法，西洋人和我们也不同。是什么呢？是旬。我们的旬，是十日，西洋人呢，他们有星期，一个星期是七天，从一数到七，但星期七则叫星期天，也是放假日，好像是他们的上帝定的。我们没有星期天，但也有假期，我们钦天监的假日是旬日，每个月凡十日放一天假，比较起来，西洋人的假日多了一天。我和宁儿、阿克伊都同意，要是这方面跟随西洋人就好了。

43

晚上，因为天气热，大半的天文生会到庭院中乘凉，但乘凉还有一个目的，就是看星，有什么比看星更重要呢，在课堂里读的，是书本里的星，是图画里的星，是老师口中讲的星，而真正的星，都在天上，也只有在晚上出现。古人说得对，月明星稀，星不是少了，而是被月光盖过了。没有月色的晚上，就星辉灿烂了。我在家中也跟着父亲看星，父亲说这里的星，其实并没有鸡鸣山上的明亮，大概是因为在山上吧。阿克伊也说，北京看到的星也没什么，他看过大颗大颗的星；他在科尔沁大草原长大，草原上只有蒙古包，没有楼房，人很少，星比人多，星又低又亮。

杜甫的诗真好，说“星垂平野阔”。

对，我告诉阿克伊，他可是问我，杜甫也是蒙古人吗？

下句是“月涌大江流”，有星又有月，可能不是同一个时间。但同一个空间吧。我在看星的时候，你是否也在看星？

看星的人以年轻的学生居多，其中也有值班的官员、博士老师，他们在钦天监有宿舍，他们在这里生活了许多年。晚上，他们有的同样到庭院来乘凉。他们是天文生出身，先后完成了五年的学业，又跟西洋老师做研究、进修。如今成为师长，都很爱护年轻的学弟，平日教导我们，课外也常常和我们一起，协助我们解决功课上的难题，并且鼓励我们学习皇上的勤学榜样。晚上看星，什么星在何方，名字是什么，哪些星特别亮，西洋星座和我国星座有何异同，等等，我们有许多问题，是在夜晚打开天上的书本，向他们请教。

你们能在如今的钦天监读书是非常幸运的。

学长以前读书时不是我们这样吗？

以前不是这样的。

现在的钦天监就像一家人，互相扶持，互相帮助，一切都为了了解科学，明白真理，有一个共同的目标。

以前不是这样吗？

以前，不是这样。不过早几年罢了，钦天监内，分为不同的派别，一方是国粹派，一方是西洋派，互相攻击，明争暗斗。在皇上面前，人人自危，朝不保夕。

怎么会变成这样的？

可真是说来话长了。

可以说，是因为从外国来了一批耶稣会的传教士。他们的宗教，对星宿的知识，对世界的看法，以至生活习惯，和我们的不一样，因此起了冲突。

不是说我们中国是文明大国，有许多事物比外国强？

是的，不过有些事物不得不承认，我们不如别人，像天文、数学这些，虽然有悠久的历史，但一旦不再努力，就停滞不前，被别人赶过了。如果别人一直往前走，发现了新事物，创造了新事物，可以造福世人，对老百姓又有益，我们也该向别人学习，对不对？

当然应该学习。

就是啰，可是有人觉得，外来的人都对我们不利，是来谋取利益的。

也有可能的吧。

是的，不可能没有目的而来。就当是做买卖，看利多还是利少。我们钦天监的官员，有一半认为西洋人对我们不利，另一半认为西洋人带来了新的知识，还有一些人认为一半一半，不知道该站在哪一半。于是，我们后辈就人心惶惶，不知该如何是好。

那么，学长你又如何？

一半一半，只能静观其变。而且，怎也轮不到我们说话，就看皇上的旨意。于是就发生了大事。

就是“礼仪之争”的事了吧。可以告诉我们细节情况吗？

对对，学长老师，可以告诉我们吗？宁儿递上芝麻饼。学长摇摇头，不知是不要芝麻饼，还是不好告诉我们。

44

这天下午，我们都坐在课堂里，等老师来讲课。博士老师准时到了，说，今天到外面去上课。我们一听，欢喜得不得了，因为到外面去，就是不用坐一两个时辰啦。于是大伙儿都站起来，跟随老师离开课堂。到哪里去呢？原来到靠近洗衣房那边的庭院里。平日，我们自己洗衣衫，也没留意有特别的天文仪器。不一会儿，老师带我们到一支立在地上的长竿前面，让我们围在一起看，并且说，今天要学的就是它了。这竿名为“表”，有八尺高。那竿子直直插入泥土中，牢牢稳稳，不歪不斜。除了竿子，地上也有一件物事，则是平放在地面上的板块，不阔，但比竿子宽。老师说，地面上的板块叫“圭”。表和圭合起来称为“土圭”，是测量日影的仪器。老师让我们仔细看，竿上没有什么纹样，圭板上却刻了尺寸。怎么测量呢？这天刚好天晴，如果阴天或下雨，没有阳光就不能测。阳光照到竿子，会在圭板上留下影子。那影子的长短，就显示时间。刚才我们午膳的时候，太阳恰恰照在我们的头上，当然也照在竿子的顶上，长竿的影子落在圭板上，大家看看此刻圭板上的黑影多少尺寸？对，这时候是二尺长。我们午膳之前，太阳正好在我们头顶，那时候什么尺寸？记住了，日当头，八尺长的表，影长一尺五寸。如果看到这一尺五寸的表影，就知道是夏至正午日当头。这时候，表影是二尺长，就是午后过了一段时光。当然，表竿的长短会影响圭板上的度数。但比例相差甚微。

我国古代元朝有一座周公测景台，是一座石建的圭，直立的“表”的长度由八尺延长了五倍，达到四丈，它的日影也长了五倍，成为七尺五寸，真是巨大的圭表。将来你们可以去看看，它在河南洛阳东面 160 多里的登封县告成镇，很著名，那石圭平铺在地面上，名为“量天尺”。

那天，我们可以在庭院中游戏，但要过一阵跑去看看日影的度数，直至太阳下山为止。我们天文生就在附近踢毽子啊，吃蚕豆啊，总记挂着走去瞄瞄，直至太阳不见了。

45

一天，我正在南书房旁边的闲房低头画几何图形，手持一把短尺，在纸上两个点的中间，尝试画一条直线，我要画一条很直很直的线。

哇，南书房？

你没有听错，南书房。我怎么可以在南书房附近行走？说来话长，先忍耐一下，我稍后再说。

我这时候正在凝神专注，要画一条很直很直的线，忽然有一个人走进房间来了。听那脚步声很轻巧，看那衣彩很光亮，我登时吓了一跳，线也画曲了，我感觉到一种不可名状的气势，莫非皇上到了？我“唰”的一声站起，仍低下头。却听见一个柔和的声音说，坐坐坐，不用站起来。我没有因此坐下，仍站着，又听见他说话。

小兄弟，我姓赵，随便进来看看罢了。

是，大人。

我答。心想，能够在南书房自由行走的必定不是普通人，即使不是皇上，也是王公大臣。

什么大人、小人。我姓赵，叫我赵大哥好了。

是，赵大人。

叫赵大哥，我比你年纪大，但叫我大哥就行了。你在画什么？小兄弟？

小人在画三角形。

纸上这些都是三角形？

是，大人。

跟你说过，叫我赵大哥。

那我叫你赵叔叔吧。

是赵大哥，别学那些老头子，大人前大人后，叔叔伯伯的，整个南书房，除了皇上，都是老头子、老学究，闷死人哪，你年纪轻轻，看来只比我小二十岁，别学他们。来，告诉我，你画的这些三角形，为什么个个不同？

是这样的，这个是一般的三角形，有三条边、三只角；这个却是正三角形，三只角的度数都一样，三条边都一样长短；还有一个是等腰三角形，斜的两边一般长；直角三角形的一只角是九十度。

有趣。角有度数，怎么知道？

用量角器量，直的角是九十度，一条直线的两边是一百八十度，一个圆圈的中心是三百六十度。

好极了，小兄弟，我要拜你为师。

别说笑，赵大哥。

真的，你教我这些什么什么三角形、角、圆圈，不然，皇上一旦问我，我怎么答？

喔。

来，跟我来，老坐在这里，脚不麻吗？

我不能到处走的。

有我在，别怕。皇上现在睡午觉，没一个小时，不会醒来。来，咱们俩出去逛逛。西洋老师找你的话，自有太监传话，他们只会远远地跟随，也不打扰我们。

到哪里去？

到隔邻养心殿去。

养心殿，远不远？

就在墙外，我们出隆宗门过去。哎，刚才你画的那些有角有腰的画儿，叫什么东西？

东西？什么什么东西？您是问方向？它们不用分东西南北的。

傻小子，我是问它们总的叫什么名字。

就叫三角形、圆形。

那么，我问你，蛾眉月叫什么形？

蛾眉月是什么形？我还没有学到哩。

哈哈，蛾眉月就是蛾眉形啦。

哦。

我是想知道，三角形、圆形、蛾眉形，总的名字叫什么？

总的名字，那，叫几何图形。

几何，天哪，又是什么东西？

我的老师说那是前朝徐光启的翻译。

徐光启？好，那一定是他和西洋人对酒当歌，忽然心血来潮了。

赵大哥也不知道是什么人物，对内廷的宫殿十分熟悉，穿的衣服上并没有补子，看不出是几品官员。太监穿皂靴，他穿的是长筒靴，这可是部门总管才可以穿着的。他在内廷自由行走，太监、侍卫全对他恭恭敬敬，不阻挡，更不问话，甚是奇异。我跟着他经过南书房，不一会儿就出了乾清门，走在步道上。又不一会儿，转入隆宗门，又走一会儿，赵大哥说，到了。

这里就是养心殿，你看这殿如何？

比起乾清宫，似乎略小。

何止略小，简直简陋。

皇上不是住在乾清宫吗？

乾清宫那边，都是动不得的大宫殿大庑殿，四周的小房舍又不够用，养心殿就不同了，地方略小，不起眼，可以依皇上的意思改动。

为什么要改动？

改为一间间小房子，这里要变成造办处，很多工匠要在这里制造各式各样有用的、好玩的东西，皇上要亲自指示、监察。皇上喜欢读书，又喜欢游戏，在紫禁城内生活，真是太寂寞了。

皇上也会寂寞？

寂寞哦，会找人，尤其喜欢找有权力的人。

嗯？

没有找你，因为你陌生。到了，我们进去看看养心殿的工程做得怎么样。

养心殿其实并不小，只是看起来小，因为算起来，不过三个大房间，三间一般大小。正中一间内有御座，应该是接见大臣之地，左右两边由正中一间才能转入，里面只有一般的卧榻和桌椅。其中一间内有好几个人，正在搬动重物，显然是些工匠。我们一踏入这房间，就有人连忙招呼赵大哥，称呼他赵大人。赵大哥只说，继续做你们的工作，我只是经过，前来看看。

原来皇上要把养心殿两个次间改为东西两个暖阁，因为即使是紫禁城内冬天有炭盆、暖坑等设备，还是非常寒冷，木建筑不比石墙，挡不了风，宫殿又宽阔，空空荡荡，十分阴暗，只靠蜡烛照明，更觉寒气入骨。皇上到过西洋传教士的教堂参观，看到窗框上镶有透视的水色硬物，十分漂亮，又挡风，很稀奇，传教士告知，这是玻璃，可制成镜片，用于放大镜、望远镜、眼镜上，也可以用在自鸣钟面上，制成鼻烟壶，更可镶在窗框上。于是，皇上命工匠为养心殿东、西两次阁各打造一套隔扇，仍用古法先制成板格棂条等状，不过各隔扇上层都装上玻璃。

皇上聪慧，这玻璃隔扇的确创意非凡，我国以木建筑美丽称誉，不论梁柱、屋顶，室内间隔，都自成一格，偌大一片空间，如何分成独立的小室？不需劳师动众，只需匠人制些一片片木门式的板块，齐眉挨贴，展立一排，自成墙壁。倘若模仿西洋式隔墙，那就有如牢狱，重重围困，又没变化。木制隔扇则不然，排列可六扇一组、八扇一组，看空间的阔度。而每扇隔板，可打开透气，又可关闭保密，滴水不漏。冬、夏皆宜。大室可以用隔扇，分隔成多间小室，把隔扇移去，随时恢复原貌。至于隔扇本身，可由工匠用不同木料精制，可雕花、可糊纸，施绢，加彩画，刺绣，可透漏，可密封，用各式棂条砌成吉祥图形，真是美不胜收。如今皇上别出心裁，采用玻璃。

木建筑本来以隔扇当墙，在入口处又可加添各种落地罩、花卉罩、瑞兽罩、半罩等。此外又可加置影壁、屏风等物，别有一番堂皇。不过，皇上不重视饰物，不好繁华，东西暖阁除装上玻璃外，只糊上白纸，并不浪费，反而有一种朴实美。两间暖阁到了寒冬，挂上帏帐，就温暖很多了。

小兄弟，你觉得这地方怎样？

很好，不，非常好。

你觉得好，这就行了。要其他人来看给意见呢，只会阿谀奉承。

皇上认为自己是个大音乐家，还是一个更好的数学家。但是尽管他在科学和其他一般认识上的趣味不错，他对音乐却是一窍不通，对数学的第一因也是所知甚少。每座殿堂里都放了音钗或古钢琴，可无论是他自己，还是他的妃子们，都不会弹奏。有时候皇上的某一个手指确实触摸了键盘，这对中国宫庭奉行的过分地溜须拍马来说，已经足够让他陷入被奉承的狂喜，如我经常见证着那样。我必须说，康熙皇帝确实是一个知识广博的人，他相信他的国家的所有夸张的赞美，还带有一点孩子气的虚荣心。发现他的这一点，我一点都不感到吃惊。这大概是要归结为他八岁登基，开始自己的王朝，奉承的风气持续地滥施于他的缘故。

——［意］马国贤（Matteo Ripa，1682—1746）:**《清廷十三年》**

46

我们钦天监的生活很有规律，每天早上，大约过了寅时，大家都起床了。听说，紫禁城内的皇帝也清早起床，梳理穿衣，用过早膳，到御门听政，而朝中的王公大臣，也得比皇上更早一点进紫禁城侍候。御门值班的官员就在当地点名，看看哪一个臣子不够礼数，迟到者都受处罚。因此，不少王公都和西洋教士打交道，希望获得准时唤叫的自鸣钟，以免错过了早朝。这早朝是天天举行的，皇帝从不迟到，为臣子的岂可躲懒？别说王公大臣，紫禁城内的太子、皇子也一早起来，打扮妥当，用过早膳，由值班太监提着灯笼，远看会像点点星光，从各处向着另一边的上书房晃动着飘去。

我们钦天监也有自鸣钟，但我们不需要自鸣钟，天还是蒙蒙亮，我们已经醒来，整间大睡房的几十人，隔邻睡房的几十个人都已在走动了，穿衣、起床、折叠被褥，到室外梳洗。打水的打水，洗脸，用青盐漱口。哗哗的水声、脸盆的碰撞声、脚步的移动声、低低的话语声，夹杂着哈欠声，谁也不可能入睡了。同伴见你仍不动不翻身，必过来打你几下屁股哩。所以，不一会儿，每个人都起床了。梳洗毕，还不到早膳的时间。早膳，还得过半个时辰。原来，在这么良好的清晨，年轻人应该锻炼身体才对。钦天监内有几处庭院、广场，还有马厩和园林。这时，已经有人在广场上拉弓、射箭，有的在玩摔跤，有的在耍拳。

忽然，广场那边有人群轰然一起喝彩，把众人的眼光同时吸引过去。远处冒起一个人影，骑在飞驰的马上。那马四蹄腾空，风驰电掣般掠过，鬃毛扬散，但见马上一人，站在马背上跳跃，一时弹起，一时降落，一刹那，动作连翻变换，忽而倒立，忽而轻按马背似鲤鱼打挺。最后，马儿缓缓踱步，直至停定，但见马上骑者，轻轻跃下，拍拍双手，轻抚马儿的鼻梁，也不知和马儿说了些什么。那马背身上并无鞍垫，骑者手上亦无缰绳，众人都看呆了。我也随着观者一起跑过去看，走近了，才知道骑马的神奇小子是阿克伊。

皇上下旨要满人勤练骑射，因为自从满人入关以后，生活得太舒适，大官出门，不是乘舆坐车，就是有奴仆抬轿，逐渐连马也不会骑，想想，大清国本是在马上夺来的天下，男女一律过着戎马的生活，如今居然不会骑马，岂非让人耻笑？于是下旨，凡满人，尤其是八旗子弟，都需勤练骑射，不可荒废。钦天监中天文生的满人更加需凭这技能作升级取录。圣旨下达之后，钦天监的满人个个早起，都到广场习武。蒙古人则自由参加，汉人也有不少人追随。我是汉人，钦天监中的天文生以汉人最多，我们多数会练太极拳，或学习骑术。自从见过阿克伊的身手，我非常羡慕，他也愿意教我。本来他也要教宁儿，只是宁儿宁愿和学长下棋，他镇日拿着棋圣黄龙士的《弈括》研究，神气地向四年级、五年级的学长挑战，要把他们通通杀败。

因此，我每天早上跟阿克伊学骑马，他还教我如何与马做朋友，每天替马洗刷，和马谈话，学会简单的医马良方。我们在钦天监住宿，不费分文，每月还有俸禄。一月有三日假期，我们在市集走动，就会买果子回监给马儿吃，看着马儿吃果子，觉得比自己吃更快活。马儿最喜吃苹果，马儿又喜欢在地上打滚，喜爱洗刷清洁，混熟了，对我们很友善。

钦天监养的马儿不多，只因有些急件需快速递呈皇上，才需要飞骑传递，马儿均需保持健康。阿克伊告诉我，蒙古人的马，比较粗壮，跑得不如京城的马快，但耐跑、耐劳。京城的马漂亮，稍高，身形匀称，可是不能跑长途。他和我替马儿逐一起了名字，用天上星宿的名字，有造父、王良、骑射将军等。一旦提起星名，别的有时我们不记得，但和马有关的，我俩都记得清清楚楚。没想到，马儿也帮了我们。一天之中，我们会和马儿见面两次，清晨一次，傍晚一次。暑天天气热，我们会替马儿洗刷，寒冬我们会看看马儿会不会太冷，替它们加多些稻草麦秆。傍晚时分，我们都有空闲的时间。

晚上，我们会有茶点吃，有时吃甜点，有我们爱吃的栗馅饼、八宝粥等；有时吃咸点，有水饺、烧饼等。吃完茶点，我们可以自由活动，也可以去睡觉。但谁会这么早睡觉呀。

我学会骑马了，将来，有机会的话，我也可以教你。

好呵，那我得做一套马面裙，有许多许多褶子的，很漂亮，平日也可以穿。

47

我想，从来没有人读书是晚上上学的。所以，当老师早上在吃早点的时候告诉我们，这天早上的课不用去课堂，大家在晚膳后在后院上吧，到时再见。我们听了这个消息，都不太相信呢。后院只是一片空地，没有桌子凳子，也没有书本、笔墨和纸张。当然，用过晚膳后，我们都到后院来了。老师早到了，叫同学把后院的竹躺椅移动一下，围在一起，然后各坐一把躺椅。

躺椅真舒服，一坐上去，人就歪歪斜斜地躺着，脸面可以望向天空。其实，不用老师吩咐我们来坐躺椅，早些日子我们已经在晚膳后跑到后院来纳凉了，有的同学还拿着一把葵扇哩，三五成群，大家围在一堆，谈天的有，下棋的有，还有的干脆呼呼大睡。我们这些人中有的是一年级生，有的是四年级生、五年级生、三年级生，我们当然是初入学堂的一年级生，其他的，都是学长。其中，我们后来发现，竟有我们的博士老师，他们很年轻，比我们大不了多少，原来他们是已经完成五年学业的学长，留在学堂工作，是钦天监的不同科的博士。相聚一起乘凉真好，因为他们有许多学堂的历史和故事讲给我们听。

这一天，天气非常好，抬头只见众星丽亮，在夜空之下，星星向我们眨眼。这样子上课，说出来简直没有人相信。平日，我们已经有两个上课的地方，原来还有这第三课堂，没有围墙，没有天花在头顶上，不不，有天花，天花就是花朵似的星星。

为什么要在户外上课呢？老师说，因为我们这样子才能见到真正的星，真正的天空，星空就是我们的书本。这夜，老师教我们看几颗星，那是北方玄武的斗、牛女。天上的星，大家最熟悉的是北斗星，原来星空中另有一颗星，也是斗形，位于玄武。北斗星由七颗星组成，在北方；位于玄武的星，因在南方，所以名南斗。南斗的右边，有两颗不显眼的星：一是狗，一是箕宿。

狗的旁边有另一大星名牛。我们常说气冲牛斗，指的就这两颗星。牛宿旁边有一大星名女，它是纺纱女，但不是天上的织女星，它的身前有四颗小星，像一个装布的篮子。箕宿、斗宿、牛宿、女宿，加上虚、危、室、壁，合组成玄武。

在牛宿和斗宿之上不远处，可以见到一颗亮丽的明星，它才是织女星，一大二小，由三颗呈三角形的星组成。不错，在织女星稍低之下，横过宽阔的银河，就是牛郎星。牛郎织女的故事不用老师说了。牛郎星正式名字叫河鼓，形状像扁担，由一颗星担挑两颗星组成。古人认为玄武属于天上的北方战场，既有军队，也有军备，所以，河鼓之旁边有左旗和右旗，较远些还有垒壁阵和羽林军。这一课就说到这里吧，该去睡觉了。

睡觉时我想到，牛郎和织女，要等到七夕才可以相见。

48

宁儿和我都认为，在钦天监生活，有许多我们喜欢的事。晚上在院子里纳凉是其中之一。到院子里去可听老师指点星的位置，那是补课，也很好；但更有趣味的，则是听学长讲钦天监的故事、历史，那随意即兴得多。钦天监虽然是个很重要的官府，却不常见什么大人物出现。不过，丑八怪也可以变凤凰，过去衙内的一位官儿就当上了一品大员，奇怪的是，这位大官还是个西洋人。他正是大名鼎鼎的汤若望神父。

提起汤大人，学长们都很喜欢他，他是到中国来传教的日耳曼人。对于西洋人，我们总是怀疑他们到中国来有什么阴谋，会不会是密探呢？可大家发现他不但为人和善，喜欢交朋友，而且很有学问，懂得天文、历算等学识。到了中国，不但用功学习汉文、读四书五经，还穿儒服，和有学问的人交友，于是，许多人都成为他的好朋友。

汤大人到中国来，还是顺治皇帝六岁的时候，由摄政王多尔衮主政。顺治皇帝之所以继承帝位，还是他提议的，理由是当年痘疫很猖獗，顺治幼时出过痘，可以免疫。那一年我们钦天监的官员和汤大人一起测量日食，结果，我们中原的大统历和源自西域的回回历都不准确，只有汤大人的预测精准。于是朝廷令他执掌钦天监。汤大人再三请辞，因为传教士不好做官，结果还是成为钦天监有史以来第一位洋监正，从此，我们钦天监就威名远播了。

皇帝那么喜欢汤神父，你们呢？

我们，喜欢极了，他真的非常令人敬爱。

原来，越是钦天监中低层的监员越敬爱他，道理很简单，他非常照顾基层员工的福利，知道九品和不及品的监员生活艰苦，就特别为他们争取，例如隆冬时需昼夜值宿，夜晚苦寒，就请礼部增加御寒衣物，并增给木炭取暖，加膏火补贴。

从前，昼夜轮值观象的人员只有四人，人少劳重，令人疲顿不堪，就请求加天文生至二十人，并增加工资一两，礼部不批，他直接向顺治帝汇报，礼部才同意将天文生增至四十人，待遇也增加一斗米和一两银。对年纪稍大的天文生则每人赏一件青布面羊皮袍。他对下属一视同仁，从不偏私。偏私，是我们中国人的毛病。

果然是位极好的监正。

可惜，受人陷害。

这是“狱历”惨案，这是鳌拜年代，杨光先与回族人，找一个迷信的借口，诬告汤大人和监内的好员工，把他们逮捕下狱，判处死刑。哪知京城发生地震，惊动孝庄皇太后，认为是天垂象兆了，就把汤大人赦免了，但他已病重，不久就离世，可叹钦天监中仍有五位汉族官员被斩。

学长，“狱历”是怎么一回事呢？

晚了，迟些再详细讲吧。

49

十月初一，这是一个非常重要的日子，既非中秋节，也非清明节，当然更不是每月的旬日，我们却奇怪地放假一日。为什么呢？因为这天是朝廷每年一度颁发皇历的日子。编制皇历是钦天监最重要的工作，这是国家颁发给全国人在来年作息的指引，诸如农耕、养蚕、家居、出行、天气等。经由钦天监三个部门，花一年的心血，观天候、测滴漏、算吉凶，最后编写成书，由朝廷颁发给全国各省，让人民依书办事，而不得私自刻印。

这清早，皇亲国戚、全部官员一齐赶到紫禁城，穿上不同品级的朝服和顶戴，鱼贯进入午门恭候。最早到的，必然是钦天监的官员吧。

我们虽属于钦天监，可还不是官员，不够资格入紫禁城。于是，我们获得天赐的假日。我们当然不会留在校内睡大觉。吃过早点，都上街看热闹去。因为朝廷印的皇历，足足有上万之多，这么多的书，得用人力搬运，沿着城内的道路，一直步行，由钦天监护送入紫禁城。据说路途是由钦天监送入紫禁城，岂不容易？就是从我们住的地方，即是紫禁城正门前东边礼部官署背后开始，横过长安街，不消一刻钟就到。错了，原来礼部官署之后的钦天监只是总部，钦天监还有分局呢，而且有两个，其一，是观象台；其二，是西局。西局位于宣武门侧，是钦天监印书处，从西局至紫禁城，路途就远多了，足足有几里路哪。我们当然都走到礼部官署门外一带站着看，果然很热闹。我们没有想到，门外早已站得水泄不通。

宣武门的西局，本名时宪书局，是前朝徐光启修历出书的地方，是钦天监的一个支部。所以，很多人以为皇历应该在西局印制，从西局运来。这么想，可猜错了。我们听到远远传来大鼓和喇叭的声响，皇家大乐队从东面出现。原来运书队并非由城西的西局送来。好了，大队从东城的观象台来，因为观象台也是修历的地方，离紫禁城近了，不消一盏茶的时间就可抵达。

果然，说到就到，带头的部队是皇家大乐队，各式各样的乐器，除了大鼓和喇叭震天价响，别的乐器，我们都叫不出名字。乐队之后，走在最前的却是一班官员，竟然，有几个是我们认得的，其中一个不是别人，正是我们钦天监的监正大人南怀仁。他旁边的大抵是左监副和右监副，有西洋人、满人，也有汉人，煞是好看。然后是钦天监的其他官员，有的教过我们，有的是在夜晚纳凉时碰见过，都身着朝服和顶戴，都很严肃地向前走，只有南怀仁老师，经过礼部官署的时候，大概见到了同学向他挥手，他也亲切地挥了一阵，其他的官员和老师则没有回应。

历书由钦天监的官员护送，我们看了觉得非常自豪，穿着校服站在街上也觉得特别神气。啊，队伍中的书本出现了，带头的是一座绕着金边、高高的肩舆，由四十多名抬夫抬着上路，仿佛一只巨大的百足虫，肩舆上堆得小山似的就是皇历了。但书我们看不清楚，因为都有金线和丝线包裹着。在大肩舆之后，是十几个同样装饰的小肩舆，也载满了皇历，用红色的丝绸包裹着。接着是一些罩上红丝绸的几案，也抬过去了。当开路的乐队到了紫禁城，所有平日紧闭的大门立刻打开了，长长的队伍，连乐队、官员、皇历被紫禁城吸进去了。

我们站在紫禁城外只能看到运送历书的队伍远道前来，随着乐队的演奏声鱼贯进入禁城，然后，消失了。午门内如何颁历呢？当天晚上纳凉，我们马上向其他学长追问。

在午门内，正中是一条御道，御道的两旁已站满了官员恭候。这时大小肩舆和后面的几案都停放在御道上。大肩舆放在正中央。

又是一阵宫廷音乐响起，颁历开始，官员从大肩舆中取出黄色封面的特大版本历书，交付内务府掌仪司官，放在铺着黄色丝绸的几案上，抬着进入午门，一直进入乾清宫，经过三跪九叩，由内务府官员取书交给太监，再呈到皇帝，以及皇后和妃嫔手中。之后，钦天监的官员回到凹形的午门来，依次颁给其他亲王，由他们的侍从出来领取，每个人都三跪九叩后带书去呈给主子。然后是高官显贵、六部尚书一一前来行礼叩拜，领取书本。最后才是全国十八行省的巡抚等。各地的官员领得历书后，要赶回各省府，立刻依历书印制普及本，以便在年底赶上发布，数量将是二百三十万本，全国人民几乎家家户户都会买一本。除了国人之外，历书也颁发给一些前来朝贡的国家。

容儿，我家好像没有，或者我没有留意到，叔叔有吗？

好像也没有。

农民看得懂吗？

不知道，总有办法的吧。

总有办法的，父亲后来告诉我，他在江宁的钦天监，翻过一本汤若望写的《七政经纬历》，尝试融入西洋的占星术，让各行各业对灾荒旱涝都知所防范。但这书并没有通行。民间的商人加以简化，私自刊印，叫《七政通书》，又叫《便览通书》，只着重吉凶术数了。这书最畅销，奸商赚了大钱。皇上是知道的，私印历书不是要斩首的吗？但对皇朝不构成威胁，皇上也就没有费神禁制了。

50

时宪书，每年那么隆重地颁的一本书，到底是什么样子的呢？宁儿和我都没有见过，一本人人家中都有的书，我们竟然没有留意。于是，我们一起去找，还不容易，钦天监自己编印的书，自己的图书馆里一定有，我们就到摩星楼去找。两个人，一人找到一本，都是旧书，已经是许多年前印的，今年出版的，还没收藏好哩。十月初一日领的历书，是个样板，每个省府，领了回省，还得赶忙印制，在新年前印好才出售。所以只可以看旧书。

我找到的一本历书好像遭过地震，从瓦砾堆中捡回来似的，破烂得有些字都看不清楚，我们一面看，一面还怕书会散落开来，幸而书并不厚，只有二十一页，我们小心翼翼，轻手轻脚翻翻也就算了。书本打开，只见印着一行大字，写着“大清康熙□□□岁次——时宪书”。其中三个□字，看不清楚，所以，不知是哪一年，只知是康熙皇帝年间的，才几年，竟破成这样子，大概翻的人多。大字旁边有行小字，是“都城顺天府节气时刻”，接在后面的就是密密麻麻的字，从正月小、二月大、闰二月小、三月小、四月大、五月小一排排紧接到十二月为止，每月占一行，这一行又分为五段，其下四段就写那个月中的大事，如正月的立春雨水、二月的惊蛰春分、闰二月的清明、三月的谷雨立夏、四月的小满、五月的夏至和小暑等。之后是年神方位的图像，我们都不知道太岁是什么，又不知一幅图表中的博士、力士、蚕室、奏书是什么，翻过去就算了。接下来第三至五页载各省节气时刻，第六至十八页为十二月历日，第十九至二十页为纪年表，都是很小的字挤在一起，只见黑压压一堆堆字，看得眼也倦了。还有补注。最后一页则载钦天监人员表。翻完这本书，没想到这么快看完，脑子里一片茫然。宁儿问我，农人都明白这本书吗？我说他们会拿了历书去问塾师吧。

宁儿找到的一本比较有趣些，因为书中除了文字，还有图画，写着“戊辰年芒神春牛式”，图中画了一只很大的牛，身旁站着一个童子，手拿的像竹，另有十行字，倒看得一些，分行写着：

牛头黄色、身黄色、腹青色、白耳、尾青

色膝胫黑色、蹄红色、牛口开、尾左缘、芒神童子

像……

宁儿越读越皱眉，也不知读错了多少字。又翻看另一页，只见画了童子赶一群牛，图中有字，是六牛转田，看来是用六只牛耕田；另一幅画了许多条龙，写着：九龙治水。至此，我们不再看了。

什么是九龙治水？宁儿问。

每年第一个辰日如在正月初五，就叫五龙治水，如在初六，就叫六龙治水。至于九龙治水，就是雨水极少。据说，龙数愈多，雨量越少；龙数越少，雨量就越多。我也是听人说的，难得我可以解答宁儿的问题。

雨水和气候有关，可世界上根本就没有龙呀。历书写这些干什么？难怪南怀仁老师推辞当钦天监的监正了，宁儿说。

知道就好，许多话，不宜说。宁儿听后点点头，并且指指时宪书的封面。原来，每一本时宪书的封面，除了敬呈皇帝、皇后、

皇族要人，其他各本，封面上都有一个大大的印章，什么“钦天监奏准印选大统历日，颁行天下，伪造者依律处斩”。

朝廷视编制时宪书为天下第一大事，因此监的分科也以时宪科先，内设五官正，分春夏中秋冬，博士、五官司书及天文生，有满、蒙、汉人，共七十多人。五官正为员官，博士为教师，司书为文书，天文生则为学生。时宪科除职掌编历、天文、节气、士政之事外，也要到书楼值班。凡遇日常朝典、庆贺大殿，皇帝行幸，山陵、宫殿管建，均需派风水师在场报时。朝廷重视时宪科是一回事，可没有西洋老师在这科任教。

51

钦天监内最漂亮的房子，大概就是摩星楼了。房子宽阔，共有两层高，屋顶是黑瓦筒，绿琉璃瓦边缘。我们进去，里面很静，虽然有些人在看书，就是没有什么声音，所以，宁儿和我也不敢大声说话，而且，也不敢急急走路。贴墙没有窗的地方都是书架，中间也由纵横的书架交错地排成一行行。靠窗处分置桌椅，供人坐下读书。我们进去书楼好几次，都不曾上楼，因为楼上只开放给高年班的同学。我们在楼下静静地走。书的确很多，架子上的书都可以看，看完放回就是。我们总是找薄薄的、有图画的书看，但不多，于是就看字帖，很多人的书法都很好看，所以也可以看很久。后来我们才看许多字的书，原来并非所有的书都很古老，不是都老到《诗经》《史记》那个时期，我们也可以看到有趣的《西游记》和《水浒传》等。

分科试之后，宁儿和我都升上三年班了，很幸运。最好的是，宁儿和我升上同一班的天文科，以后的三年，我们仍会一起读书，只可惜阿克伊虽然很努力，被编入了漏刻科，他也不完全失望，庆幸没被逐走。

升班之后，不知怎的，宁儿和我都觉得自己长大了，可以上书楼的楼上去瞧瞧了。楼梯会伊呜伊呜地响，楼上原来还有监员坐在一边。为什么这样？他是书楼的管理员，楼上的书是不许带出书楼的，只能在楼内看，一天看不了多少页，明日再来好了，因为楼上的书很稀罕。难怪我们看见有人在抄书。

书楼楼上和楼下一般大，却被分隔出许多小室，不同的书放在一起，天文的归天文，地理的归地理，另外的医药、农业、造房子这些都集中一起，种类很多。不过最多的还是经典古书，科学书不少，比较起来，还是少得多。我们可以在每个耳房侧厅坐下看。忽然，我们进了一个大房间就停了下来，那室内的墙上，东、西两面墙上都挂了两幅大画，都有一个人高，宽度有三个人那么高的模样，一幅叫《坤舆万国全图》，画的是全世界。一幅图中有两个圆圈，像一个西瓜给切开了两半却连在一块，圆图内画了许多弯弯曲曲的线，里面密密麻麻，芝麻般地撒了许多字，看来是国家的名字。中国呢，找了许久才看到坐落在地图中间偏左的地方。图上打了格子，一定是经纬线了。

另外一幅地图，名字又是《坤舆万国全图》，有趣多了，除了有国家名字外，竟有不少图画，有帆船、鱼、很大的猫，有的不知是什么动物，有些有尾巴又有四只脚。我们看了很久。

这时，一个人走了进来，穿的衣服上有鸟儿的图样，他是一位西洋人。我们当然认得他，钦天监的学生，岂会不认得监正呢？我们立刻站好，对他说大人您好。他笑笑，看见我们穿校服就说，叫我老师吧，你们应该也是我的学生，我姓南。

南老师，请问图里这个是什么动物呢？当然是宁儿的声音。

喔，这一个是印度的独角兽哪。

这个呢？

这个是爪哇岛的无对鸟，没有足。

这个呢？

是意大利亚的般第狗，白天潜在水里，晚上睡在旱地。

老师一个接一个替我们说了，这兽叫默良，这鱼叫喇加多……都是我们没有听过，更没有见过的动物。我终于也问了一个问题。

老师，对面墙上那画里，为什么我们中国不在图的正中呢？

老师说，问得好。因为我们活在地球上，地球是圆形的，在圆形的表面上，没有中心点。全世界的国家，没有一个位于中心，也每个都位于中心。中心，只能当作东南西北的参照。

52

老师早一天预报今天会带我们出外上课，到哪里去呢？原来是观象台呀，真是闻名已久了。早些年，我们还是一年生、二年生，出外参观的还是附近的土圭、日晷、钟鼓楼，或者晚上坐在院子里看夜空的星星。我们早已知道钦天监另外有观象台，那就是自古有名的灵台，可一直没有人带我们去，原来是等我们分了科，有了一些天文基础，到了三年级才带我们去。

其实，观象台离我们钦天监很近，就在紫禁城东南，走走就到了，比钟鼓楼似乎还近呢，而且是在闹市，几条马路的交叉点，人来人往，街上的行人抬头仰望，远远就看见一座高墙，有一些铜圈铁枝般的异物在屋顶上，指向天空，奇形怪状，也不知道是什么，晚上黑影重重，更加怪异。

走到灵台了，遇到的是一座高台，有两三层高，四方形的石墙，门洞上面横写着三个字：观象台，其余再无别物。墙下是入口，只是一个大空隙，然后是另一堵矮墙，这入口像两山中间的峡道，我们就从峡道进入。进去后看见高墙的背面，原来是一道弯曲形的石梯，沿梯而上，就到灵台的上面。

观象台不大，地面是一个四四方方的院子，由矮墙包围，东南西北四边都建了一层高的平房，正中一间比较华丽，但也很旧了，门上有牌匾，叫“紫微殿”，老师说，这里以前是汤若望的办事房，他有些日子住在这里，因为东堂被地震震塌了。其他的房舍，都面对面，每边有一二座，正对紫微殿的一座，放置天文仪器，前朝从南京运来的一些，另外一些，就四散在房舍旁边的草地上。紫微殿两侧的房舍是供官员、老师和刻漏生和天文生等休息的，他们来轮值观星，整夜都在这里留宿。

老师带我们进入紫微殿对面的一座房子，只见室内满满的都是各种各样的仪器，有的摆在桌上，有的放在地上，沿着墙和窗，一字儿排开，我们就从右手边一路看过去，首先见到的是一辆指南车。老师解释说，水浮法的指南针和缕悬法的指南针，我们在低年级上课时已经见过了，眼前这一件指南车，模型而已，是依照三国时马钧的创制。车子由木板三面包围，有两个轮子，车前是牵动车子的铁条，可以用马力、人力拉动。最特别的是车厢中伸出一支柱，顶端站一木人，支柱连接车内的齿轮，可自由转动方向，但柱上的木人举起的手臂，向前伸的手指永远指向南方。

接着，我们见到几个铜壶滴漏，都是像梯级式的方斗，一个叠一个，装满了水向下流。正在仔细看，旁边的门打开了，一位老师模样的人，走进来说，今天多巧，南大人在紫微殿上班，正要上观象台，快出来，一起上观象台吧。

53

我们赶紧从展示厅退出来，南怀仁老师正站在紫微殿的门口，大家都很高兴，有些同学的名字南老师都叫得出来。一群人，嘻嘻哈哈地踏上登观象台的梯级。梯级是石阶，第一段是直上直下，到了数十级就转向右手边，但是弯角很窄，另一端才比较宽，然后一直上到顶，两边没有扶手，得步步为营。南老师对我们说，要小心走，你们的前辈徐光启就曾在这石阶上摔一跤，摔断一条腿。

不知是谁说，南老师也知道徐光启呀。南老师说，当然知道，他是我们都敬佩的前辈，你们上数学课时不是用他翻译的欧几里得著作《几何原本》？他和利玛窦，花了一年的工夫，译完了前六卷。对于贵国来说，那是一种新的科学体系，充满新的科学术语，非常难译，那时并没有相应的词语。但徐光启克服了困难，平行线、直角、锐角、钝角、平面、直径、外切、三角形、对角线等，都译出来了，你们也都很熟悉了吧。

观象台约两层高，上到顶上，只见四四方方一座平台，由矮墙包围，墙内另有木栏杆再围一周，地方不算广阔，每一件仪器独立再被木栏杆分开，分布在三个不同的方向，整体成凹形。梯口正对的是一座关上门的小平房，近旁则竖起一支立杆，上面飘起一幅燕尾旗，标志着风向。

六件天文仪器，是否随便从身边开始，逐件去看？原来不是的，南老师说，六件仪器，彼此相关，得分两组观看，说着，带我们一直朝前面三件一字排开的仪器走去，先看中间的一件。那仪器仿佛是一个大西瓜放在篮子里，南师说，它名叫天体仪，是最重要的一件，因为它象征整个天空中的星宿。它用于黄道、赤道和地平三种坐标之间的换算，以及测定天体出没的时刻和方位。

你们看，天体仪是一个直径六尺的空心铜球，由子午圈、地平圈和时盘组成。铜球表面共镶嵌了1888颗恒星，铜星有大有小，标示不同的亮度，提供了星宿的等级概念。在这天体仪上，共排列了七种星的大小。铜球的轴线分别指向南北天极，球体转动一周就是一昼夜，距两极九十度的大圈上刻有赤道圈，圈上有自西向东排列的十二次，即星纪、玄枵等。黄道圈与赤道相交，黄道圈上刻有两种划分方法，一种是西方沿用的黄道十二宫，即白羊、金牛、双子等，另一种是依中国沿用的二十四节气，即冬至、大寒、小寒等。子午环正立于天球南北方向上，子午圈正中的铜火球代表天顶。垂直于子午圈的地平圈套架上刻有地平经度，槽外沿圆周刻有子丑寅卯等共十二时辰。

因为是南怀仁老师亲自讲解，我们都用心聆听。他说，天体仪其实就等于中国古代的浑仪，但有所更新，采用了西方的一些天文计算法，例如，将周天分为三百六十度，分昼夜为二十四小时，每小时均分四刻，二十四小时共九十六刻。依中国古代的传统，会分周天为$365\frac{1}{4}$度。另一革新是中国的浑仪，底部是平的，只有天体的上半才是圆球形，南老师说，他设计的天体仪，底部也是球形，很清楚，因为我们生活的地球，是圆的。

现在，南老师说，同学都明白了吧，这天体仪集中了赤道、黄道和地平三个重要的坐标观测天象。其实，单单靠天体仪一件，也足以应付，但如果有其他五件配合，结果会更精确，因为另外五件都是从天体仪抽取出来，放大了的。你们看，这观象台的布局，是经过细心安排的。

天体仪安放在南墙正中，它的左边是赤道经纬仪，右边则是黄道经纬仪，一东一西，正是两个最主要的坐标，安排在台顶东侧和西侧，最佳的观测位置上。这两件仪器的结构很相似，都是一个大圆圈，内有两个次圆圈交错形成，你们可注意到它俩有什么不同吗？因为这是新的设计。

这三件仪器是一组，剩下的三个成另一组，属于地平坐标。黄道经纬仪右边的是地平经仪，模样像一个吊在空中横放的车轮；它的右边是象限仪，又称为地平纬仪，模样像一把檀香扇子。右边最后一件，名纪限仪，模样像一个船锚。

南老师说，他设计的六件仪器，参考的是西方与传统的第谷思想。中国古典天文仪器往往把各种坐标共置于一仪。他的做法不同，将赤道、黄道、地平坐标分别独立铸造，在使用时，六仪并用，相互核对，可减少误差。南老师又说，他创制仪器时，也稍作改良；他和钦天监其他官员，以及天文生三十人一起工作，还合写了《新制灵台仪象志》，说明仪器的制法和用法，让大家都明白。

54

放假的日子可以回家，但真正回家的日子，一年中并不多，因为每旬一次的假只得一日，来回的时间不够，就不回家了。只有清明节、中秋节这些大节日放假三日才会回家。当然，回家最快乐的是可以见到父亲和娘亲，以及容儿。娘亲总是问我学校里的生活如何，吃得够不够饱，食物好不好，又问我自己要洗衣衫吃不吃力，都是些衣食住行的问题。我说，一切都没有困难，她总算安心了；父亲则总是问我功课，学了些什么，明不明白，数学跟不跟得上之类。我也照说一切很顺利，有许多东西可学，不难。他总是笑笑，将信将疑的样子。福伯知道校中有西洋老师教，就问老师是什么模样，凶不凶，有没有打骂学生。我说从没有，很和气，学问都是非常厉害的。他不太相信，自言自语说，夷人都是蛮子，学问怎会比我们强？

当然，见到容儿就什么都说个不停，不单只我说个不停，她也说个不停。

你不是问过我有什么不好的线，想象的、假的线？

是的，想出来了吗？

太多了，假的线比真的线还要多许多。

例如？

例如女孩子不能上学读书就是不公平的线，这完全是不好的假线。难道女儿不是人吗？领悟力不及男孩子？

当然不是。

对了，历史上没有出过什么女大夫，因为有那么一条假想的界线。所以，我想到我其实可以学医呀，父亲和伯伯都是老师，两位名医当老师，教我一个学生岂有不成材之理？你认为我可以学医吗？

你有我一半的聪明，也可以了。

哈，我又不一定要去医人，学了自己医自己也够好了。

他们答应了？

缠了好久，就说好吧。他们说医馆里反正有一个铜人，家里又有许多医书，看看你这孩子能学多少，学多久，这么难的知识，就看几时知难而退。

不要退，后面不是有一条线？

我不怕苦，用心学习，天天到医馆对着铜人，一个一个穴道记住。我仍作男孩儿打扮，有病号进来，就借故待在附近，听大夫和病人如何对答，瞧病人的病容、舌苔的颜色、走路的状况，学人家望闻问切，老师也就由得我，空下来赠我几句医话真言。

也教你读医书。

一直有教。一天我读到铜人的故事，吃了一惊。

不要怕，有我，但有什么令你吃惊？

据说，北宋初，有位针灸医师名王惟一，写了三卷《铜人腧穴针灸图经》，这还不止，又创制了两个铜人，铜人和真人一般高大，躯体外壳可以打开，胸腹腔能拆卸，能见腔内五脏六腑，部位和比例尺寸都正确无误，经络走向，腧穴位置标示清楚，共标示十四条经络，共六百五十七个腧穴。多么神奇的大玩偶呀，阿闳。我正在学记我家医馆中铜人上的穴道哩。当然我家的铜人躯体只有外壳，不能够打开来。

55

那天天气挺好，日光照得乾清门琉璃瓦的影壁亮闪闪的，煞是好看。这一阵，皇上每天都召南怀仁老师入宫讲学，我也常常跟随老师携带书籍、仪器用具等入紫禁城，然后在偏旁的闲房中看书或绘图。赵大哥又来找我了。我担心老师从南书房出来不见我。赵大哥说不成问题，太监自会找到我。我们到各处逛，有时他会带来蟋蟀，我们就躲进端凝殿玩斗蟋蟀，一斗半个时辰。他说蟋蟀是刚从太监那里取来。一次他还教我八段锦，在草地上耍了好一阵。然后他说我天生不是学武术的料子，就是坐式的文八段锦也嫌我没有耐性，不会学好，学会了也不会常做，还是和我下棋好了。你知道黄宗羲这个读书人吗？其实很少人知道，他其实也精通武术。

不知怎么，自从认识赵大哥，就一直盼望看见他，我其实还不知道他是什么人、什么身份，竟然可以在朝廷里到处走动，而人人尊称他大人，可他又不是官员。他是个中年人，可又童心未泯。他大概也没有什么朋友。本来，过去钦天监的官员禁止和朝官交往，怕秘密外泄，赵大哥岂会不知道这条例？他好像是官员，又好像不是，总之身份特殊。他觉得没有问题，当然就没有问题。

那天，又有好玩意儿了。原来碰上暑天的六月初六，是个晒衣裳的吉日，紫禁城内正忙着晒龙袍。从大清早开始，敬事房的人就在忙碌地工作了，先是把木架抬来，排成一行行，然后把龙袍一件件运出来，穿在木架的横栏上，过了一个时辰，乾清宫的广场两边都挂满了款式图案不同的龙袍，远远看去，一片五爪金线的龙海。

我们就从乾清宫门楼开始朝乾清宫走，大庭院里没有人，只有白石栏杆和御道，遍地青草，还有三层台阶上闪闪生光的大铜水缸和日晷。不过，这里有一个插曲。我们从东边走来，经过一个廊庑，听到嘈杂声。赵大哥敏捷地走进去，闪到屏风后面，我也连忙跟上去。只见四个太监惊惶失措，霍地站起身，双手负后，一起说：赵大人好。然后垂下头来。

交来，赵大哥说。

一个把手上的骰子奉上，原来他们在赌博；另一个，奉上的是个很漂亮的玻璃鼻烟壶。

谁输了？谁赢了？这一次。赵大哥两手收下，声调没变，但不怒而威。

福海输了，小桂子赢了。一个答，也不敢抬头。

小桂子赢了这个鼻烟壶噢，福海还欠人家多少？

小的不敢不敢，就这个罢了。福海看来呆头呆脑。

明早到造办处，两个都来，告诉我鼻烟壶怎么得来的。先放在我处。

一定，一定的。

都没有工作吗？

有的有的，谢谢大人开恩。四个赶忙转身走，出了门外，鸟兽散了。

赵大哥端详了鼻烟壶一下，上面绘了一只凤凰。说，名贵，这是我们造办处的出品。

嗯。

可知道是谁第一个把烟草带来？

谁？

据说是利玛窦，明朝万历时带来，明朝那个昏君就喜欢这个。传教士总带来许多许多东西。明朝开始自己种植烟草，当年嗅鼻烟并不流行，流行的是抽烟叶，因为烟叶便宜，宫里宫外，可以想象，烟雾弥漫。抽烟是会上瘾的，明亡，恐怕和这个有点关系。鼻烟壶到了圣朝，才盛行起来。

壶里有什么奥妙的东西？

那是磨碎了的烟叶，加上麝香之类，装在密封的容器后发酵。可以去湿气、镇定神经、通鼻子。以往宫里的人抽旱烟抽得很凶，好几次引起小火。皇上于是下诏禁烟，有了鼻烟壶，好多了。康熙皇上也喜欢，还责令造办处自行制造，赏赐官员。

我也见过博士老师用过，晚上在后院里，手指蘸上烟末送到鼻孔去。

小兄弟，这毕竟是贵族、官员的玩意。多嗅，也会上瘾的。如今落到太监手里去了，全因为好赌。

明天怎样处理他们？

警戒、扣薪俸之类，试试堵塞吧。太监聚赌成风却是问题，终日无所事事，他们只做一天半的工作，然后放假一天。是皇上不信任他们，重要的事务从不派给他们，但皇上的事务，有什么不是重要的？于是这些闲人，饮酒、赌博，欠了债，就偷宫廷的东西，勾结官员，变得很贪钱，有些就卖到其他地方。一切都是钱作怪。我们有时也到王府街的市集去搜寻赃物。还是看皇上的衣服去。

阿闳，你将来会不会也嗅鼻烟？

那很威风嘛，把玩一下，然后往鼻子一嗅，打通你所有的关窍，原来我们是有鼻子的。

会上瘾噢。

所以，其实我不会嗅。芬芳？我不需要嗅这个。

这就好。

但将来，谁知道呢？谁不想威风一下？

小鬼头。

说笑罢了。你知道吗，有人叫烟草作“相思草”？

张循王善货殖。伶为术人善天文者，云："世间贵人，必应天象，用浑天仪窥之，则见星不见人矣。如无浑天仪，可用一铜钱代。"令窥帝，曰："此帝星也。"窥秦桧，曰："相星。"（窥）韩世忠，曰："将星。"至循王，则曰："不见星。"众骇，再令窥之，曰："终不见星，但见张王在钱眼里坐。"满坐大噱。

——张埏：《息影偶录》

如朕为人上者，欲法令之行，惟身先之而人自从。即如吃烟一节，虽不甚关系，然火烛之起，多由于此，故朕时时禁止。然朕非不会吃烟，幼时在养母家，颇善于吃烟。今禁人而已用之，将何以服人？因而永不用也。

——雍正记录：《康熙家训》

56

最先运出来的一批冬衣，衣襟、下摆、袖缘都镶上皮草。赵大哥说，这是在户外巡视、狩猎、行军等活动的行褂。服饰很朴实，乍看不似皇家衣裳，颜色上既非明黄、正红，衣衫上也不显刺绣和图像。可内行人一看，赵大哥就是内行人啊，就知道衣裳的料子，整件全由软毛缝制，如同把狐、狼、熊罴披在身上。毛裘并不外露，外面用棉为表。原来衣也不可貌相。

赵大哥说外人眼见的是行褂，这褂其实是外衣，罩着内层的行袍。行褂较厚，又因为是毛裘，无法落针刺绣，所以显得素净，保留了动物天然的色泽，银白、灰、棕、黑，或相间色。翻出内层，才坦露衣袍的内容。工人也趁这机会，用刷子梳理，检视衣袍的状况。行褂有长有短，短者长度及腰，适合骑马，稍长者及膝，骑马时，可解下另一幅襟脚，扣上三粒钮，就成为完整的袍衣了。

第二批从端凝殿搬运出来的衣服不单颜色明艳，款色独特，还是唯有皇帝才能穿的朝服，有什么重要的活动才会亮相，用上皇帝独尊的明黄颜色，而且密布花绣。尤其是冬朝服，特别华丽、隆重，凡衣边都镶上紫貂皮。满身以明黄为底色，绣上龙纹。

这样的龙袍，寒冬穿上的确够暖了。

说对了一半。的确够暖，不过，还不是龙袍，只是龙纹袍，绣上龙纹的袍而已。

噢，不是龙袍，已经绣了很多龙了。

蛮多的，两肩和前胸、后背绣正龙一条。间以五色云，接一段平水江岩。

什么是平水江岩？

就是那些斜斜的水条纹，平水是指不泛波浪的水，还有一种立水，指起波浪的水。江岩是指水中的岩石。这象征山河统一、四海升平。龙纹呀，水纹呀，石纹呀，都是皇权的象征，不要以为衣服只为了保暖。

如今的景象，像草地上栽插了农家的稻草人，伸展双手，衣长及膝，只是一领一领衣衫，并无头颅。赵大哥领我在衣衫间穿行，一面走一面指指点点，仿佛点算皇帝衣衫的数量。他忽然问：

小兄弟，你可知道，这么贵重的各种服饰，衣料是从哪里来的？

哪里？

江南织造。

哦。

织造是专门替皇室采办和制造绸缎、丝织用品的机构，设在江南三地，江宁、杭州、苏州。

都是南方最富贵繁华的地方吧。

对了，我一位曹姓少年朋友就是江宁织造的主管，另一位李姓，则负责苏州织造，曹是李的妹夫。另一位孙姓，主持杭州，也是曹氏的外戚。全因为曹的母亲，是皇上的保姆。

我的祖家本在江宁，听父亲说，曹家是大富人家啊。

圣上南巡，好几次就以曹家为驿宫。

不单富贵，父亲说他还很会作文章、写诗。

的确是文武全才。

57

这冬朝服共有多少龙纹？告诉你吧，绣了四十三条。

厉害。绣了那么多龙，还不算龙袍？

要看龙袍，可先要认识一条龙。别以为你认识龙。

我没见过龙。

谁又见过哩，人人可见就不稀罕了。

真难保不会错认，样子不是有点吓人？

是震慑。龙有各种形状，我们对龙有多少认识呢？更莫说一只聪明、有心思又不断变化心思、神圣的龙。龙穿的衣服，衣上绣有九条龙，前后身各三条，左、右肩各一条，襟里还藏一条，共九条。从正前或正背看，都有五条龙，象征九五之尊。龙袍没有披领，不是上衣下裳相连，而是左右合缝式，成四开裾式长袍。圆领、右衽、大襟，加马蹄袖端。又有明黄、蓝色、红色、月白色多种，珍贵者用缂丝。下摆绣水花山岩。

嗯，款式倒和龙袍一模一样，只是看不见花绣，走近了看，才看到有同样素色的大小团花，花纹也不是一个样。

皇上就喜欢这样的衣裳，在常服袍上面有时加上一件褂，对襟平袖，不缀补子，颜色也是石青。见到官员，看补子可分官品，哈哈，没有补子的，不是老百姓的话，竟是皇帝呀。

真漂亮啊。

要知道制造过程非常严谨小心，先由画师按照会典绘画样本，经御览批准，才发往三个织造府制作，成品要标示所有负责官员的名字。

不能做错。

也不能做得不好，不好就要问责追究。你知道单是一件龙袍要多少人的工夫？五百多人，工作两年，价值白银一千多两。

噢。我听得目瞪口呆。

容儿，我问赵大哥是否可以让我摸摸龙袍，可赵大哥忽然脸色一沉。

他一定说，龙袍摸不得啊，小兄弟。

是啊，赵大哥说，想也别想，龙袍，多少人为此丧命。但还是让我摸了一下。

感觉怎样？

很难说，最好还是请教穿着的皇上。

看是好看，一定的了，阿闳，但我倒宁愿穿得简单些，简单也有简单的好看。

58

我们看见壮观的龙海，千千百百的龙，如在云端列队，见首也见尾，这情况，一般人根本不会看见，只有在乾清宫的平台上，才能居高临下看龙，六月初六，才能看见龙海。

容儿，我看了这许多龙绣，有一个胡思乱想，你可不要告诉别人。

我怎么会告诉别人，这是我俩的玩话。

我想，龙必须有云雾的烘托，否则看来就像四脚蛇。

太阳渐渐西下，敬事房的人出来，把一件件龙袍仔细从横栏上取下，见了赵大哥，立即行礼。赵大哥挥挥手，让他们继续工作，他像监工。龙袍逐一运回端凝殿。

最后，龙都不见了。赵大哥说，这么多的龙好像我们大清会世世代代永远延续下去呢。

这时我们正站在乾清宫右边的平台上，身旁有一座约一人高的石刻仪器，不是狮子，也不是仙鹤。赵大哥忽然说，小兄弟，这件刻物你当然认识的。我看了看说，是个赤道型日晷。

是什么时候了？怎么计算？

日晷大概由圭表演变而来，利用日影的变化来计算时间。每年春分以后，看圆盘上面的针影；秋分以后，看盘下面的针影。我们面前的这个东西，叫作日晷，正式的叫法，是赤道式日晷……

嗯，还有别的不同的日晷？

有，又有地平型日晷。

有何分别？

这个日晷，上面的圆盘倾斜，中央的针与圆盘成直角，但相对平地来说，也是倾斜的。要斜放呢，因为这样才可与赤道的轨道相同。圆盘上刻有子、丑、寅、卯的度数，太阳已西斜，如今已进入日暮时分，晷针指向申时。

果然是钦天监出来的好学生，我想，传教士告诉皇上的也是这些吧。

忽然起风，天色暗了。

此地不宜久留，我们走吧。

不宜久留？

小兄弟，你看，你知道东边那座房子是什么宫？

端凝宫。

不，我是指和乾清宫平排，位于东首那间。

不知道。

那是昭仁殿。

好像是藏书的地方。

那是前朝昭仁公主的寝宫，也就是崇祯皇帝杀死女儿的地方。

哎呀。

这一带入夜就阴恻恻，敬事房的人都说，这里前朝的冤魂不肯离去，经常作祟。快走快走。

回到闲房，南大人还没回来。赵大哥说，所以，你明白为何皇上要搬到养心殿去了吧。养心殿慈宁宫，那么多佛堂。

今天天气好，若是下一场暴雨，龙袍毁了，就可怕了。

可怕的岂止龙袍遭殃，你们钦天监才大祸临头，不知多少人会丢官，多少人会头颅不保。

啊，啊，上天保佑钦天监。

天威厉害吧。小兄弟，其实，皇上也不容易做，也有许多烦恼。

不是有许多人替皇上办事吗?

是的，许多事，分享的人多，可什么人可以分忧?

天子之所是未必是；天子之所非未必非，天子亦遂不敢自为非是，是公其非是于学校。

——黄宗羲（1610—1695）:《明夷待访录》

故我之出而仕也，为天下，非为君也；为万民，非为一姓也。

——黄宗羲:《明夷待访录》

后之人主，既得天下，唯恐其祚命之不长也，子孙之不能保有也，思患于未然以为之法。然则其所谓法者，一家之法，而非天下之法也。……论者谓有治人无治法，吾以谓有治法而后有治人。

——黄宗羲:《明夷待访录》

59

赵大哥是个什么人物，我是后来才知道的。说他是大官，不是，只有六品，但说他是个小官，也不对。他不是科举出身，也不是从十品、九品、七品……官儿一直升上来。他是什么人呢？人人认识他，因为他是皇上身边的人，名叫赵昌，是内务府正白旗包衣出身，真的是正白旗？也可能是镶黄旗。汉姓包衣，据说祖籍出自辽、金旧族。又有传他是满族人。我并不清楚，他当然懂得满语，倘是满族，也已相当汉化了。“包衣”是满语，意思是“家里的奴仆”。有些包衣，本是包衣小，做得久了，变成包衣大，“大”即是头头，也就是奴仆级的领袖。赵昌没有变成包衣大，却留在皇帝的身边。他大抵从小活泼精灵，眉清目秀，比皇帝小三岁，自小和皇帝一起长大，是个“哈哈珠子”，看看字面，是嘻嘻哈哈，珠子般灵活的小伙子，真正的意思是“阿哥的随侍男童”。

许多年后，我读到民间的一些笔记、丛谈，都说赵昌是太监，这是以讹传讹。赵昌知道我们，比我们知道他的多许多。就像说顺治皇帝出家做了和尚，神隐山寺，其实顺治死于痘疾，才二十三岁，入世不深。

为避痘疫，康熙皇上自小住在紫禁城外西华门北街，由保姆照顾，却在那里出了痘，因祸得福，后来因此可以继位。当地聚居了其他贝勒、贝子，可不能保证不受到顽童恶少的欺凌哩，身边有几个聪明、忠心、精灵的侍童，可以随时听唤，一同游戏，可以减轻压力。忽然当上皇帝，身边更需要心腹，帮忙打听、传递消息。而这几个侍童，自小习武，一直得名师教导，赵昌应是其中武术最好的，于是俨然皇上的近身保镖。皇上不在深宫长大，又好读历史，借鉴前朝宦官一旦得权，就会弄权，所以并不信任太监，嫌太监之间太多耳目。他曾明谕不许太监预政。赵昌于是成为内务府的亲信，如今是养心殿造办处的总监造，完全和科举出身的大官不同一条船。

康熙皇帝宠信包衣，尤其是跟他一起长大的上三旗包衣。另一个赵大哥相熟的曹姓正白旗包衣，同样由于自小追随康熙，是伴读，擅书诗，其实也跟赵昌一起学习武术，获派到江宁继承父亲主持织造，并且密报各地消息，风光一时，死后官位仍由儿子世袭。赵大哥没有出外分配到什么肥缺，他自谦不通文墨，不会给皇帝写信。

再说，自从西洋传教士受到皇上的恩宠，进入紫禁城制造各种西洋的镜子、自鸣钟、火炮等新奇的事物之后，皇帝和西洋传教士之间的联络人，就交托养心殿造办处的总监造赵昌，以及武英殿的总监造赫世亨，由两人分配工作。他俩的工作，如何划分，我不清楚，或者可以说，赵大哥像内侍，官位只是虚衔，不用调升；赫世亨则是官员，工作总有正规的程序。例如传教士进入紫禁城，从东华门入宫，来到乾清宫门口，赵昌必定在门前守候，不需侍卫查验，由他直接引领转入南书房，或带到养心殿内的造办室。传教士有什么书籍、文件、奏本、信函，也先交赵昌再呈交皇上。皇帝有谕旨，也由赵昌亲往传教士居住的教堂传谕；倘非急谕，就由赫世亨负责。至于皇帝南巡、秋狝时，联络事务均由这位赵昌总监打点，他有时随侍出外，有时就留在宫廷，到处走走，皇上回京后，就回报消息。他在皇帝面前说一句话，可能就改变了事件的方向。南怀仁老师曾告诉我，这位赵昌大哥很厉害，当圣上跟传教士说话，他竟然可以随时插嘴，其他人呢，恐怕会人头落地了。他认识每一位传教士，尊重泰西[①]的知识和宗教，并且从中学习，增强自己的能力。但他们必须有真才实学才好，因为耶稣会之外的，可不是每个都从上帝那里学得专长。他是一个小人物，也是一个大人物，他竟是我的赵大哥，要是其他人知道，一定认为我非常幸运。在我的面前，他就是一个风趣、喜欢认识新事物、爱玩耍、没有官架子的大哥。他又不断提醒我，在宫廷走动，千万留神分寸。

我放假回家，父亲总是查问我的功课，也问问生活情况。我告诉他有时随南怀仁老师到宫廷去，老师老了，有时携带器具多了，就要多两三个天文生帮忙，我是其中固定的一个。老师无意中提到，人老了就多烦恼。

皇上也不例外，整个国家就在他一个人身上。父亲沉默了好

① 泰西，犹极西。旧时用以称西方国家，一般指欧美各国。

一阵，说：他有太多儿子了。

60

秋凉的晚上，我们仍然喜欢坐在椅上聊天，还看见来了两位博士老师。一位年纪较大，另一位正是之前问过他“历法之争”的年轻老师，他说这是大事，这里就是案发现场，你们前来读书，也应该知道大概，到你们升了级，由西洋老师教授，恐怕就再没有人告诉你们了。

我们小组八个人，于是围拢起来，有的坐椅，有的索性就坐在地上。这两位老师也搬来椅子。我觉得，这种聚会比课堂更有意思，课堂不便说的话，好像可以说了，有点随意，但又有点凝重。

年长的博士老师说：

怎么说呢，可得从前朝说起，前朝末期，钦天监沿用《大统历》推算日月食，屡次出现差误，礼部侍郎徐光启依据西方历法做的预报，却正确不误，崇祯皇帝于是让徐光启设立历局，编修新历。

徐光启与天主教传教士利玛窦友好，他很有智慧，他指出不应排斥西洋科技，理由是明初太祖不是也认为西域推测天象最精而重用回人吗？太祖曾派人到西域招募阿剌伯天文学家，给予种种优待，并命人翻译回回历法。回人马德鲁丁来到南京后，担任司天监监正，推行回回历。我们知道，我们钦天监以前就叫司天监。钦天，可知道是什么意思？

宁儿答：钦天，来自《尚书》的句子："钦若昊天。"钦若，是敬佩、顺从的意思；昊天，就是苍天。

对了。回回历何以后来停用呢？那是回教徒用的历法，以月相为准，新月出现定为每月的第一日，不设闰月。明初在历法上好像是实行双轨制，有大统历，又有回回历。在历法方面，明太祖是开放、开明的。当今圣上也很欣赏，每次南巡，总不忘向前朝太祖致祭。但明朝真的实行两套历法吗？不可能。回回司天监实际上只是一个科目，职司纳入钦天监回回历科，是三科之外的第四科，由信奉伊斯兰教的天文学家主持，采取世袭制，但并不编历，只是把观测推算的结果提供给《大统历》作参考。回回历仍有价值，因为推算日月食，仍较《大统历》为佳。

那时候我们钦天监有一位官员，名叫吴明烜。他的祖先是西域回回十八姓之一，祖传的天文学知识，在隋朝已经来到中原，世代一直担任朝廷的修历官员，专门负责星相占卜、算吉凶等事。过了好些日子，回回历法已经和西洋历法的准确性无法相比。自从西洋人当上钦天监的监正后，竟撤销了回回历科。这大大打击了吴明烜，他是回回科的秋官正[①]，也被裁撤了，加上宗教的问题，自然愤愤不平。

---

① 秋官正，官名，清朝五官正之一，主管天文历法。

自从杨光先被革职后，钦天监缺员很多。康熙八年，吏部议奏，应将南怀仁老师授为钦天监监正职衔，但南怀仁不愿做官，上书请辞。皇帝不批准，他又上书婉辞，仍未批准，最后还是接受了监副一职，做的其实就是监正的工作。监正悬空了。何以南怀仁坚持不愿做监正呢？南怀仁老师是个聪明人，在中国生活了那么多年，又结识了许多有学问的士人，很明白在中国人眼中，天文学是一件什么事情。对西洋人来说，天文学是自然科学，研究天文学，主要是要研究天上的星辰，各种变幻等，而在中国人的心目中，天上的星辰却是活物，与地上的人事密切相关，这种相关是天人呼应，是所谓“天垂象，定吉凶”，天上的紫微星就是皇帝的影像，凡是星辰的变幻，都显示地上人物的命运。结果，中国天文学的老祖宗说得对：“使人拘而多畏。”

老祖宗是谁？一个同学问。

司马迁的父亲司马谈。

事实上，南怀仁老师尝试融入西方的占星术，西方也有占星的传统，不过去除吉凶征兆的说法，认为这方面大多不能推知。他向皇上具奏的只是一般节气，对一切祥异、星辰凌犯等事，并不详细呈奏，因为这个，他曾受到康熙皇上的斥责，认为有负职掌。那是康熙十六年。

年轻的博士老师接着说：

汉朝聪明的读书人，大抵以为天子也可能不全是乖儿子，就想到上天有责任监察这个儿子的操行，儿子要是做得不好，就会降祸人间，甚至把他的权力收回。当然，到了后来，谁也可以借用上天，说什么天降大任，要他为帝，要他替天行道。

天哪，这时年长的博士老师长叹一声：天何言哉？钦天监是皇家观看天象的机构，但过去许多年来，研究的重点是猜测天意，解释天意，所以才出现了杨光先那样的一群人。如果要把钦天监扶正，成为真正研究天文的机构，的确需要好好地改变一切，得大量减少胡言乱语的解象情况。但这种思想久已深入人心，不好说。南怀仁老师只能调节，稍加改变。

61

年长的博士老师休息了一下，补充说：

徐光启解释接受西洋科技，只是想把西洋人的学问吸纳到我们大统历的模式去；西洋人的科技只是工具，是一种格物穷理的学问。而且，他认为西洋人的宗教可以补儒易佛。他认为要超越西洋人，必须认识他们的学问，那就先要翻译。所以译出几何学等书。他获得许多人赞同。但我们也可以想象，反对的人一定不会少。各地也产生不少教案。徐光启本身入了天主教，也成为受攻击的口实。他从西安调来传教士汤若望。汤是日耳曼人，很不简单，他不仅精通天文，还是个制造机械的专家，曾帮助崇祯皇帝造出“红夷大炮”，入清后“夷”字不能用了，才改为“红衣大炮”。

为什么叫红衣大炮？宁儿问。

老师再补充：

在大炮上盖上红布，这又是汉军的毛病，以为这才吉利，可以打胜仗。大抵上阵前还作一轮法事吧。结果呢？

老师继续说：

事实呢，明朝来不及颁行新历，就改朝换代了。

汤若望把改订了的历书，称为《西洋新法历书》，献给新皇帝，再加上他制造的望远镜、日晷、绘画地图等新事物。新皇帝当然很高兴，而新朝当然也要有新历。但不能草率，还是要经过跟汉、回历法测验比试才好。于是选定一个日子，让三家测定日食的时间，选了八月。验证结果，西洋人的新历分厘不差，其他两个呢，都有差误。汤若望于是取得信任，封为钦天监监正，并颁布他进献的新历，改名为《时宪历》，一直沿用到今天，而《西洋新法历书》也刻印流通。本朝先帝年幼时还称汤若望为“玛法”，即是爷爷。后来更下诏让他随意出入宫廷，凡有启奏，可以径入内庭。宣武门的天主教堂，俗称南堂，也是这样御赐建造的。

有那么一个故事流传，崇祯自缢后，李自成入京，不多久，就派人去找钦天监监正汤若望。汤若望不肯离开宣武门的教堂，要守护堂里的圣像、图书、天文仪器、历书刻板。可能凶多吉少了。谁知是吩咐他为李自成登基占算吉日。

老师又思考了一回，再说：

任何历法，年月远了，如果不重新计算，不改善测验仪器，总会出现差误。所以，我们不要自满，要不断努力。许多许多年前，我们的《周髀算经》不是很好吗？可是如今远远落后了。如今观察天象，因为传教士带来望远镜，分辨星宿，也远比《步天歌》的作者明晰精细得多。今上深入研究西洋数学，曾批评我们汉人对数学，毫无认识。不过汤若望也不是从此一帆风顺的，他晚年中风病倒，由南怀仁代行职务。我先前提到的儒家学者杨光先，你们知道吗？

知道，一位同学说，他反对任用西洋人，后来成为监正。

对了。今上登基时很年幼，政权落入四位顾命大臣手中，其中以鳌拜为首，骄横滥权。杨光先早已在前朝批评徐光启是邪臣，贪图西洋人的奇巧器物，不依从海律禁逐，反而向朝廷推荐。他这时候再上疏，指责汤若望，主要针对两件事情：

其一，《时宪历》中的字句“依西洋新法”，他解释这是西洋人要取正朔而代之；其二，为荣亲王选择的葬期触犯凶煞，不久连顺治帝和董鄂妃也克死了。荣亲王是顺治帝和董鄂妃的儿子，只活了一百多天就夭折了。

回人天文学家当然支持他，他们的历法不受重视，他们信仰的伊斯兰教和天主教对立。所以，他祭起的民族大义，是否说得过去呢？我们和满民、蒙民、藏民，以及许多其他各族，不是和洽相处吗？

杨光先的指斥被鳌拜利用，处死了钦天监内的五位资深的汉官员，这五位官员，是钦天监许多年悉心培养、训练的天文专才，可叹一朝绝灭。而汤若望、南怀仁等西洋人下狱。杨光先成了钦天监监正。杨是传统儒士，动不动捧出尧舜来，对历法，用今上的说法，其实是“一字不识”，却很擅长历理。

什么是历理呢？我问。

就是占星术。我国编历，依据天象的变化，要求精准，却一直理解为这是上天给地上的意旨，所以，明白天意最重要。如何明白？方法是根据五行推演，各种典礼，丧葬、祭祀、征伐、出行，都要遵守宜与不宜，要趋吉避凶。中国的天文人是这样片面理解天人合一的，要人迎合上天。西洋人过去也讲占星术，汤若望不是完全不懂得，但不相信这些。于是被指斥用错五行，本来也要处死，因为京城大地震，连震了三天，死伤无数，连宫廷也着了火，同样被认为这是上天震怒，加上先主顺治帝的生母孝庄太皇太后干预，认为汤若望服务多年，深得先帝信任，如今置之死地，太过分了。看来天意会害人，也会救人。汤若望才得以放回南堂。但鳌拜又唆使暴徒捣乱南堂，逼得老病的汤若望移居东堂，不久病逝。

夫《时宪历》者，大清之历，非西洋之历也；钦若之官，大清之官，非西洋之官也。以大清之官，治大清之历，其于历面上宜书“奏准印造时宪历日”，颁行天下，始为尊皇上而大一统。……今以大清之历而大书“依西洋新法”，不知其欲天王谁乎？如天王皇上，则不当书“依西洋新法”；敢书“依西洋新法”，是借大清之历以张大其西洋。而使天下万国晓然知大清奉西洋之正朔，实欲天王西洋，而鲁大清也，罪不容于诛矣！

——**杨光先（1597—1669）:《不得已》**

光先之愚见，宁可使中夏无好历法，不可使中夏有西洋人。无好历法，不过如汉家不知合朔之法，日食多在晦日，而犹享四百年之国祚；有西洋人，吾惧其挥金以收拾我天下人心，如厝火于积薪之下，而祸发之无日也。

——**杨光先:《不得已》**

62

年长博士老师继续说：

历法是科学，选葬期要占星不犯忌，充其量说是民间智慧，但这是两套思维。事情并不简单。杨光先也承认西洋人的历法是好历法，但他宁可不要，因为就算没有好历法，国家还不是依然存在这许多年？但西洋人借助奇巧淫技，企图建立他们天主的信仰，推翻儒家正朔，这就动摇了我们的根基。何况，历法一直是国家的首要大事，主宰历法的竟是西洋人，那还得了？总之，反对的原因很多，政治上的、信仰上的、名和利的，杨不过是极端的代表。

阿克伊递给博士老师各一杯茶，原来他溜进宿房里去了一阵。

谢谢。谢谢。

年长博士老师喝了一口茶，说：

西洋人来华，有的做买卖，有的来传教。传教士带来了科技，这工具很厉害，其实正因为是工具，反而不用担忧。当年佛教来华，没有这个凭借，有的只是佛理、佛的生活态度。但佛理高妙，这或者就是耶佛两教的长短吧。所以保守的读书人对佛理大为紧张。唐朝时韩愈要烧佛经、烧佛寺，理由是佛教要人出家，僧人也不事生产，破坏经济。但到底融入了民间生活，禁也禁不了，读书人、艺术家尤其受到影响。唐代是汉胡的混合文化，不是很灿烂吗？文化、思想的发展，是否可以超越宗教、民族？

再说，老师稍停了一下，当孔子说“未知生，焉知死”，针对的是商周的巫神传统，要我们关注现实人生。但那是二千年前了，人毕竟想知道，人死后，到底是怎么一回事？人生太多苦难了，怎么可以脱离苦海？人总想趋吉避凶。到了宋代，朱熹等人终于接受挑战，起来论辩、对抗，这最好，因此促成了儒家的理学。经过许多年的磨合、消化和改造，终于融会成为一种我们独特的文化。不懂一点佛理很难说就懂得中国传统文化。对于自己的文化，应该有这个自信。

那么，各位老师，你们都成了教化王的信徒吗？宁儿问。

老师答：

我们两个都没有，这问题，我自己一直在思考，这是个严重的抉择，将来很难说了。同事里有的受了洗，是信徒。但我们不必成为信徒才可以在钦天监工作。我们也不大可能成为耶稣会的传教士，因为耶稣会规定，传教士必须懂得拉提诺文①，受过正规的神学教育，掌握教堂仪式，会替信徒做告解，诸如此类。

那么中国人就不可能成为传教士了？

也未必。有一位中国籍传教士，叫郑玛诺，他是广东香山人，随卫匡国到罗马，学习神学后成为正式的传教士，一直就在京城

---

① 拉提诺文，即拉丁文。

传教。懂得拉提诺文，也许他是第一位。其他教会要通融得多。方济各会的罗文藻在南洋的神学院攻读，后来就成了第一位中国籍主教。我年纪大了，学不来。南怀仁老师也主张取消拉提诺文，那种语文在欧罗巴[1]已没有生命力了。年轻人，能够由自己决定，不是很重要吗？社会上有佛徒，有佛寺；有道教，有城隍庙、土地庙，为什么不可以有教徒，有教堂？

试想想，西洋人到来，是弊多还是利多呢？我们看到南怀仁老师带来的《皇舆全览图》，世界那么大，有那么多人，有那么多国家，都在进步。从天文学就可以看到，我们是否可以关起门来？

杨光先的说法合乎鳌拜的口味，因此成为钦天监监正，恢复大统历和回回历，当然错误百出。南怀仁等人则被软禁在南堂。杨光先一再辞任，辞任的结果，升为监正，就不再辞任了。而监副他荐用回人吴明烜，那才是做事的人。杨光先做监正四年，一直隐瞒南堂有真懂天文的传教士。也许是大学士索额图向少年皇帝通报吧，南怀仁老师终于可以走出南堂，来到紫禁城，向皇上指出杨、吴的种种错算。

今上亲政之后，打倒鳌拜，早已知晓杨光先并不能胜任，可也很公平公正，再由南怀仁与杨光先、吴明烜比试日影观测，结果又是西洋人优胜。于是传教士获得平反。就是去年，今上还亲临南堂，御题“万有真原”四字。

---

① 欧罗巴，即欧洲。

南怀仁一直主持、教导我们天文知识。他也是个出色的机械工程师，精通制造测观仪器，引导皇上重视科学，他有大功劳。

这晚上，我想告诉各位同学一个坏消息。

大家抬起头，看着博士老师。

南怀仁，我们的老师，死了。

噢，我们全都沉默无语。

那晚上，我一直不能入睡。邻床左边的一个，不时发出有节奏的鼻鼾声，大概因为午间骑了好一阵马，累了。他平日声音不多，入睡时却好像有许多话要说。右边的一个，整个人躲在被褥里。平日不吃东西，就不停说话。睡眠时，才让嘴巴休息。但真正活跃的，还是他小小的脑袋，里面总有许多精灵的主意。他们都是我最好的兄弟，我们一起学习，互相帮助。我将来也要让容儿认识他们。但我老想着南怀仁这个西洋人。过去三年，我见过南怀仁许多次，他一直住在南堂，但经常到来，偶然也来亲自教导我们。皇上召他入宫，要是携带器物的话，就同时召我到南堂去，他偶然也住在钦天监内的工作室。

我在南书房旁边的闲房守候，往往好几个时辰，他也嘱我不必呆等，可以在外边溜达，不要走得太远就是，到时自有太监召我。这时候，赵大哥经常出现，跟我聊天，好像很关心钦天监里的人事。我上次外访观象台，也看过南怀仁老师制造的六件天文仪器，那些坚实的、曲折的青铜枝条，让我们接通了天上的星宿。南怀仁老师看来就像我其他的西洋老师，一把胡子，蓝眼睛，穿着朝服，怪怪的，但看久了，也就习惯，不怪了。而且他们会说我们的语言。我们为什么不会说他们的语言呢？他回不了自己的故乡了，也许根本没想过要回去。他要回去的，是天堂。那是一个怎么样的地方呢？然后，我梦到自己成为一颗小星星，没有人看到，消失在茫茫的黑夜里。

63

我当晚辗转失眠，总想起南怀仁老师。想起我是怎样和这位长辈交往，怎样竟然可以在南书房的闲房看书、画图。

那是前两年，我还是一年级生。那一年的冬天异常的冷，常常连下大雪，屋外都是厚厚的雪，而且积成了冰，一片银色的天地，虽然冷，又觉得奇异的美。我们在学堂，幸而有保暖的冬衣，拜前任监正汤若望体恤监员，每个学生都获发一袭羊皮袄，加上原有的帽子、棉鞋，晚上的厚棉被，也就能抵御严寒了。所以，下大雪的时候，我们下课后竟有许多同学在户外打雪战，把雪球飞弹乱舞互掷，玩得十分高兴。后来，一群人就堆起雪人来，过了一会儿，改为堆雪狮子，在各处都堆了一些，宁儿和我与同学就在前院堆了两只，看看也觉好像城中皇府门前的石狮子，还有小狮子哩。宁儿堆了一会儿，说是倦了，回宿房去睡觉，我独自一人到书楼去看书，看了一阵，也就回宿房。

从书楼出来，远远看见前面雪地上似乎有一只白皑皑的雪狮子，走近一看，原来是我认识的南怀仁老师，他一个人呆呆地站在雪地上，身边有一个箱子，大概是倦了，停下休息。我连忙跑过去说，老师是不是要回工作室？让我替你挽箱子，雪地很滑，你也可以扶着我走，我穿了木屐，不怕滑。于是老师按着我的肩，两个人一起慢慢地回到他的工作室。

这几年，特别冷，老师说。

是的，老师要多加衣服才好。

都无可再加了，我到中国这许多年，近几年最冷。我喜欢吃柑子，赵昌告诉我，每年从江西进贡的柑子、橘子，今年都冻坏了。

老师的工作室离书楼不远，不久就到了。老师说，到底年纪大了。还倒了杯茶给我。工作室内有桌椅，地上有几件物品好像是天文仪器，墙上则挂了些地图，因为隔得远，也看不清楚。房间很宽阔，有书架，上面都是书，以及一些我没见过的事物，都是用玻璃和金属做成。房间的深处有一飞罩，看来内有卧榻等物，大概是老师休息用的，因为老师并不住在这里，他住在南堂。

忽然，老师问我明日是假日还是值班日。我说是假日。他说，我明天要去一个地方，愿不愿意陪我去？但要替我挽箱子，走一点路。我说去。他说好，那就约定，明晨一早，吃过早点，在这房子外见，不要惊动任何人。

要去的地方就是南书房。往后两年，老师应命到南书房，就会提早一晚坐轿子到钦天监，翌日入宫还要走一段路，我就替老师挽东西，有时是仪器，有时是书本。他进了南书房，我就在闲房守候。他尽量不让我缺课，真缺课了，就有博士老师在我假日时替我补课。宁儿也会告诉我学了些什么。

64

第二天一早，南怀仁老师已经在他的工作房外等我了，我们就一同起程。我当时不知道他要到什么地方去。我只是提着他平日挽着的那个皮手提袋，袋里不知道是些什么，是不是玩具呢？也许有书吧，从重量来说，应该是书多些，或者，会有自鸣钟？我们出了钦天监的大门朝前走，走的是东长安街，我们过了这条街，再走，就朝北行了，这时，我们的左手就是紫禁城的城墙，抬头可以看见墙内的房子，那些飞檐和琉璃瓦。平时，这些瓦是黄色的，可这时，因为昨天下过雪，瓦片都变作了白色，厚厚的一层，有的还一条一条珠子般挂下来，十分奇趣。我们走得并不快，不过半个时辰，老师说前面就是了。前面不就是紫禁城的大门了吗？老师说，是，我们是进入紫禁城。

我东张西望，紫禁城的人还不少呢，门口一片热闹，不同的人穿着不同的衣服，有的显然是官员，穿着官服、佩着各色的顶戴，有的却是普通人的常服，还有一些像仆人，也像工匠。除了人，还有马匹，又有轿子，都集中在门外。我看见门外有一块石头，刻着“至此下马”，果然，骑着马到这里的人都一一下马了，那些坐轿子来的人也下轿了，真有点兵荒马乱。有人牵着马，有人抬着空轿子走了，留下的人，都挤在门口，等着进紫禁城。

这是紫禁城的东华门，为什么进城要等呢？原来进城要逐一接受检查，任何人都要凭腰牌进出。进时交腰牌，出时取回腰牌，可以计算人数，明确身份。腰牌必须预先申请，要填报姓名、年龄、身份、住址、编号，以及描述相貌等，由内务府领发，牌上有制造年代，加上各部院门卫的火印戳记，每三年更换一次。所以，东华门外聚满了人，就是等门卫在仔细核对腰牌的资料。入紫禁城的人中，除官员外，也有草民。所谓草民，都是官员的随从或护卫。这又有严格的规定。亲王、郡王可带十人；贝勒、贝子及一品文武士员可带八人；二品、三品，可带六人；四、五、六品可带四人；文官五、六、七品，武职三、四、五品可带二人；文职八品以下、武职七品以下可带一人。如果没头没脑，超额多带，罚俸一年。

耳边听得南老师告诉我腰牌的事，我可是没有腰牌的草民，现在去申领，不知道要轮多久呢？

一步一步向前行，只见东华门门口站着好几个门卫，我紧张起来。他们个个铁盔顶，垂红缨穿蓝布绣花衣，其中一人，则是獭尾盔顶，垂黑缨，穿白缎子绣花衣，显然是个长官；个个虎背猿腰，十分英武。正走着，却见一人，并无特别衣衫，只穿常服，从东华门出来，迎向南怀仁老师和我走来。

南大人，早，这边请，皇上今天改在南书房上课，因为养心殿正在装玻璃窗哩。

赵大人早安，这是我的学生。

啊，是钦天监来的好学生。

只见赵大人朝一个人招招手，那人立刻跑过来，赵大人指指前面大街的另一端说：送这位小兄弟到闲房去歇息吧。一面伸手接过我手中的提袋，和南老师朝一行阶梯走去。原来我不用腰牌。一道很宽的白玉阶梯，十几二十级，最上面是一道平台，有一座富丽堂皇的宫门，横梁是三个大字：乾清门。

是内廷的侍卫还是什么人，我不清楚，由他带我向前行，过了乾清门下的一段斜坡，然后转向左手边，不久，进入一个门口，没有名字，里面是非常宽阔的大庭院，四周有许多房子，连在一起，和进门所见的一座座独立的宫殿不一样。终于到了一扇门前，进入了闲房，带领我的人让我在这里歇息，也许要待很久呢。就走了。一会儿又带了一壶茶进来，酌了说：请用茶。他说，他在对面茶房里，有什么事可以找他。这时，忽然赵大人进来了，手拿几本薄薄的书，说是南大人交托给我的图书，可以慢慢看，倦了也可以睡一会儿。

看书并不倦。我先看最薄的两本，两本都不算是书，只是两页纸连在一起，封面有些图画，有牛、马和人，围着一个婴孩。书的封面写着“福音书”和“圣诞”等字样。我读了纸内的文字，说的是德亚[1]诞生了一个婴孩，名叫耶稣，婴孩是诞生在马槽里，有三个国王来朝拜。所以图上画了国王和牛马、牧羊人，茅庐上面有一颗闪耀的大星，又有天使在歌唱，吹长长的喇叭。

第二本也是福音书。福音书的封面画着许多动物，有牛、马、象，以及许多我不认识、从没见过的四足动物，都是两只两只一齐走，图中还有一只很大的木船，放下一块长木板，动物都走上船去，有两个人站在船上。书的封面上写着"诺厄方舟"[2]。我也把故事看了，内容是说，大地上发生洪水，一个叫作诺厄的人，做了一只大木船，拯救各种动物上船。

两本外国的故事，我当然会送给容儿看。看完两本福音书，南大人回来了，他已经给皇上讲了一个上午的课，下午还要上一课，他回到闲房来歇息，因为皇上也要歇息，有些事要办，并且用午膳。这时，有两个宫中的人进来了，提着食盒，放在茶几上，打开了，把碗盆都摆在桌子，放满了，对我们说，皇上赐膳，两位请慢用。南老师说谢皇上赐膳，并拉拉我的衣袖，我也立刻说，谢皇上赐膳。来人笑嘻嘻地退下。南老师说，来，我们吃饭吧。

饭菜都极美味，我叫不出名字，足足吃了两碗饭，喝了一大碗汤。不久，内侍进来收了碗筷离去。老师说休息一会儿再去讲课，就躺在榻上闭目养神。没多久，果然一位官员来请老师去了。

---

① 德亚，即马利亚。

② 诺厄方舟，即挪亚方舟。

我再次独自一人，既然没事做，就看老师留给我看的书，名叫《阨琐伯寓言》[1]，原来是一本故事书，收有许多故事，每一则都很短，类似我们古代的一些故事，不同的是，角色都是动物，不是人。阨琐伯是作者的名字，好像是希腊国人，写的字应该是希腊文，但我手中的书却翻译成汉文，所以封面的题目有“况义”两个字，“况”是比喻的故事，“义”是简单的解说。另有两行字，是西方金尼阁口授，南国张赓笔传。

我先看了一则，“况”的故事说狮子是百兽之王，有一天病了，百兽都来问安，只有狐狸没来。狼于是进说：我们都来了，狐狸不来，是有意不尊重大王。狮子大怒，责问迟来的狐狸。狐狸解释：百兽走来问安，其实什么也没有做，我呢，遍寻医治大王的良方，才迟到，幸好终于找到了。狮子大喜，问是什么药。答：生剥狼皮，趁热披大王体，立即治好。狮子照做了。“义”则说这是谗人的恶果。

我又看了一篇，“况”说饥饿的狐狸见树孔内有猎人留下的食物，就从窄窄的洞孔钻进去把食物都吃了。哪知吃得太多出不来了，放声大哭；同伴见了叫它别再吃东西，等到身子瘦了就可以出来了。“义”则说不要贪吃。

两个故事虽短，都有意思。我还是第一次读到外国的故事书，我也有些睡意，想到刚才我是否吃得太多。

---

① 《阨琐伯寓言》，即《伊索寓言》。

65

南怀仁老师平日住在南堂，有时因为预约好要晋谒皇上，早一日黄昏时，就会从南堂坐轿来到钦天监过夜，他在钦天监有一个办事房，翌日早晨，他和我一起进宫。他很严肃，不过有时也会哼着圣诗的调子，偶然也唱出诗句。他蹒跚地走着，我紧随其后。要是工具不多，我可以腾出一只手来搀扶他。我后来才知道，早年因汤若望的历法事件，他也受了四十下杖，不知这是不是后遗症。他从没有提及。他是一个很和气的老人，但总是一脸疲累。一次，他告诉我，他没有时间讲道、听告解，有时甚至不得不遗憾地错过早祷晚祷的仪式。

告解的人，他说，应该是他自己才对。

康熙皇上早朝之后就在南书房和他讨论西洋科技。他向皇上教授天文学，这本来是他传教的手段，他精通天文、科技这些知识，看来真喜爱这些知识，我怀疑他对这些知识的虔诚并不亚于他对信仰的虔诚。

皇上午膳后会小睡一回，这也是南怀仁老师休息的时间。之后他再进南书房去，往往在那里逗留到傍晚。如果明天又有约会，那就在钦天监晚膳、过夜。本来他也可以在闲房过夜，但他似乎比较喜欢钦天监，和监里的师生一起，舒服、轻松得多。课都上完了，暂停了，再坐轿回到南堂去。大概要走五里路，说长不长，说短不短。沿途没有树木，只有高高低低的房屋；走过市集，或者还可以看见正在收拾摊子的小贩。冬天，挨近傍晚，应该看到宫外长长的队伍，拿着碗啦，盘盂啦，在轮候官方派送的粥食。每逢十二月至一月，皇上就下旨粥厂派粥。这几年，寒冷极了，派粥还延长到二月。看到轿上一位西洋人，穿着官服，大抵人人都对他投以奇异的眼光。他大抵也会举起右手，向他们祝福。走到南堂的时候，应该烛火通明了。

我也奉皇帝之命，置身于这世间不寻常的狩猎的行列之中。他对我特别恩宠，把我交给了他的岳父。在猎虎或其他凶兽时，为了我的安全，他的岳父给了我很大的照应。我身无一件武器，在百官之中，得以同皇帝一道登高山、涉深谷。

这样激烈的活动后，尽管过一段时间是有些适应，每当傍晚回到帐篷，我从马上下来，都是几乎站立不住，疲惫不堪，通夜连野营近傍（旁）的马嘶牛叫羊的呻鸣，都一无所闻地沉睡不醒。

由于这么接近皇帝的身傍（旁），我屡想回避，朋友们也这样提醒过我。可是，皇帝对我表示异乎寻常的好意，确如他自己说的那样：如同他信赖的密友一般，盼我不离开他的身边。因此，为了不引起他的不高兴，只得断了回避的念头。

——［比］南怀仁（Ferdinand Verbiest，1623—1688）：《鞑靼旅行记》

66

我问过南怀仁老师一个问题：

您是怎样来到中国的呢？

老师说，可不容易啊，那是因为遇上了卫匡国。

十七岁那年，我读过了小学和中学，考进鲁汶大学文理学院，学习了十一个月。学院很著名，但因为校舍要重修，中断了。于是入了耶稣会，然后又回到鲁汶学习。来华的传教士，除了我隶属的耶稣会，还有方济各会、多明我会、巴黎外方传教会，但以耶稣会的较多，利玛窦、汤若望，全是耶稣会。不妨说，也以我们耶稣会比较成功。利玛窦是最早到贵国来的。我们这位前辈利玛窦，能够协调地方习俗，尊重传统，他定下我们的规则：尊孔祭祖并不是迷信。孔子是伟大的老师、大学者，而不是宗教家，祭祖也是孝顺的一种表现，对某些迷信的做法，我们避过就是。对天，对上帝，我们也有并不对立的解释。其他教派，并不认同我们的做法。

耶稣会，是怎么的一个会？

问得好。

耶稣会由以西巴尼亚人[①]创立，大概在明世宗年代吧，目的

---

① 以西巴尼亚人，即西班牙人。

是维护天主教，抗衡正在兴起的新教。耶稣会成立不多久获得教化王的承认。耶稣会最大的特色是对传教士有严格的要求，要有学术基础，所以提倡教育，建立学院，请名师任教。神学当然是必修的学科，但所有学生都从文理学班开始，先学习古希腊亚利斯多[①]的论辩法；再学习自然科学；然后学习斐录所费亚[②]；最后总复习全部课程。年轻人，学习要有程序，基础要广，要扎实。

明白，老师。

文理学毕业，要读下去，就要在高级学院做选择。医学需要三年，法学需要四年，神学深造则要七年以上，完成课程才能取得学位证书。但我并没有在鲁汶大学毕业，而是入了鲁汶的耶稣会教区当一名见习修士，在耶稣会学院学习，在那里待了两年。

一天，有一位传教士在学院演讲，他就是刚从中国回罗马述职的卫匡国。他去了四年，曾觐见顺治皇帝。当年耶稣会受其他教团投诉，指责耶稣会接受中国人的各种迷信。卫匡国代表在中国的耶稣会，向教廷申辩。

这就是“礼仪之争”？

很对，很对，这一次，卫匡国赢取了教宗的信任。他讲中国地大物博、高度文明，可以在那里传教、建教堂。他计划述职后，再回中国去，他说那是一个人口众多、充满希望的地方。谁愿意

---

① 亚利斯多，即亚里士多德。

② 斐录所费亚，即“哲学”一词。

前往，他就带他同行。那时，我正想到海外去传教，听了他的演说，心神向往，决定向教区申请去中国。

卫匡国到了钦天监吗？

没有，他是地理学家，很出色的绘图家。我和另外九名耶稣会传教士，跟随卫匡国，在热诺瓦[①]登上一艘尼德兰小船起程。当时我三十三岁。小船理应把我们载到葡萄牙，再前往印度和远东。可哪知航行数天，就遇上法兰西海盗，船被挟持，海盗要我们上岸去找赎金。这时，卫匡国出主意，传教士们都躲起来，其中我们四个更幸运地逃脱了，分别从小路逃回热诺瓦。辗转推迟了一年，才来到中国。

来得不易啊，感谢主。稍后另有十五位传教士出发，两年后，船只才到达澳门，生存的只有九位。幸而入境后得卫匡国的朋友帮忙，两位去了杭州，我去了陕西，其余的人，被安排到不同的传教区去了。

结果，也许因为我比较年轻吧，我被汤若望召到北京，当了他的助手，而这个职位，本来应该是卫匡国的。但这是上主的安排。我们分手后，再没有见面，他在杭州，建教堂，很成功，却因霍乱病故。

老师，到了中国，就如你的希望吗？我问。

啊啊，很好，困难是有的，但能够入京就好了。

---

① 热诺瓦，即热那亚。

67

陪南怀仁老师进紫禁城的次数不算多，但三年下来，也不算少了。每次在路上走，总有许多话可以说，例如，老师怎么会讲我们的话？虽然带了奇异的口音，但总说得清楚。他会说许多种欧罗巴语言，最难学的汉语，也学会了。他又会读我国的书，会看星，会做天文仪器、造大炮，会把大炮减轻，运过卢沟桥，会画地图。这些本领，会不会是天生的？我是钦天监的学生，现在已经在钦天监读到四年级了，还有一年就毕业，和老师比，只学会看一点星图、做些算数，却是什么都不会呀。

午膳后，老师在闲房休息时，叹了一口气，说：怪不得你会这样想，原因是你的国家和我的国家不同，你们所学的知识和我们的不同。总的来说，是教育的问题，贵国的教育不够开放、普及，也不够全面，没有像我们那样的大学。

什么是大学呢？即是我们的太学？

在我们的国家，小朋友到五六岁，会进入小学，要读六年；再读中学，也是读六年，然后读大学，也许读三五年，或者更多，还可以再入研究院进修。我的国家在欧罗巴，欧罗巴这一块土地上有许多国家，互相靠拢，容易往来，虽然大家的言语不通，但容易学，种族不同，但靠得近，交通方便，生活习惯也没有太大分别，可以通信息，互相学习。

听一位学长说，欧罗巴的国家好像也不大和谐。

说得对。那主要是由于我们相信的东西不同。人要有信念。信念让人觉得生存有意义。你们的一些读书人，坚持不能用西洋人，我当然不同意，但理解，不过不能用无知做武器。我们一方面要坚持自己相信的东西，另一方面也要尊重别人的传统，这是汤若望神父对我的教诲，而他又是继承利玛窦神父的想法的。我想起你们伟大的哲学家孔子，不是说过："吾道一以贯之？"

唯，唯。

哈哈，我聪明的小友。孔子虽然不是宗教家，但他不是也有一种宗教情怀吗？

许多年后，当我跟宁儿提到南怀仁老师说孔子也有一种宗教情怀，宁儿，那时已经是钦天监的资深博士老师，说：也许，但孔子的说理，总有具体的生活内容，他不说抽象的空言，不以为人生下来就有罪，他的再传弟子孟子进一步肯定人的性善。宁儿对南怀仁当然是极尊敬的，只是他和南怀仁的交往较少，感情不似我对老师那么深厚。

读大学有什么好处？南老师继续说，因为，最有学问的人，最能干的人才都在大学教书。贵国没有建立公开的小学、中学。你们以前的太学、如今的国子监，当然也是由最有学问的人任教，可教的是儒学。有学问的人，精神都花在研究、解释过去的经典。但我们的大学，不仅仅是文科，还有医学等各种科学的学习。出来的学生各有专才。儒学，令你成为有道德的人，但推动一个国家进步的，还有其他，是数学，是自然科学，是研究的精神。中国呢，读书人很多，但大多只专注四书五经，懂自然科学的人不是没有，而是太少了。你们不是没有其他科的专才，但政府并不重视。读书大多只是为了做官。做官几乎是读书的唯一出路。一个国家要那么多文官干什么？

大概是1500年，即是你们明朝弘治年间，这是一个分水线。在这之前，贵国在世上各方面都绝对领先，但自从那位大太监七次出海之后回来，推行海禁，就什么都落后了。

1500年，容儿，我心想，这也是一条假想线，糟糕的假想线。

海禁，不许来，不许往，就是。

所以，开放思想很重要，而教育是基础，对自己，对国家。除了大学，国家还要设立科学院，因为有些大学，也会很保守。当然，除了入学读书，个人勤学、喜欢不断追求新知识也很重要。康熙皇帝是个好皇帝，见欧罗巴有些国家成立了科学院，研究科学，培养科学人才，他本来也打算成立科学院，但官员并不热心，恐怕也没有足够的人才，怎么说呢，只闻楼梯响。

可惜。

我想，我可以举一两个例子，我根据汤若望神父留下制造大炮的书，再写出另一本呈献。为什么要写书？因为总结经验是很重要的，后人根据这些再加以改进。可是仗打完了，工部再没有人有兴趣研究。又例如我设计的蒸汽动力机械，可以推动马车，可没有人发展下去。来中国之前，我到过罗马梵蒂冈，看到拉斐尔的巨幅壁画，他绘画了五十八位伟大的人物，包括神学家、思想家、法学家、天文学家、文学家等，至少还有一位女性数学家。他们在交流、在讨论，也许还在争辩。各业专才，同样受到尊崇。年轻人，这就是欧罗巴的教育和中国的分别。一种，启发人向各方面发展，向前；一种，向后。

68

我们的教育，是否向后，我不知道，但愿不是。

康熙二十七年，南怀仁出殡，康熙皇帝差遣国舅佟国纲、侍卫赵昌等人送到墓地，仪式隆重，并赐谥号“勤敏”。获得谥号的西洋传教士，他是唯一的一个。稍早之前，皇帝的祖母孝庄文皇后过世，祖孙俩情感极好，皇帝很难过。如今又失去一位最重要的泰西老师了。我当然也很难过。当我知道南怀仁老师原来曾替皇帝制造大炮，觉得很奇怪。赵大哥告诉我：

汤若望替明末皇帝崇祯制造红衣大炮，本来是用来对付入侵的女真人。战争武器由传教士制造，想不到吧，更奇妙的是，入清以后，炮位调转，转而替女真人服务。顺治皇帝挨过炮火，知道厉害，除了委任汤若望主持钦天监外，并且下旨要他制造铜炮。汤死后，南怀仁接班，康熙想到用火炮对付三藩，并准备应付雅克萨的俄军。康熙知道南怀仁的能力，下旨令他制炮，要南怀仁仔细研究汤若望《火攻揭要》等遗书，加以改良。南怀仁由工部的官员协助，把原本笨重、不利于行军的大炮，改得轻巧，且更加精准。

传教士为了传教，不惜替中国皇帝制造武器，当然很尴尬很为难吧。勉强地说，这是自卫，大炮可不是用来侵略别人。南怀仁过去经常和我谈论宗教，曾送我一本圣书，我读到那位老头子摩西从山上下来，就照上主的命令，把异教徒通通杀死。还有洪水啦、天火啦。这宗教，跟佛教不同，建立了宗教法庭，审判异教徒，看来清除异己从来不成问题，尽管十诫之一，是不可杀人。在南怀仁眼中，三藩、俄军，都是异教徒吧。不过，小兄弟，这是我自己的想法，我一直在反复思考。又譬如泰西信徒只一夫一妻，我们倘有妻妾，是否就不能入教呢？

汤若望是南怀仁的老师，因为选择殡葬犯了凶煞而差点遭处决，说他完全不懂吉凶命兆又未必，他们过去不是盛行炼金术吗？他至少也会加以利用，记得达赖喇嘛要入京，因为宫廷里信奉喇嘛的真不少，顺治皇上打算出边亲自迎接。汤若望也妙，他谏议皇上，说天有异象，什么“太白星与日争光”，又说“流星入紫微宫”，令皇上打消到边外的念头。

小兄弟，经我多年观察，这些传教士，耶稣会的，为了推行他们的信仰，在夹缝里钻空子，不惜两面受敌。哪两面？一是来自教会内部，不同意见的声音；二是中国传统社会的反对，尤其来自传统的读书人。佛教、喇嘛教倒不成大问题。最重要的，还有第三面。

第三面？

别忘了我们智慧过人的圣上。他们真是如履薄冰，必须步步为营。康熙皇帝，其实很清楚我们需要的是什么。来华传教是有代价的，要将就，要协调，往往有所牺牲。

但另一面，也可见这些耶稣会的传教士真的博学多才，懂得多种语言，既是天文学家，又是出色的机械工程师。而且非常非常勤奋，单是这方面，中国大多数的读书人比不上。非耶稣会的，嘿，就是不行。红衣大炮，阿闳小兄弟，据我看来，汤大人是真懂得，南大人是萧规曹随，可也有能力加以改良。他先造了一式进呈。康熙派员往卢沟桥试放，全中目标。于是按照式样制造，并且训练八旗炮手；更亲自临场视察。

康熙圣皇曾前后三次亲临炮场视察，每次都大加赞赏，比发现一件新的西洋玩具还要高兴。二十年，又大率群臣往卢沟桥举行试炮，都中目标，无一失误。康熙皇帝就在永定河上设宴，赏赐官员炮手，更解下身上的貂裘赐南怀仁。这永定河，你知道，一直很麻烦，经常发脾气，来去无定，这一下，可也乖乖受炮弹震慑。皇上于是下旨凡不能再用的旧铜炮，全部熔铸，改成新钢炮。南怀仁逝世前十多年间，为朝廷监制大炮，达四百七十多门。

小兄弟，不是自我吹嘘，若说放火炮放鸟铳，所有八旗兵都比不上我，所以圣上交我管辖。南怀仁总结火炮经验写成《神威图说》一书，详述造炮的方法，并且有图解。虽然是军火，但举一可以反三。可惜之后朝廷不以为有改进的需要，就把书搁置。

许多年后我把汤若望说的“太白星与日争光”告诉宁儿。长期跟从西洋传教士学习、相处，宁儿也读过圣书，他说，那东方三王来朝的故事，因为看天上的异星，知道有一位救世主诞生，千里迢迢去寻找，不就是占星术吗？

在那些年，皇上曾一而再再而三地下旨，命令我全权负责火炮事务。虽然我竭力试图推卸此任，提出这项任务与我们修会的章程完全背道而驰，提出这项工作太繁重等理由，但是皇上根本不听。……这一道圣旨加在我身上的担子，真是比大炮本身还要沉重。

——［比］南怀仁:《欧洲天文学》

69

升入五年级后，功课艰深了许多，我和宁儿课后经常到摩星楼看书。这一天，忽然一阵骚动，只见有几位西洋人一起上楼来，分别走入不同的耳房，翻查目录，又静静地翻书。钦天监有西洋人走动并不稀奇。我们的监正和监副就是西洋人，老师中有一些西洋人，他们的朋友也时来造访、看书，可是一下子同时来了五个之多，那就不寻常了。但不久我们都知道了，他们本来是特地来见南怀仁老师的。

我们都清楚，南怀仁老师多才多艺，因为能干，朝廷上若有什么大事，皇上遇上了什么难题，往往找他去商量、去办。有时，他一刻间不能回答皇上的问题，就去思考、去查书。结果，忙得不得了，真是连吃饭、睡觉也没有时间了。一个人到底能有多少力量呢？问题太多，能解决问题的人太少，怎么办呢？他终于想到，不如写一封公开信到欧罗巴的耶稣会，号召增派能干的、有科学专才的人来华。他早些日子还因为钦天监的天文生教师不足，知识也不算高，一直想开两班天文学深造班，由他自己教，地点也想好了，就在他的房舍上课，那地方正在宣武门天主堂旁侧，本是前朝尚书徐光启创办的时宪书局。构思早已想好，可惜忽然堕马受伤，没能实现。怎么会堕马呢？他其实很会骑马，毕竟年纪大了，因为随侍皇上出外，皇上年盛力壮，马跑得快，他要追赶，一不小心就堕下马来。老师来华时最初在陕西传道，奉召到北京钦天监后，一直刻苦地工作了差不多三十年。

幸而写给教会的信得到回音，法兰西国王路易十四正想在全世界进行科学考察，可能也是为了殖民，能到中国去的确是个好机会，于是派了六位法兰西科学院院士来华，授予“国王数学家”荣衔。其中一位，后来我比较熟悉，就是白晋老师。六位科学家乘船花了两年时间，好不容易才到达浙江宁波，途经暹罗的时候，其中一位被暹罗王看中，坚拒放行。当时中国海禁未开，洋人不能深入内地，因为没有通行证入境，咨文礼部的庸官打算遣返，南怀仁老师得悉，立刻写信给赵昌大哥，托他向皇帝解说，赵昌当时在热河随侍皇上。上奏皇上，信未必会转递，给赵大哥，当然就收到了。于是这五位传教士才可以入京。不过辗转到京又是一年之后。他们到了北京，哪里知道，南怀仁老师已不幸在十日前离世。

他们到了北京，人生路不熟，当然到钦天监来找南怀仁。钦天监虽然失去了南怀仁，还有两位耶稣会的传教士在任，一位是安多，另一位是徐日升。他们治理历法，但表示只参与治理历法的工作，不涉及占星的事项。

70

皇上在乾清宫接见五位数学家，赐茶，和善地问他们旅途的情形，又问他们的国王和国内的情况，示意他们可留在宫中。但传教士都想到外省传教。最后，皇上赐给他们每人白银五十两。那是很多钱了，耶稣会的传教士在外地工作，每年的年俸不过是六十两银子而已。结果，白晋和张诚二人留在京城，其他三人则分赴各地。于是白晋、张诚，加上徐日升三人，分别入值南书房，为皇上讲授数学。白、张二人初来，皇上希望他们用满语讲课，特别指定两位满族官员教导，并把《欧几里得原理》的教材译成满文，又请精通满文的传教士校订。皇上果然进步神速，五六个月已读通了，继续再学其他。

赵大哥告诉我，皇上真的非常勤学，为了学习数学，皇上特令造办处特制一张数学桌，桌面刻有十几种计算数据，抽屉中有《对数表》等数学书籍，寝宫到处摆满两脚规、半圆仪、圆球仪等测量工具，连出巡在外也常常带些在身边，随时应用；更要传教士随行，不耻下问。

五位传教士第一日抵京在钦天监内暂住，看情况会如何发展。由二月至三月被召入宫那一段日子，我们常常见到他们，有时候他们还会乐意上几节课，教学生数学，还给博士老师们讲课呢。

五个人都非常和蔼可亲，下了课，还和同学一起聊天，在来华的长长旅程中，他们已经学会了不少汉语，所以我们都听得懂他们的话。他们多数在摩星楼看书，或者和监内的老师谈论我国古代的典籍，其中白晋对《易经》最有兴趣。他们都很博学。有时候，他们还会和我们下棋。有一次，我看见白晋老师和宁儿下围棋，整整下了一个时辰，结果是两个人都笑着离开棋盘，一个说不错、不错，而另一个是宁儿，一面摇头一面说，厉害、厉害。宁儿的棋艺，在天文生里全无敌手。

他们也向汉人老师学习打太极拳，五个西洋人一大清早在后园，一字排开，模仿着老师的动作，而且一齐喊，什么“云手”“揽雀尾”，煞是好看。最初很笨拙怪趣，逐渐流畅多了。宁儿不好运动，却从书本上读到，这是内家功夫，以静制动，跟少林的拳勇不同。问他从何得知。他说是黄宗羲说的，一脸得意。

五个人离开钦天监后，带走三十多箱从法国带来送给皇上的名贵礼物，三人到外省去了，白晋和张诚留下来，都搬去南堂。我们很怀念他们，如果他们能留在钦天监教我们多好呀。

71

阿克伊在漏刻科上课，终日愁眉不展，话也不多说。我和宁儿问他怎么啦，他只是摇头，不断说：我是没法子跟得上了。终于有一天，我们追问之下，他才说出老师讲的课，他大多不明白。这一科的同学有十二人，其中有两个回人、两个少年喇嘛，都会汉文。而且，阿克伊说，看来汉文的能力都比他好，但自己跟他们不熟悉，不敢问。最近老师讲古代占星术的背景，材料都是从中国的经典取来，《左传》《史记》等，尤其是《左传》，老师认为这本书记录占星的内容很丰富，漏刻科的学生必须全书读一遍。老师于是要他们做一个功课，从书中有关占卜的记载中选十条出来，并且做一点阅读心得，三个月内交卷。摩星楼的图书馆有十多本《左传》，应该足够大家借用。听课听不懂也就算了，要做功课，那实在难倒他了。前一天，老师举了《史记》一个例子，来自《宋微子世家》的一段，老师把原文抄出，然后解说一番。阿克伊照抄了，可根本不知所云。

原文记楚惠王灭了陈国，之后插入一段宋景公和星象家的对话。原文是这样的：

> 荧惑守心。心，宋之分野也。景公忧之。司星子韦曰："可移于相。"景公曰："相，吾之股肱。"曰："可移于民。"景公曰："君者待民。"曰："可移于岁。"景公曰："岁饥民困，吾谁为君！"子韦曰："天高听卑。君有君人之言三，荧惑宜有动。"于是候之，果徙三度。

老师说"分野"很重要，不明白"分野"就不会明白中国的占星学，但阿克伊却不明白什么是“分野”。

啊，是这样的，宁儿解释，这是中国天人感应的说法，认为天上的星，与地下人间是互相对应的。不过人间有那么多的国度，吉凶不可能一概而定，所以要划分什么星对应什么地区。这就是所谓“分野”。中国很早就流传“分野”的说法，《周礼》中记载保章氏掌天星，记录星辰日月的变动，来判辨九州各地的吉凶。诸侯受封的封域都配给了一颗星，叫“分星”。星宿对应九州，二十八宿则对应十二州各国区域。

占星，的确要先弄清楚“分野”。荧惑是火星，不规则地运行，有时逆行，有时顺行，看这个名字就知道，“荧”是远处微弱的火光，这光令人迷惑。它一旦逆行，就被人视为凶兆。所以火星被当作妖星。

明白吗？明白才好。

明白明白。

而心宿，是二十八宿之一，由三颗星组成：“心前星”代表“太子”，“心后星”代表“庶子”，中间的“心中星”则是“天王”。这符合了中国的统治阶层和军队的编制。当火星运行，与心宿重叠，就当是妖星入侵了心宿的区域，并且逗留，这么一来，与心宿对应的河南豫州，那是宋国所在，这是宋的“分野”，宋于是有难了。所以宋景公很担忧。

司星，就是掌管星象的人。这个人叫子韦。他对景公说可以把灾祸转嫁到相国身上。景公认为不行，因为宰相，就好像是他的手足。

子韦又说可以转嫁给百姓。景公又认为不行，没了百姓，还有国君吗?

子韦又说可以转嫁到收成上去。景公说更不行，年岁歉收，百姓贫困，谁支持我做国君?

子韦于是说：天虽高远，却能听到下界细微的声音，国君说了这三句国君应该说的话，火星应该移开了。于是仔细观测，火星果然移动了三度。

照这说法，天象预报了吉凶，可以趋，可以避，这就要看国君的德行了，国君失德，妖星就会作祟，皇位也不保；相反，国君有德，就连天象也会改变。

啊，原来是这样的，阿克伊说。

这则事例很有代表性哩，说明占星学的作用，针对的其实是帝王，这大概也是我们的占星术和西洋占星术的分别吧。

怎么分别? 我问。

我想，不知对不对，基本上的分别是，我们的，主要为帝王服务；西洋人呢，较多着眼个人的运程。

谢谢宁儿，阿克伊说。

我也谢谢宁儿的启发；刚才说“分野”，很清楚，我之前也是一知半解的。宁儿将来肯定会是个好老师，我说。

我们还用客气吗? 阿克伊也别担心，这一二个月内你把《左传》有关占卜的段落抄出来，我也试试这样做，对我也有益，我们互相对照，以免抄漏了，然后，哈哈，我们像研究马匹那样，逐一研究。

太好了啊，谢谢宁儿。

72

阿闳，你以为国君说了三句人话，星宿就会受到感动，移动三度吗？

过了几天，宁儿和我上完天文科的课，他提起阿克伊的学习，说他一定读得很辛苦，因为看天象的变异，牵涉到阴阳五行的说法，种种推算，阿克伊欠缺汉语文化知识的基础，不容易读下去。我们只能尽量帮他。他这样问我，我也想到这个问题。

当然不会，用意是好的，但明显是附会，我说。

对啊，我也不相信，只是不好对阿克伊说，以免他更加烦恼。

每个人都有长处，也有短处。阿克伊的“分野”不在这里啊。

是的，我最近翻看《左传》，想到另外一些问题。

什么问题？

容儿，我们年纪大了些，书读了一些，见识多了些，好像也会想问题了。不想问题，是否快乐些？

不想问题，是傻瓜；你愿意做快乐的傻瓜吗？

傻瓜其实是否真的快乐呢?

不知道，不过不能想问题，那是脑袋有病哦。

问题是这样的，宁儿说，我看到齐景公和晏婴一段对话。齐景公就像宋景公，遇到彗星出现，进入齐的分野，就命人祭祀消灾。晏婴却劝谏说：没有益处啊，只会受骗。天道不容怀疑，不能有所闪失，怎么能去祭祷？而且，彗星有扫帚，可以清除污秽。君王没有污德，又祭祷什么？如果德行污秽，祭祷又能减轻什么？结果，齐景公也就不再祭禳了。晏婴说得婉转，他其实是不信。

子韦认为国君没有卸责；后来汉朝的文帝遇到日食，以为大祸将临，那是由于自己德行不好，布政不公，他同样拒绝把祸害的责任转嫁给二三股肱之臣，他说：“天下治乱，在予一人。”不过，阿闵，我想，春秋战国时代，甚至到了汉文帝，观天文，察时政，虽然盛行，可分野的说法还没有定于一尊。

通天的人是明知道这不过是想君王做好，我说。

先秦的读书人不见得都相信。

不见得，《诗经》中的“七月流火，九月授衣”，就只是安排农事，大多都与吉凶无关。

《论语》也没有，孔子说：“天何言哉，天何言哉。”他说的“天命”可畏，也没有具体“分野”的意思。当最好的学生死了，孔子说“天丧予！天丧予！”他和这个学生，可都是有德行的人。所以我相信老子的意见：“天地不仁，以万物为刍狗。”

楚辞中屈原的想象很厉害，很了不起，他追问宇宙起源、天体结构，可也没有吉凶的分野。

到了战国末，荀子尤其不同意天会主宰人，天是天，人是人，天人并不相涉。

我想起司马迁也抱怨说："天之报施善人，其何如哉。"

不过，分野的说法也不是单方面的，天地人互相牵连、结合，《左传》记晋国的宗伯说："天反时为灾，地反物为妖，民反德为乱。乱则妖生。故文，反正为乏。"灾难是由于天违反时令，妖异是地违反物性，祸乱是人民违反道德，祸乱就会产生妖异。他还玩弄这个"反"字，反过来，成为"乏"字。好像说得头头是道。

再说下去，是否妖则生灾？

但"天人感应"的思想定于一尊，恐怕要到西汉，因为皇帝接受董仲舒的建议，独尊儒学，董仲舒比当年掌管星象的子韦更进一步，把儒术与阴阳五行结合起来，再转借天人分野的说法，建构成一套完整的占星学，他的目的，其实也是以天威来制约权力没有限制的帝王。后人，大部分人，可深信不疑了。同意吗？

同意。阿克伊会明白吗？真难为了他。

晏婴很了不起，一语道破了。

宋景公想到百姓，齐景公能够纳谏，也都很难得。

汉文帝承担责任，好极了，但天下治乱，由一个人承担，责任实在太大了。

73

多年后，宁儿和我毕业成了导师，仍然经常讨论占星术的问题，也逐渐看得比较清楚。占星，始终是中国自古以来对天文最大的兴趣，历来有关天文的书，根本就是占星书，这和西洋传教士带来的天文学不同，他们也从占星开始，但科学思想在欧罗巴盛行后，已跟占星学分了途，来华前已先后有教化王谴责占星的说法，并禁止教徒收藏这类书籍了。一位是希斯笃五世，另一位是尔本八世。所以，中外两者对天文的理解，殊途而矛盾。

宁儿曾仔细研读过司马迁《史记》里的《天官书》，认为这是先秦到西汉初对古代占星术的总结。司马迁又比董仲舒稍后。占星术的所谓分野，是星宿与地理互相对应，而人事上的，则与五行相克对应。地理和人事又彼此相辅，相互作用。不过，这种对应的关系，原来也并非固定不易的，由于星宿的运行变化，在不同的时地、状态下，对应的效果会有所不同。《天官书》并没有解释这种对应，伟大的史学家司马迁只告诉我们这样，可没有解说为什么是这样。好像不说而自明，知其然就是，不用知其所以然。

司马迁说明历来星象的常与变，对人事有不同的影响，有时是因，有时却是果。记述得很详细，他自称“究天人之际”，其实就是指这方面，然后才是“通古今之变”。历来的读书人，没有多少人追问他说的“究天人之际”究何所指，好像也是不说自明的。而《天官书》，从讲中宫星宿开始，天帝居住在中心最重要的位置，由众星拱卫、守护，主权范围再逐层延伸出去，正是人间以帝皇为中心的反映。不单是地理位置上的中心，也是政治上、人事上的中心，中心建立，唯我独尊，外边则是四夷。

《天官书》讲了许多防卫、战事的记述，大抵是汉初对外征战频繁的缘故，宁儿说。

是的，占星，原来也反映时局世态，承载了许许多多历史、文化的记忆。

74

放假的日子真好，尤其是阿克伊，每天读书、背书，他很难受。他在大草原上长大，见到的是羊和马，是一望无际的草地，哪需要读那么多的书？即使娘亲坚持要他读，父亲也由得他，背不熟，也不怪他，会骑马放牧就可以了。谁会想到现在竟然会进钦天监，和一群汉人、满人同学读同样的书本。汉人读书都朗朗上口。他呢，可辛苦了，许多字不认识，也不明白，尤其是天上的星，名字怪怪的，也不知是什么东西。虽然宁儿和我尽量帮他，他还是说，不行啦，五年级快考试了，他说考试一定又不及格了，以往升级试，他从未及格，不过因为是蒙古族，另有学额，师长才勉强把他留下来，并且分了科。每年他都可能被遣走。

放假毕竟是个解脱，在校中，阿克伊总是愁眉苦脸，只有见到马儿才眉开眼笑，用心替马儿擦背、梳毛，和马匹说话，好像马匹才真正了解他。然后就眼巴巴等放假，一到放假，他全身是劲，走在前面，领我们朝热闹的地方去。京城毕竟是京城，地方大，可逛的地方多。庙宇多，也就庙会多，什么玩意儿没有？我们总是照宁儿的意思，先去买糕饼，再去看热闹。沿着大街走，两旁除了店铺，另有各种摊档，有的卖吃食，有的做表演、杂耍，花样繁多。这一天，我们走了一阵就被耍猴儿戏的摊子吸引住。摊主人年纪不小了，胡子花白，他养的猴子却很小，但已经很会表演，一会儿扮关云长，舞一柄大关刀，一会儿又扮孙悟空，握着一支棍棒游走，翻许多筋斗。末了，拿着主人敲打的铜锣向观众乞钱，只听得疏疏落落铜钱落入的玎玎声。

猴子走到我们面前时，我们给了些碎钱，宁儿把手中纸袋里的糕饼拿了一个出来，猴儿连忙接住，塞进嘴巴，还会放下铜锣，合起双手作势感谢。宁儿于是又取了两个饼儿给猴儿。正在这时，忽听见阿克伊在我身边大喝一声“站住别走”。我转身一看，只见他双手扯住一个男孩，一手牵过那人手中的事物。原来是一个绣花的荷包。男孩死命挣扎，终于挣脱阿克伊的控制，逃开了，走了很远还回头看。只见他面容憔悴、衣衫破烂、身体衰弱。我拉住阿克伊说，也怪可怜的，不要追了，也不知道是否还有其他同觉在窥伺。

阿克伊早已把手中夺得的荷包交给了宁儿，只见一个姑娘牵着一个五六岁的小男孩走过来。她梳着两个角髻，内插白兰花。宁儿相信他们就是荷包的主人了，就把荷包还给原主。那姑娘细声说，多谢几位公子了，然后拖着小男孩说，明明，我们回家去吧。小孩却说，明明要看猴儿戏。

看，猴儿戏演完了，猴儿要回家睡觉了。

哦，要回家睡觉了。

嗯，明明，我们回家吧。

好，回家去。咦，这位大哥哥也买了我家的糕饼吃喔。

围观的人一哄而散，因为旁边还有别的表演，这边有一个表演顶缸，把一个大水缸顶在额前，头不断地左扭、右扭，那缸却停在额前，一动也不动。那边呢，耍猴儿戏的老伯收拾好演戏的木箱子，牵着猴儿走了。猴儿一面走一面还两只眼睛瞧着宁儿手中的纸袋，还想多要，但宁儿却没有看到，他怔怔地站着不动，眼睛却看着另一边，看着一个小男孩，被他的姐姐牵着手歪歪斜斜地直往前走，然后，被后面的行人渐渐挡住，再也看不见了。忽然，宁儿把手中的纸袋迅速提到眼前，那不过是一个很普通的小纸袋，里面装着几个甜酥饼，刚才他还取出三个给耍把戏的小猴儿哩。这一刻，宁儿呆住了，因为他看到纸袋印着三个花体字：留香记。

75

古人说，三人行，必有我师焉。这句话一点也不错，譬如说，如今我在学堂，就有两位好朋友，他们和我的年龄相当，但都是我的老师。像宁儿，虽然年纪比我略小，差几个月吧，样子羞怯怯的，学问就比我好，老师讲的书，他一听就明白，还和老师对答如流。宁儿活泼伶俐，聪明有趣，又爱说笑，有他在身旁，就觉得很舒服。至于阿克伊，他年纪比宁儿和我稍大，却是一个很纯朴、心地良善的人，常常会帮助朋友、打抱不平。阿克伊因为在草原长大，读书不多，但另有才能，马术了得，每天早上，他小心地教我骑马，牵着缰绳走在前面。钦天监的马，年纪都大、驯良，显然都是从军队里退了役。如今我已经可以一个人骑着马踱步了，连自己也不相信竟然会骑马哩。在学堂中结识了这么难得的良师益友，我是何等的幸运。

本来，我们三个人一直生活得很愉快，一齐读书，一齐出游，互相帮助，有说有笑。可是，近来的情况却有些变化。首先，是阿克伊，升上五年级后，书读得很辛苦，什么星呀、月呀，哪来那么多的学问呢？还有什么《诗经》、四书，都很深奥，记不住，也不明白，所以越来越忧心了。他家并不富裕，之前寄托在外公家中生活，食指繁多，投考钦天监，只希望减少负担，如今读书不成，一旦被赶出去，又到哪儿去谋生呢？

至于宁儿，他可是个愉快乐观的小伙子，终日笑嘻嘻的，又有什么需要操心呢？没想到自从那日看猴儿戏回来后，满怀心事，竟终日发呆的不知在想些什么。问他也不说，忽然又自言自语：是啦，是开店铺的，叫留香记。是啦，名字是叫明明。这真让我担心呢。我能帮他们两个吗？我可一点也帮不上忙。阿克伊方面，宁儿和我一直帮他做功课；宁儿呢，只能每次放假，就陪他去买糕饼，在饼店门口东张西望。

我不知道他出了什么问题，不知怎么帮助他才好呢。

我知道，问题恐怕要由他自己解决。你呢，你觉得自己没有问题？

我怎么会有问题？我不知道有什么问题。

这就是你这个呆子的问题。

76

自从调到饲马房去工作，阿克伊愉快多了，当初他是多么担心呀，功课赶不上，分派入了漏刻科，终日苦瓜似的脸。而宁儿和我，则升入天文科。哪知，事情忽然有了转机，他居然转到另一部门去了。阿克伊因为喜欢马，老是跑去和马玩，给马洗澡啦，喂马吃苜蓿草啦，连两位老马夫都说，你这么喜欢马，何不来我们这里照顾马匹呢？我们正缺少人手，要找懂马的人帮忙，因为礼部收到一批新马，刚送两匹过来，以往的，都不再年轻，可这两匹，还很生涩呢，正需要人手训练。阿克伊说，真的？可以过来吗？老马夫说，正在找年轻人哩，你愿意来，我们去向监正讨人就行。果然，一问就成功了。条件还挺好呢，阿克伊转到马房工作，算半工半读生，早晚两次照顾马，白天中午仍可以上一堂蒙文课，月俸为正职的一半，监正还说，小伙子，书还是该读的。

如今，阿克伊每天都要工作，我们常在一起的时候少了，但看见他生活愉快，不必苦读艰难的书，也觉得不是坏事，况且忽然每月有半份月俸送回家去，真不知有多幸运啊。宁儿和我对阿克伊说，他一面饲马，一面仍可读书也不错，只集中上蒙文课和汉文课，将来一样可以在钦天监当翻译生，监内所有的文档都要满、汉、蒙三语并列。

空闲的时候，宁儿和我常常去看阿克伊和他的马。其实每天清早，我们三个人也是会见面的，也在一起用膳，睡在同一个宿舍，因为他仍是半个学生呀。这一天，我们下午去找阿克伊，奇怪了，怎么有一位西洋人正和我们这位朋友站在马匹前谈话呢？原来，西洋人到钦天监来探朋友，在摩星楼的一个视窗看见院子那头有两匹小马，他是一个爱马的人，立刻跑过来看，正和阿克伊谈得兴高采烈。

两匹小马看来都不怎么起眼，但阿克伊说，怎么礼部会把它们分派给钦天监呢？它们样子不起眼，却是好马哪，竟看漏眼了。宁儿问，两匹马看来普普通通，有何特别？

那匹骆驼色的小马是三河马，是内蒙古呼伦贝尔北三河地方的品种，原是俄罗斯的产物，由于和蒙古边境的土马杂处，成为独特的名马。别看它如今个子矮小，不久就会长得高大，胸廓深长，体质结实，而且忠诚可靠，适宜在大草原长途奔驰，不畏风霜雨雪，可饲粗粮，充满草原气概，不常见，是难得的好马。

至于另一匹乌黑的小母马，看来像是在地上打过一阵滚，粘得满身泥尘，又黄又绿，脏兮兮，其貌不扬，可不简单，它是一匹罕见的五花马哪。认识它的，知道它的毛色斑驳，有几种颜色，不知道的，就说它是脏马。五花马的鬃毛可以凭它的颜色剪出五簇花纹，所以又称五花马，一般的五花马多数白底，或者栗色底，黑色泛彩的，像这一匹，兼有驼色、灰色、白色，紫色甚少，所以更受欢迎，但也容易受忽略，那就虎落平阳了。

正谈着马时，西洋人一直握着一本白纸本，拿着一支笔，迅速画了一匹马在纸上，给我们看，原来他会画画，那笔不是毛笔，不用蘸墨，一下笔就有黑色的线出现，好像他拿在手中的是一根烧红过的木头，如今变成了炭。那画中的马和真马一个模样，我们都很佩服，西洋人把画给我们看过后，又用笔在纸上画了一阵，只见他在马的脚腿边涂了一些黑线，再给我们看，问我们，是不是和刚才画的不同了？

宁儿惊叫道，咦，好像变戏法了。

有什么不同呢？

刚才的马，好像站在墙内。

现在呢？

却像从墙上走下来了。

不过是加多了几笔黑线是不是？

是什么魔术？

不是魔术，加的黑线是阴影，太阳照到的物体，在另一边会留下影子。

77

几个月之后，阿克伊不知发生了什么事呢，真使我们担心了，明明一切的烦恼不是已经过去了吗？他读书不行，但转到马房去工作，太理想了，大概从此可以无忧无虑，过些好日子。哪知早几天却来了几个人，也不知是什么人，说是奉上司之命，要带他走，不但他一个人要走，连带马房内的两匹脏兮兮的脏马也一起牵走了。什么也没拿，一句话没说，阿克伊就在众人惊讶的目光下消失了。几天过去，一点消息也没有，到底发生了什么事？是因为马，还是人惹了祸？宁儿更加忧虑，连想到荷花市场买白兰花也不提了。

终于再见到阿克伊了，他神采飞扬地回来了，穿着一套我们没见过的新衣服，还穿了一双新靴子。大家都围着他，问个不停。他当然把整件事说了出来。原来他被调走了，不用再在钦天监的小马房工作，而是有人指定找他到畅春园的大马厩去工作，而且，还要把钦天监的两匹乌黑的马带去，因为那两匹马是名种马。阿克伊说，我如今是在畅春园服务，隶属上驷院，那里有很多漂亮的马，又有大的草原。我成了正式的马夫，月俸也和正职的马夫相同。最高兴的还是爹，因为，他也被雇用了。在畅春园，有许多蒙古人，很多满人，奇怪，好多衣冠楚楚的满人居然不会骑马，竟要跟爹爹和我学呀。还有，园里还有蒙古朋友教蒙文和汉文，说将来有什么文档要抄写，可以由我抄写，到底我在钦天监读过几年书呀。

阿克伊一口气不停地说，我们都为他的奇遇感到欣慰，他说，他现在有新的衣服穿，钦天监的就送给我们了。然后，他说这天放假，想和宁儿和我出去玩。宁儿问，去哪儿？不是骑马吧？他说，天气很冷，城外的护城河和北海都结了厚冰，你们会不会溜冰？不会的话，我请你们坐冰船。

78

我当然会溜冰，这是我和容儿小时在冬日乐在其中一种玩意，冰船倒没有坐过。坐冰船的地点有许多个，可以去运河、积水潭、什刹海等处。我们去的是积水潭，那里的水面比较宽阔，冰上的游戏也多，除了冰床、冰船，还有玩冰鞋的，供一个人自己玩，冰鞋有单刀鞋和双刀鞋之分，双刀鞋适宜初学者用，因为不易摔跤。冰鞋可以在冰场边买到，或者租用，那是在一块木板底部固定了铁条或铁片，再将木板扎紧在鞋上，会玩的可以耍许多花式，有的如大鹏展翅，有的如蜻蜓点水，在冰块上旋舞，飞来飞去，煞是好看，连小朋友也会表演风凰展翅、羽鹤独立，挥洒自如。

不会溜冰的人当然都选择坐冰船，或者冰床，冰船有篷，冰床倒没有。都是以木板为底，下面有铁条。一般的冰床长约五尺，宽约三尺，有如一艘小船，可坐五六个人，面对面坐。不论冰床或冰船，为的是游玩，像观赏的游船，都较华美；冰船尤其可避风避雪。其实，冰床比较简陋，却可以运货，在护城河的冰上，用来运货或当作马车，从城东乘至城西，相当快捷，是冬季很受欢迎的交通工具，当然，贫民为糊口拉冰船游湖载客也可以。

我们到了积水潭已经见到许多人在冰上溜冰，非常热闹，许多冰船都在冰上滑行，一时间没有空泊的船只，只好在冰潭边候船。等了一阵听见有人说：明明慢慢走，路滑呢。声音是如此熟悉，宁儿首先转身张看，只见有三个人一路走来，一男一女一小孩，待走近，大家都“咦”了一声，来者正是久违的小明明和他的姐姐，身边是一位年轻的男子，牵着明明的手。他们也是过来等候冰船。宁儿看见那年轻的男子，脸色一变，从可亲的春暖转变成怕人的冬寒。我从没见过宁儿那种失落的脸色。

小明明的姐姐向我们介绍，那是她的哥哥，在国子监读书。我发觉宁儿的神色又从冬寒变回春暖了，呵哈，天气变得真快。来来，阿克伊说，我们一起坐冰船。你知道吗？他说，难得他有那么多话说，我国子监、钦天监全都去过。反而宁儿没有话说，只凝睇着明明的姐姐。姐姐呢，回望了一下就低下头来。

79

我以为，皇上见大臣必定是在紫禁城的大殿中，堂堂皇皇地坐在宝座上，大臣们在两边列队肃立，然后分别启奏。在什么大殿中听政呢，理应是最出名的太和殿吧？原来不是。赵大哥告诉我，皇上听政，通常不在太和殿，太和殿是在重大盛会、重要事件才动用的。平日，皇上多数选在次要的宫殿中见臣子。不同的皇帝会选不同的殿堂。而这，就和紫禁城的地理和建筑有关。中国人看星图，是平面的，建筑呢，也是平面地横向延伸、对称，这是阶级的体现。

天子既然是人间的紫微星，在天上受北斗七星围绕，那么在人间的住所也当然对应成为禁区。地方阔大，根本就是一座城，所以叫紫禁城。主要的建筑就坐落在一条直直的中轴线上，左右两边对称、均衡。而且，高低起伏，统一中又有变化。城内又挖出长长的护城河，流经故宫内太和门前的是内金水河，流经天安门前的为外金水河。

此外，还有数不尽的前殿后殿、东宫西宫、御花园等。地方太大了，从东到西，或从北到南，走走也极累。所以，即使在自己的家中，皇上出门口逛逛，或者上大殿去，也得坐轿子。宫殿与宫殿之间，有许多宽阔的街道，由宫墙隔开，分为两个部分，一是外廷，一是内廷。根据阴阳五行的做法，外廷属阳，是办事的场所；内廷属阴，是生活的地方。离外廷的宫殿太远，没有重大的政事就没有必要劳师跋涉，内廷更加适合，应该是臣子跟从主子的意思，而不是主子迁就奴才。于是，就出现了“御门听政”的新想法。

外廷是从午门后算起的，门前有金水河由西向东流过，河上共有五道桥进入广场，这个中轴线上前后排序三个大殿，依次为太和殿、中和殿和保和殿，三殿一律以和为贵。太和殿居于中心，是开间最多、进深最大、屋顶最高的建筑。中和殿较小，殿顶也和其前后的大殿不同，主要是供皇上从内廷出来，到太和殿时，在半途上暂息的，或者是等待前殿一切都准备好才驾临。在这三殿之后，过了围墙，就是内廷了。

内廷也有三间大殿，在中轴线上前后端立，最前的是乾清宫，那是皇上的寝宫，其后为交泰殿，接着是坤宁宫。坤地宁定，当然是皇后的寝宫了。康熙皇上的大婚就在这里举行。但乾清宫离太和殿多远啊。皇帝清晨在太和殿上朝，不是冷就是热，实在辛苦。倒不如让臣子都到乾清宫来？好吧，就在乾清宫听政吧。是否不合规矩？乾清宫是寝宫哦。好吧，不如在乾清门听政好了。从当日起，皇上在乾清门前听政。

赵大哥说，前朝的万历皇帝可没有这种烦恼，他龟缩在内廷，根本不听政，所以国家亡了。

于是大朝在太和殿，常朝在乾清门。早朝早到什么时间呢？夏天和秋天为卯初，天刚亮；冬天和春天为卯正，稍迟些。乾清门那时是打开的，外面就是天街，是外廷及内廷的分界。打开了的乾清门，秋冬时寒风飒飒，门内先设置围帐，帐前设御座，座前设御案，案上放置奏章。御座前另设两个铜火盆，虽有火盆，仍然很冷，皇帝能忍，臣子没有可能不能忍。同样地，皇帝能早起听政，臣子岂敢不能？所以西洋人的自鸣钟最受欢迎。参与御门听政的官员先在午门外会合，等传旨宣召，鱼贯而入。到了乾清门，分列东西两侧，按级序立。记注官则就位侍立。凡奏事官员都要在黄案前跪奏，奏毕起立，退回原班。皇帝降旨后，大学士、学士奉旨完毕、起立。皇帝还宫，各人皆退朝。朝会天天如此，比起太和殿听政，乾清门的确少了气派，却务实。

紫禁城的角楼的故事，你听说过没有？

没有。有趣吗？

紫禁城的四边城角，东面的东华门、西面的西华门、南面的午门、北面的神武门，都有角楼。父亲告诉我，明成祖当年来到北京，夜里梦见一座很漂亮的建筑，由“九梁十八柱，七十二条脊”

组成，他大为高兴，在梦里也笑出来。第二天就命人照造，并且限期完成。工匠想来想去，一筹莫展，看来脑袋要搬家了。忽然遇见一个卖蝈蝈笼子的老人，问他要不要个蝈蝈笼玩玩。这笼子可与众不同哩。工匠一看笼子，灵光一闪，数数，不正是九梁十八柱、七十二条脊？他就照蝈蝈笼子做出美丽的角楼。有趣不？

紫禁城的角楼，原来是蝈蝈的笼子。

80

皇上自从到乾清门听政，大抵觉得这个地方有许多优点。本来，宫殿和臣子距离很远，要找大臣办事，或者要请有学问的人来给自己讲经解道，并不容易。紫禁城里的人不外是太监和侍卫、妃嫔和宫女，哪有什么专才？有学问的人就算在京城内，也在紫禁城外，实时传召，很久才能来到。皇帝勤学，对知识充满好奇，忽然想知晓什么，总不能一天到晚到城外去见有学问的人。最有效的方法，是把他们召到就近的地方，而这个地方，就在乾清宫里。

乾清宫是个怎样的地方？它在紫禁城的中心，在外廷和内廷的分界线上，由殿堂及街道，像一个“回”字，也像四合院。它坐北朝南，自成一国的内院。大殿前两边各有两座庑殿，面面相对。东庑是端凝殿，北为御茶房，南为御药房。西庑是弘德殿，是皇帝读书的地方，是皇帝的服装阁。东西庑是乾清宫的配殿，前者坐东朝西，后者坐西朝东，因此三殿都面向院子。

乾清宫隔着院落，面对的当然就是乾清门。乾清门的两边另有庑殿。凡正殿所面对的配殿，都叫作庑。那么，乾清宫内，南面的庑殿有什么用途呢？这是前所未有的新空间。原来是皇上用作读书、听课的，所以称为南书房。

康熙十六年，南书房创立，非同小可。皇上的学业因此突飞猛进，而且开阔了眼界。南书房不但成了学习的中心，同时成为政教的中心。国家有什么大事，例如平定三藩的策略，如何对待西北的外族噶尔丹，大臣也都在南书房向皇上献计。能够进入南书房的人一夜之间身价百倍，南书房会聚了不少当时得令的翰林，精于书艺的，成为书法翰林；精于绘画的，成为绘画翰林；擅于吟诗作对的，成为文学翰林。当然，还有数学家、天文家。在南书房行走，想当然的都有真才实学。不过，却也有少数沽名钓誉之徒，譬如准备要入值南书房了，就先买通太监，查问皇上正在看的是什么书，哪一页。赵大哥说有过一两个大官，一两位来自罗马的特派传教士，向他查问，送上厚礼，他婉拒了。

阿闳，哈哈，照你所说，你是否也算在南书房行走？

不敢不敢，创立时我还不过四岁。我后来送南怀仁老师到此就止步，皇上要是向我问功课？不得了，我倒宁愿看见赵大哥。

南书房逐渐成为紫禁城中著名的造办处。南书房虽然比不上太和殿宽阔，但也并不狭窄，院内竟有四十间连脊群房，左、右两侧延伸。另外，东面为昭仁殿，内藏宋、金、元、明版等抄本、善本书。这庑殿也是前朝昭仁公主命丧之地。西边的庑殿为弘德殿，是皇帝传膳之处。

南书房东南的转角位置，则有皇子读书的上书房，恰恰和西面的南书房及敬事房遥遥相对，建筑上有一种平衡美。上书房靠近南书房，自然是刻意安排，皇上会随时来视察皇子的功课。整个宫院，关上大门，就什么都齐全了，集军事、行政、学习于一身，衣食住所、臣工侍卫，全都就近。许多独立的小房间，更可供专艺的人在内工作。皇上对经史子集勤学无间，还包括多类工艺和科学。西洋人替他打开一个辽阔的天地。工艺方面有文玩、玻璃、鼻烟壶、珐琅、漆雕、木器家具等，科学方面有天文、地图、数学、钟表、音乐、火药、枪炮各项。于是不同才艺的工匠都进入乾清宫院来了，在里面独立的小舍中忙碌制作，整日发出敲打的声音。宁静肃穆的紫禁城竟然变得与市井工场一般热闹，有些工艺品，如江南织造、景德镇名瓷等还不计算在内。

皇帝大概很满意，他为自己创造了理想的新天地。谁不希望能一进南书房呢？在这里，从侍郎到大学士，个个备受尊敬，以才艺为专业的，更不会被人看不起，其他官员反而被拒在乾清门外。

81

皇上智擒鳌拜据说就是在南书房，流传的有两个版本，听过没有？听过，好，但你可不知道细节。先说前一个。皇上创立南书房，每日接见不同的官员。一日，来者鳌拜，才入见，皇上立召布库少年将他擒捕。很简单，太直接了。另一个比较有趣，则是鳌拜入南书房后，内侍以暗折了一条腿的椅子请他坐，自己则在椅背听候，实则扶持跛椅。这个内侍，我问是否就是赵大哥，他不答，但指出他的少友曹寅、李煦这些“哈哈珠子”倒参与了这场角抵戏表演。皇上命赐茶鳌拜，另一内侍把热极的茶碗奉上，鳌拜一接烫手，茶杯跌下，倚椅的内侍立刻退后，椅子歪斜，鳌拜倒地，在皇帝面前摔杯、洒茶、歪椅、跌倒，内侍大呼：鳌拜大不敬。皇上马上招来布库与侍卫把他扑擒。赵大哥说南书房内发生的事、说过的话，出了南书房，一切都只是传闻，当不得真。小兄弟，就当只我俩的趣谈吧。

到乾清宫来的臣子都得从午门集合，然后鱼贯而行，走了半个时辰才走到乾清宫吗？倒也不是，凡二品以上的官员，不必先到午门，而是由东华门入紫禁城。紫禁城本来就有东南西北四处大门，最为人知的是南面的午门，其次是北面御花园后的神武门。而东西两侧也有对称的东华门和西华门。西华门是方便内廷出入，前往西山宫苑的捷径，而东华门则方便贝勒、贝子等王公和二品以上的官员出入。皇帝宾天，遗体也不会由午门抬出，而是由东华门送出。事实上，东华门的确比午门方便进城，因为一进东华门，已经接近外廷的太和殿了。当然，进了东华门，就进了紫禁城的东南区，这里又有一组重要的建筑群，它们是文华殿、文渊阁等，相对于西翼的武英殿等。平民是无论如何也不可能来到这些地方的，因为东西翼的殿内都是编书的官员在里面专心工作，不可干扰。

从东华门入城，过了东面的建筑群，迎面就见到太和殿的殿顶了，由此可以走至南面的太和门，或北面稍远的乾清门。平民没可能到这地方来，不过，总有例外。康熙十七年，平定三藩的战事渐渐向有利于清军的方向发展，国势基本稳定，皇帝在南书房里忽发奇想，要赵大哥传召大学士来，因为，他要举办一次特别的考试，名叫“博学鸿儒科”，这名称来自唐宋时的“博学宏词科”，参加考试的人，由官员推荐，称为“鸿儒”，就是一种表扬。那么大的一个国家，那么多的汉人，如何统治才好？还是民心最重要，不可弃民，尤其不可弃读书人。而且，这么一来，也可以知道朝廷外汉人精英的水平。举办一次特别的考试吧，任何汉人，不必依三年一届的科举步骤，不论出身和学历，一旦取录，即入朝任职。

那些鸿儒都未见过皇宫场面，至于未入过皇城的百姓，这事件却成为茶余饭后久久不散的话题，绘影绘声，主角仍是南书房的一人，出了太和殿，则考过试的人，包括落第的人也纷纷口传笔传。他们认定：皇帝果然求才若渴，真心起用汉儒。从正月下诏举荐起，一年之间，京城聚集了各方名儒。皇帝下令户部每月发放太仓大米，先把这些人供养起来过冬。翌年阳春三月，才举行史无前例的考试，考生先在太和殿拜见皇帝，之后入体仁阁应考。

体仁阁也是一座华美的建筑，和太和殿不同。后者面阔十一开间，重檐庑殿顶，铜狮、鎏金水缸在殿前排开，如此气势，旁侧的房子相形见绌。但巧匠自有巧思，体仁阁矗立于高台上，特别之处是有上下两层，白石栏杆围绕，平台底下排四个大水缸。整座楼阁，掩门闭户，因此风沙不入，在内可以宁静地写读。

考试当年，我年纪还小。

可惜当年没有“博学小鸿儒”。

哈哈，不然天才儿童都云集京城，手上一串冰糖葫芦、一册书本。不过，的确有人不参加的。赵大哥告诉我，当“博学鸿儒科”的消息传出，民间一位名士竟然说倒不如“清歌妙舞”，皇上知道了，只是笑笑。

真大胆。

这位名士，赵大哥说他学问好。因为这一句话，赵大哥曾奉命往山西打探，随行官兵要把他押送去考试。他称病不从。最后到了京都，还是把他放还。赵大哥说他同时精通武术，是剑术宗师，要私下约他比试、学习。结果呢？

文试不应，改为武试？

结果呢，他说，赵大人你来迟了二三十年，我现在已年过古稀了。

阿闳，他还是个名医，特别的是专治妇科，写了本《傅青主女科》。

赵大哥告诉我，参加的共一百四十三人。考生在阁内楼上答卷，并无守卫，以免考生不安。试题有两道：一是赋：璇玑玉衡赋；一是诗：省耕诗，五言二十韵。都不限时间。答完即可离场，答不完，可写到夜晚，发给蜡烛。这赋，反映当今圣主的兴趣，不懂天文，怎么作答呢？皇帝且破例为考生赐宴，宴场在体仁阁下层。食物当然很丰富，由光禄寺负责，主食有四种：馒头、卷子、红绫饼、面条。考生以南方人为多，所以又各上白米饭。饭后继续答卷。考生能不高呼皇恩浩荡？

这次取士共五十人，都授翰林官，做什么呢？大多派到史馆纂修《明史》。不过有一位考了一等十九名，叫汪琬，和总裁不断争论，只做了六十天就不得不称病回乡。

82

提到乾清门的门，人们以为只是两副门板，分别只是高度、宽度和厚度不同，紫禁城内的门绝非如此。当我走近乾清门前时，曾大吃一惊。所谓门，竟然像一座宫殿的正面，不但有屋顶、台阶，还有三个入口。

乾清门坐北朝南，东西面阔五间，位于三进三出、九蹬之上，单层屋檐，黄琉璃瓦，有石栏杆围饰，正中前列两尊金狮，两侧列置两个大水缸。所谓面阔五间，每二立柱之间的空隙为一间，五间即有六支立柱，其中分为五个空隙。五个空隙即五间。其中东和西立于最边旁，是封闭的，而中间的三个则开放，可以通过进入乾清宫庭院。所谓三进三出，指有三道三层高的台级。所谓九磴，即九级石阶。远远看去，真是堂堂正正，一派皇家风范。门的两边当然连接围墙，关上大门内部就紧密独立，滴水不漏。别以为御门听政的大臣，会瑟缩在寒酸的两块木板外面等候宣召，他们根本和侍立大殿外守候并无分别。乾清门外的天街还可引发诗情画意呢，秋风萧瑟的清晨，我就想起李商隐。

天街夜色凉如水，卧看牵牛织女星。

是天“阶”，那是夜景啊。

不错，想到这么一句，有什么办法，因为乾清门外是天街。

门外也是一大片广场，东、西两侧各建有一排低矮的窄房屋，本来不是什么重要的建筑，因为皇帝在这里听政，那些狭小的房屋也变得身价十倍了。东边的那一列十二间小房子立刻成为六部九卿的办事大本营，以及都察院、理藩院、通政司等临时的办公所；西侧也有十二间同样狭小的房屋，也给相关的机构占据。于是，这个地方忽然人丁兴旺得很。当然，能够来到乾清门外工作，也非等闲之辈，不论多大的官，也不得逾越门限，内廷的界限森严，能进入的，都得先宣召，由侍卫引领，不可自由行动，以免招致杀身之祸。我可以进入，啊哈，还不是因为赵大哥，还不是因为南怀仁老师吗？

为什么乾清门看来像一座大宫殿呢？那是由于它盖了一个大屋顶。紫禁城的门，少说也有上百扇。大多数的小门属于院落之间的院门，嵌在两墙之间，门上没有顶盖，没有门楼，像龙光门、永祥门、基化门这些。至于有顶盖、门楼的，是大门。紫禁城内共有十二座大门，像乾清门、坤宁门、日精门、月华门、太和门，是其中的五个，占了中轴南北东西四个方位的主线那些大门，例如乾清门，用的是单庑殿顶，不过殿顶正脊两端没有龙吻。

告诉你这些，要是不嫌我卖弄就好，我只是留神记录，做你好好的导游罢了。你知道，我一直喜欢建筑。当你有幸置身于这些精美绝伦的建筑物间，别人可没有我这么幸运，我不仔细描述，反而变得矫情呢。精妙的技术，就是艺术。而我竟然在现场。你累了，就由我自言自语好了。

不累，就仔细地告诉我吧，但什么是龙吻呢？

龙吻是龙的口，张开，由十二块琉璃瓦组成，背插宝剑，睁目威望，十分神勇。用来避火灾，驱邪魔。

除了龙吻，檐角上也有一排列队的小兽，前九个依次为龙凤、狮子、天马、海马、狻猊、押鱼、獬豸、斗牛。如果是太和殿，还有第十个，却是一只猴子，名叫“行什”，传说它是一只有翅膀的猴子，手持能降魔的金刚宝杵；又有的模样像雷公，在屋顶可作避雷针。所有这些饰物，都有特定的含义。一个华丽典雅的顶盖加在大门上，的确令人误以为它是一座大殿的屋顶哩。紫禁城中不但有朴素的小门、端庄的大门，还有美丽的垂花门，的确多姿多彩。

如果我能带你来看看就好了。

你告诉我不也是一样吗？

檐角十个小兽之前，排的却是一个小人，是个仙人，骑着一只鸡，不过名字却是“骑凤仙人”。乾清门听政的冬天，御座两旁都安设了火盆，附近九磴底下两侧放置了大铜缸。这是为了保护木建筑的殿堂，因为紫禁城内发生过非常可怕的火灾，把太和殿烧得一干二净，城内虽有金水河，远水有时来不及救近火。寒冬时分，缸水都会结冰，既然皇帝需要火盆取暖，水缸也需要在缸底下加温，防止缸水结冰。不知道天气太冷时，有没有大官悄悄移近两个太平缸旁边取暖？大水缸防火，两尊威猛的铜狮子坐镇，则可以镇邪。大水缸身上有两个挽圈，挂在狮头装饰的悬环下，都是狮子族的护卫，狮子在阳光的照射下，闪闪生光，与殿堂和围墙的琉璃瓦相互辉映，再适合的搭配，你说呢，应该没有了。

南京宫殿成，（明）太祖与高后往视，见轮奂嵯峨，辄叹曰："胡做乱做，做出如许事业！"仰视，见有画工在上，自悔失言，呼下欲除之。高后示画工以意，自摸其耳，画工遂假作耳聋，屡呼不应。太祖使人摘下，问是耳聋，遂赦之。

——张岱：《快园道古》

乾清宫火：上自即位以来，每岁张灯为乐，所费以数万计。库贮黄白蜡不足，复令所司买补之。及是宁王宸濠别为奇巧以献，遂令所遣人入宫悬挂。传闻皆附着柱壁，辉煌如昼。上复于宫廷中，依檐设毡幕而贮火药于中，偶弗戒，遂延烧宫殿，自二鼓至明，俱尽。火势炽盛时，上犹往豹房省视，回顾光焰烛天，戏谓左右曰："是好一棚大烟火也！"

——《明武宗实录》正德九年正月庚辰

83

星星也许真是有生命的。晚上坐在院子里，宁静、安详，我喜欢多坐一回。再没有人声，宁儿已经回到宿房睡觉去了。一个人，躺在卧椅上，冬寒之后，除了偶然翻起的风声，大自然是沉默无语，只看到星星之间似乎在隐秘地交换眼神。它们在看着我们。我们这许多人，这么多的不同的人，它们如果关心我们，会关心谁呢？谁会受到特别的看顾呢？强者抑或弱者？乞丐、蝇营狗苟为生活挣扎的小民，还是酒食征逐的权贵？愚昧的、狡慧的？到远方传播信仰，结果死在异域的传教士，自信为家为国而不惜牺牲的烈士？星星真的只关心天子？可每个人，千百万人，都有不同的生命轨迹，不同的需求、梦想，身上带有许多不同样的界线，生老病死。我不知道，它们没有告诉我。我只能寻找自己的答案。我想起我的父母，想起容儿。

几天前，那位我们尊敬的年长博士老师将于学期终退休，钦天监全体员工为他设宴饯别，不过是在庭院摆放桌椅，铺上桌布，简单的菜肴罢了。他是一个严肃、认真的学者，大半生在钦天监度过。难得那晚上，他说了一个故事：一位魔法师云游天下，到了钦天监，获得热情尽心的招待，他很满意，说要送一件礼物给钦天监。他伸出食指，指指桌子，桌上立即出现一小块金子。大家惊呼。惊呼过后可没有人表示感谢。他再指指桌子，那金子变大了。仍然没看到满意的神色。这次，他再伸出食指，用尽全力似的指向金子，金块又再变大，大得像食碗。怎么搞的，天生你们欠缺感激之情吗？魔法师说。一位汉族博士老师答：我们想要的，是你的食指。

大半夜后我被寒风吹醒了。北京早晚的温差很大。第二天我有点感冒，不过到药馆取药，吃后也就好了。这是最后几天的课，我一直心绪不宁。但我必须抖擞精神，因为这已是我在钦天监的第五年，不久就要举行结业考试，算是完成一个阶段的学业。其实我对天文学的知识，不过略识之无而已。星空这本书，我不过刚打开来，我还没有完全读懂它的符号。我和宁儿都希望毕业之后留下来，继续进修，并且担任新同学的导师。

漫天的精灵，穷我的一生，真的可以认识它们，可以参透它们的奥秘吗？认识这些精灵，就真的等于认识我们自己？

容儿，我想毕业后留在钦天监继续学习，你以为呢？

我当然支持你的决定，最好。

谢谢。

有什么好谢谢的。

84

毕业后我在钦天监的职衔是天文科博士，但对天文知识，只算入门罢了，所以一面做一年级新生的导师，另一面仍跟其他老师进修。我工作接近一年，正在向新来的学生授课，忽然见到舍监在课室外向我招手，我出了课室，他对我说，家中有人来了，急着要找我。宁儿这时也赶来代课，叫我放心。我立刻跟着舍监，急急赶往他的工作处，远远看见一个人站在屋外门边，认得是福伯。他见了我，跑过来给我一封信，我打开一看，是娘亲的笔迹，纸上寥寥数字：闳儿：父病速回。母字。我见了，顿时呆了，强忍着眼泪。舍监也过来看了，说，立刻回家去吧，这里的一切，我们替你处理。我也不知道该怎么做，就跟着福伯一路赶回家。

回到西山的老家，已近亥时，暗淡的房间里，只见父亲躺在榻上，母亲坐在一旁，说，把你吓坏了，父亲是有点不舒服，但不是很严重，曾家叔叔来诊治过，现在好多了。我说我真是很担心呐，没事就好了。晚饭时，父亲说，这次要我回来，其实的确有事，还是告诉我，让我明白。

整个事情是这样的。父母才结婚不久，就和一位好友指腹为婚，只要分别是男孩女孩就行了。结果是我家生的是男儿，友人家生的是女儿。于是，十八年过去了，孩子都长大了，男大当婚，女大当嫁，父母也都希望见到子女成家立业，你在钦天监也工作了一年。康熙皇帝大婚时才十二岁。我们不是什么高门大宅，本来，婚姻这件事也不必太急，可是，人算不如天算，女家忽然有人上门提亲。女家当然推辞，说是早已名花有主。哪知来提亲的人仍是不死心，三番五次上门苦缠。看来这一定是个人见人喜的贤淑女子，不能错失。我们知道后，就决定让你回来，履约娶亲，于是下了聘礼，术数书说"亥不嫁娶"，我们不信这个，但仍随习俗，已择了吉日，只等你回来。

说到这里，父亲有点累了，需要休息，就说，一切细节，今天已晚了，早些睡吧，明日再和你谈。晚了？我只好回到自己的房间，头脑一片空白，真是晴天霹雳，我怎么办呢，有谁可以救我呢，我会娶一个怎样的姑娘呢，从来没有见过面，而我，难道父亲和母亲不知道我心中已有喜欢的人，他们难道会不明白我喜欢的是容儿吗？怎么从来没有人提过我曾和一个毫不相干的胎儿指腹为婚？父母当然是爱我的，但我后半生怎样过呢，怎么对容儿说话呢，唉，父母之命，我真是不想活了。

我现在才了解宁儿往日的心境了。真羡慕他啊，半年前，他和明明的姐姐——那位刘小姐结了婚，就住在钦天监的宿舍里。我当时也想，天下有情人，都应该受到星灵的照顾。

那女子同样够惨的，要嫁一个她全无认识的男子。我一夜做噩梦，醒来又忧心忡忡。这次回家，忽然发觉父母都老了，怎么一直以来，会觉得世界好像安宁静止了呢？一下子一切都浮动起来，变得毫不实在、毫不可靠。我要不要孝顺父母，乖乖地娶妻？但容儿我又岂能舍离？父母是会老的，已经老了，我读了五年书，丢下他们两个老人在家，到了工作养家、生儿育女的年龄，却以为自己可以无忧无虑地活下去？少年无忧无虑的日子忽然过去了，如今面对的是成年人的责任，踏上征途了，而我措手不及。怎么好呢？

早上醒来，起床去向父母请安，准备一起用早点，娘亲问我睡得可好，看见我精神萎靡。父亲微笑，忽然说，凡事可以商量，看你这个模样，女家也是可以反悔的。要是真的反悔，也无可奈何，我们比不上人家，并不怎么门当户对。只是女家并不介意。真是天赐良缘，怎能错失？我冲口而出：我想见见容儿。娘亲指指门外的走廊说，你看谁来了？走廊上出现一个人，挽着一只篮，款步走来，却是年纪轻轻的小翠，独自一个。

闵少爷早安，是容小姐吩咐我过来。

容儿呢？

小姐在家里，叫我送早点过来，她知道少爷昨晚回来了。

她不过来？

小姐的表姐妹不让她来呀，闵少爷，这几天你俩是不能见面的，新娘子，过几天，得由你去接她过来才是。

我吃了早点，姑娘收拾好碗碟，提起漆篮，站着不动。

闵少爷，小翠要回家去了，可有回话让我带回去？

嗯，你就说，谢谢容儿，糯米莲藕片粥，撒上白糖、浇上玫瑰苜蓿桂花汁，很好吃，我非常、非常喜欢。

85

容儿总给我意外的惊喜。这些日子，容儿有些什么改变呢？首先，她已经不再穿男装打扮，变回一个女孩子，原来她是一个很漂亮的女孩子，而且似乎越来越漂亮，眉清目秀不用说，简直有一种所谓沉鱼落雁之美，穿上衣衫和百褶裙、绣花鞋，走路踏着碎步，头上梳着一个发髻，插着一支碧玉簪，清清爽爽，总是嫣然浅笑，让我看得呆了，而她，本来是小时候和我一起跑来跑去捉白兔的顽皮孩童呀。我常常想，不知道我在她的眼中是什么样子，会不会还是调皮的丑男生。

其次，容儿身边多了一个人，不是她的母亲——我口中的容姨，而是一个伶俐活泼的丫鬟，年纪和容儿差不多，是特别为她物色的女侍，主仆倒很相配，容儿空闲时还教她读书、写字、绘画，两个人倒像姐妹似的。上次回家时，容儿就带她在身边，说她为人善良，憨直，很喜爱小动物。她本名翠微，我们就叫她小翠吧。

以前回家，每次都是容儿听我讲学校中的琐事，我说得巨细无遗，她总说不闷不闷。近年已有改变，读书最后的两年，功课繁重、艰深，难以解说，工作后教的也只是当年一二年级的课，也不必再复述了。我仍跟西洋老师进修，主要是数学，比例数、椭圆、简单的幂级数，这些可不容易解说。反而是容儿告诉我她的生活，我聆听得多。例如她一直跟父亲和伯伯学医，几年下来，也很有成绩，不但可以替人把脉治病，也能开药方。当然，她只是在医馆的内堂替女子把脉，转告父亲、伯伯，再由他们开药，居然治好许多女病人，虽没正式挂名，街坊中已传言有位少女大夫，有不少人来求诊。医馆门口常见女子求医，或轿子停泊，大户的夫人、太夫人都悄悄前来求诊，因为病治好了，因此有更多人来求女大夫诊病了。

这次回家，本来婚前不容相见，我按捺不住，偷偷摸到隔篱容儿家的后园，看见容儿在窗下刺绣，我不断向她扮鬼脸，她终于看见了我，偷偷地从后门出来。两个人坐在花园凉亭的瓷墩上，也不知要说什么好，也许，什么也不必说。这时，还是容儿开口，不如替你把把脉吧。因为她多年来，把脉的对象都是女子，男的只有叔叔伯伯，应该替我把把脉，看看年轻男脉和女脉有没有差异。我说好啊，就把手伸出，放在瓷圆桌上。容儿就伸出三只手指，说是要按在我的三个穴位上，那是用中指按关脉、食指按寸脉、无名指按尺脉。正常的脉律整齐、不浮不沉、来去从容、不疾不徐。

因为在把脉，两个人都不作声，容儿看着我的手，我看着她的脸。她的脸真是好看呀，像水晶的粉果一般嫣红，我看得呆了。这时，到厨房去的小翠从后院沿着花园的卵石砌花小径，端着茶碗走过，看见我们，说道：

你俩在做什么呀，小姐？

我们在把脉哩。

快快收手，不可以把脉的。

有何不可？

这时候不能相见，何况，男女授受不亲呀，小姐。

我们从小就一直手牵手的。

孩童是孩童，大人是大人。

容儿和我一起笑了，收回手。容儿说，刚才干吗一直看着我的脸？我说，没有呀，我只是瞧着你的头发上飞来了一只蝴蝶。嗯，你把了脉，我有没有病？容儿低声说，有呀，你的脉搏跳得很快，你的心有病哦。她的脸一片红霞。

86

和容儿婚后我们住在钦天监的宿舍，我觉得她不该放弃自己的才能，不要让要看医的女子失望，鼓励她经常回娘家医馆去，大概每个月，她就带着小翠回去五六天吧。我放假，就一同回去。她的偶像，是明朝后期的女名医谈允贤。这位女大夫，写了一本《女医杂言》，记录了自己行医的过程，是医史上最早的女医医案。女医师真少啊，容儿说，人们称她们是“药婆”，或者“隐婆”。

女性病了，碍于男女之防，往往不敢告诉人，要看病，大多只能找隐婆。谈允贤擅长针灸、按摩。容儿也学会针灸，会按摩。我工作累了回来，她就替我按摩两臂、手和脚。我在工作室偶然不舒服，也找监里的男医师看看，不能说男医师粗枝大叶，但总不如女医师的细腻亲和，也许，因为这女医师是自己的妻子吧。家有一医，是非常好的女医，真好极了。但她很谦虚，说自己其实不行。

只有你一半的聪明，是不够的。

哈，应该是我们各占一半。

事实上，我不过向父亲、伯父学习，也用功看医书，但看病时依靠的是经验，都很主观，当然可以医人……

几千年来中医不是可以医人吗？

你不觉得中医西医，就是一条假想线吗？疾病当然有不同的来源、不同环境的因素，但不同的人，可以生同一种病。西洋人能医牛痘、痢疾，他们的解剖学、生理学，我略有所闻，应该很有用，可惜我没法学到。

可惜的事，可能还有一样。婚后好几年，我们一直没有孩子，她偶然也替人接生。讽刺的是，她自己没有儿女，看了医书，也没有帮上忙，不免若有憾焉。我则无所谓，问题可能出在我身上。俗例以没有继后香灯为不孝，容儿和我，都是父母的独生，对父母都未免歉疚，不好意思。幸而容儿的伯父有两个儿子，又各有孩子，可以继后了。而我父亲是个通情达理的人，他钦天监出身，顺天的自然，而不信天有意。他认为多儿未必多福，无儿无女，也未必就是坏事。容儿贤淑，对翁姑、父母都很孝顺，没有儿女债，可以把两头家都照顾得井井有条。失的另一头，可能却是得啊。孝，就在当下。父亲有一些僧人朋友，何尝有子女呢，他们连家人也割离了。至于西洋的传教士，同样立志不婚，没有子女，并不当是憾事。

父亲对孟子所说“不孝有三，无后为大”另有不同的解释，他指出，孟子紧接的下一句是“舜不告而娶，为无后也。君子以为犹告也”。前句是道理，下句是实例。前句一般人以为孟子说不孝的行为有三种，而没有后嗣是最大的不孝。这解说他不同意。他说三是泛指，是很多的意思，所以其他的两种不必胡猜，“无后”是指什么呢，要看下句。下句说舜娶妻的时候没有禀告父母，是没有尽后人之责；君子可是认为，舜的做法等于禀告了。我们知道，舜娶的妻子是尧帝做主的，而父母对舜仍然满有成见。无后，是没有尽后人之责。否则舜娶妻，怎么会成为没有子嗣的大不孝呢？

我不知道这解释是否为了安慰我和容儿。他又说，要是为了继后香灯而另外娶妾，则夫妇感情那么好，无谓生事。他还借用苏东坡的说法，天地转眼就变迁了，个人须臾就离世，可是放大放远眼光，则众物与人类，却是无尽无穷啊。

容儿听了，大受感动，泪流满面，之前我从来没见她哭过。侍奉家翁家姑，更尽心尽力。

87

父亲后来还说到康熙皇帝。你看康熙皇帝吧，儿女很多，其实是太多，夭折了不少，到头来存活的仍有二十四位皇子、七位公主。多了，继承人就成为很大的问题，那么庞大的家当，要交给谁呢？继承人从古至今都是问题。往往弄得骨肉相残，分党分派。

皇次子胤礽因为是皇后所生，刚诞生就立为太子，悉心培育，教他读书、骑射，又教他武术，这方面，我知道赵大哥也是其中一位师傅。父亲关注太子，难免跟其他的儿子疏离了。不是说他不喜欢其他的亲儿，他巡幸各地，总选带若干皇子随行。不过，任何人都心里明白，事实也难怪，他对太子偏爱得多。

太子胤礽什么都不缺，养尊处优，地位高人一等，他还缺乏什么呢？最重要的，德行。他变得骄横放纵，不可一世。于是许多人不喜欢他，有些不怕犯颜，投诉他。导火线是，一次皇父出巡回京，在帐中发觉胤礽在外鬼祟窥视，很震惊，以为他图谋篡位。回京后就把他废了，幽禁在西华门内的咸安宫，并且公布天下。这时是康熙四十七年九月。其实在此之前，圣上一直怀疑他会使人行刺，篡夺帝位，处处严加防范。

后来赵大哥解释，那一次他没有随侍出外，但帐前怎会没有侍卫，都开了小差？抑或，胤礽晚上无所事事，也许多喝了两杯，闲逛到了皇上帐前，好奇地瞄瞄，侍卫当然认得他。事后也证明，他的行为失检，种种恶行，可能大多是其他人的中伤，所以不多久又复位。

不过，这位太子，也实在太莽撞了，不知检点，不知收敛。赵大哥就亲眼见他斥责大臣，甚至加以鞭笞。一次把蒙古的贡品克扣起来自用。圣上日渐怀疑他图谋不轨，日夜加以防范。康熙五十一年十月初一日，终于再度废弃太子。老早选定太子，是满人的第一次做法，以为可以平息皇子的争逐，但事与愿违。太子一旦废黜，朝内朝外都知道，哥儿们各有打算，各有帮派。接班人的问题令他心力交瘁。

1

谕步军统领托合齐：

诸凡大事虽已皆定，然大阿哥所为，甚是厉害。其党徒尚在疑惧，想必挺（铤）而走险，朕内心疑虑难止。此肮脏之辈有何能力，复有人被牵连，以致治以死罪。顷闻闲言，大阿哥所属棍徒扬言：若我阿哥以二寸纸写文给托合齐，伊岂敢夜不开门，等语。大阿哥向来厌尔，欲必杀尔，朕亦稔和（知）。欲杀尔者，亦大有其人。将此，谅尔亦约略知之。今马齐父子，朕之包衣牛录、浑托豁下佛保等人，伊等皆系已与皇太子反目之人，奢望转向大阿哥者多，此等之处，着尔留心，不时甚密打听报来。此等事宜，尔勿轻视，关系尔全家之身命，虽尔妻子，亦不可使闻。为此，甚密手谕。

——康熙谕旨步军统领托合齐

2

奴才托合齐谨奏：窃照十四日晚，奴才恭览所颁谕旨，圣主深谋远虑，无微不至，洵属神奇。大阿哥乃治罪居家之人，又因夺其牛录、田庄等项，诸阿哥皆封为亲王、郡王，阿哥性暴，恐缘此至恨暴怒，挺（铤）而走险，实不可料定。有圣主之神威，谁能妄行。无论如何，唯请严加防备。谁能开我城门，即将奴才斩之。

再，将奴才略知伊等相与合谋，张明德之原由，奏陈以闻。此事之倡行者，乃公赖西、顺王、王府长史阿鲁为首，递至阿哥，方起行刺之恶念。张明德动摇人心，伊称：我有朋友五人，此五人能抵杀数百人，可翻越如城之高墙，可进入四五十人群行刺。甚信此等谎言，将此五人交付张明德，命务求于年前十月初旬到京，等情，约毕遣之。九月，皇太子事发，张明德抵京，来阿哥处告称：我诸友相约，十月十五日到来，等语。以事已告成，虽到来，现无用处。遂彼等又共商：此事不可隐匿，一旦为别处举发，与我等不利，等语。方巧为具奏，为公赖西、顺王、阿鲁等开脱，俱宥之。想圣主已鉴之。

——步军统领托合齐上奏

88

宁儿和我在钦天监由幼至长，从学生变成老师，我们经常讨论、切磋，我们私下无所不谈。一次他对我说：

阿闳，在钦天监工作这许多年，长期看浩瀚的星空，我是越看越觉得自己渺小。不是吗？我们不过生活在其中这么一个很小很小的星球上，我们，不过比蝼蚁稍稍大些，区区转眼就一世了，我们知道些什么呢。不过，尽管说我们只是坐井观天，但知道自己坐井，不再自以为是，已是一种进步，这方面，是西洋传教士老师扩阔了我们的眼光。

所以，他继续说，我难以理解有些很有学问的士大夫，引经据典，要证明这一切进步的科技我们古已有之。不单这么说，更认为都源自中国，连康熙皇帝也这么说。我看过皇上参与编写的《三角形推算法论》，其中认为西学是中国古人流传出去的，是礼失而求诸野。拍马屁的士大夫，奉承这是天大的创见，其实，之前已有这种见解。

阿宁，勿要对人说，我插嘴。

那个研究天文学很有成就的遗老王锡阐，说日月、交食、定时等原理，都见于中国旧说，只是西洋人偷偷学去罢了。要偷学问，真那么容易吗？徐光启穷半生之力，也不过公开地偷了一点。

王锡阐难道认为西洋人在利玛窦来华之前，老早有人学成汉语、熟读中国古书、再译成西洋文，然后偷天换日？另一位是梅文鼎，同样是我们敬重的天文学家，更是当今数学奇才。其他人写文章，是深入深出，甚至浅入深出，梅先生呢，深入浅出，有能力把深奥的道理，说得平易近人。教书时，我倒要学学他。还有，连大思想家黄宗羲也认为“西学中源”，真奇怪。前人说“闻道有先后，术业有专攻”，术业上的先后，那么重要吗？

我有点怀疑，我说。

怀疑什么？

他们真可能这样相信，但也可能是一种调适的策略。不是吗？士大夫对泰西传来的科技，不是全盘接受就是全盘反对，不是东就是西。这两位不同，他们都主张兼取东西。王锡阐最理解徐光启，梅文鼎则非常非常聪明，自学数学成家，他们，包括黄梨洲先生，是从民族的角度立说，抚慰那些脆弱的心灵，因为脆弱，表现为自大或者自卑。南怀仁老师曾说，中国人很骄傲，以为超其他人一等。康熙皇帝呢，恐怕是从管治的角度着眼。

夫数者所以合理也，历者所以顺天也。法有可采，何论东西；理所当明，何分新旧。在善学者，知其所以异又知其所以同，去中西之见，以平心观理，则弧三角之详明（西法），郭图之简括（中法），皆足以资探索而启深思。

——梅文鼎（1633—1721）:《梅氏丛书辑要》

89

另一次，我们从摩星楼出来，宁儿忽然长叹一声，因为一个一年级的毛头想上二楼被专职的监员拒绝。这毛头是宁儿一位好学的学生，宁儿说让他上去瞄瞄也好。监员就是拒绝，坚称这是规矩。宁儿于是对我说：

工作人员很负责任，负的却是笨规矩。我要是给一些小费，也许就可以通融，但我不会这样做，怎能这样教导学生呢？为什么一年级的学生不许上二楼阅读呢，是以为他们不懂吗？抑或会吓怕他们？再说，为什么钦天监的书不让外人来阅读，书不是让人阅读、知识不是要流通的吗？从古至今，我们的读书人没有不爱书的，许多都有藏书癖，爱收书、藏书，搜集了就藏起来，并不公开，害怕公开。政府更大量藏书，文渊阁、文津阁、文澜阁，就束之高阁，再加上翰林院、国子监，都收藏天下图书，并不流通，不容分享，不让大家获得知识。

也有好处，可以保存书籍，避免散佚了，我插话。

这是唯一的好处，但是否有违书本原来的用处呢？

对。

例如古人的《步天歌》，文字浅易，又押韵，是为了方便民众学习，可是一直收藏起来，只容政府的天文官员阅读，不准外泄。

所以民智不开。

传播是攻，收藏是守，攻守要兼备，而进攻是更好的防守。

像下棋？

就是一局棋。棋圣的布局是，“空诸所有，故能无所不有”。

什么有，又没有？

对不起，是神游了一阵。对了，一旦发生意外，例如火灾，就付之一炬，例如项羽进入秦宫，就放火烧了。项羽不读书，可另一位爱书的梁元帝萧绎，又如何呢？他聚书四十年，得册籍图书十四万卷，自称能文能武，一朝兵败，兵临城下，就说读那么多又有什么用，命人把图书一把火烧光。书由一人、一地独藏独占，就有问题。当然，有时又不得不藏起来，在嬴政时期，就藏在墙里、藏在这里那里、藏在脑袋里，可那是非常时期。知识不流通，到头来就落后于人了。明初禁私学历法，皇帝下旨造历者死，于是再没有人懂得历法，要依靠西洋传教士。最近听说，民间最多藏书的天一阁，第一次让一位外姓名人登阁阅读，但下不为例。

那名人是谁？

黄宗羲。没有梨洲先生那样的名气，休想打开天一阁的阁门。即使是自己人，也不容易上楼。自从范氏在明朝创立书阁以来，那位范先生定下各种规矩，阁楼平日紧闭，每房子孙分别拥有阁楼的钥匙，集齐后才可以开锁进入，而且只许在阁中阅读，不许外借。书是保存下来了，却是保存在监牢里。传闻有一位钱姓女子，因为钟爱读书，以为嫁给范氏子弟，可以入阁读书，谁知天一阁原来另有一个规矩，不许女子登阁。结果郁郁而终。

噢，这可不便告诉容儿，我想。

后来，我还是忍不住告诉容儿，有那么一个女子，想读书，却被笨规矩限死了，我以为她会说这又是糟糕的假想线。谁知她说，这是千百条之一的，死线，死——线。

江陵陷，元帝焚古今图书十四万卷。或问之，答曰："读书万卷，犹有今日，故焚之。"未有不恶其不悔不仁而归咎于读书者，曰：书何负于帝哉？此非知读书者之言也。帝之自取灭亡，非读书之故，而抑未尝非读书之故也。取帝之所撰著而观之，搜索骈俪，攒集影迹，以夸博记者，非破万卷而不能。于其时也，君父悬命于逆贼，宗社垂丝于割裂；而晨览夕披，疲役于此，义不能振，机不能乘，则与六博投琼、耽酒渔色也，又何以异哉？

——**王夫之**（1619—1692）：**《读通鉴论》**

黄生允修借书。随园主人授以书，而告之曰：

"书非借不能读也。子不闻藏书者乎？七略、四库，天子之书，然天子读书者有几？汗牛塞屋，富贵家之书，然富贵人读书者有几？其他祖父积、子孙弃者无论焉。非独书为然，天下物皆然。非夫人之物而强假焉，必虑人逼取，而惴惴焉摩玩之不已，曰今日存，明日去，吾不得而见之矣。若业为吾所有，必高束焉，庋藏焉，曰姑俟异日观云尔。"

——**袁枚**（1716—1798）：**《黄生借书说》**

90

康熙三十二年，皇帝有一阵子没有露面了。皇帝不露面，原因是南巡去了，亲征噶尔丹去了，又或者，皇上在南苑打猎，打得正高兴哩。但他会事先公布，不在“御门听政”，官员不用到来。可这一次，官员等了大半个时辰，稍远也较低品的官员开始交头接耳。这在以前是不可能发生的，赵大哥说，这些官员，越来越不像样了。忽然一位大太监出来，近乎尖叫地说：皇上另有要事，今朝早朝取消。退朝。

什么要事？一位老大学士问。

皇上，另有要事，退朝。太监重复一遍。

这时，另一位老大学士大声地打了一个哈欠，说，失礼失礼，憋得太久了。

好几个高官笑得东歪西倒。赵大哥在旁目睹，告诉我，真的越来越不像样了。

皇上另有要事，什么事？赵大哥不说，但总有些消息会漏出来，仿佛越封闭，消息越像带翼的风，悄悄就在天空中飞旋，像细雨一般飘落在都城的大街小巷。

皇帝病了，病得不轻。起初也只是传皇上身在畅春园，不过患了痢疾，整日高烧不退。可过了几日，传来的消息是高烧一直不退，御医竟然束手无策。

皇上自己也懂得不少医药的知识，他身边的法兰西传教士白晋和张诚不是和他谈及有一种他们带在身边备用的平安药，可以治高烧？这两日，传教士还遵旨在皇帝身边陪夜。皇帝觉得，可以试试泰西药，以前也服过，治愈过自己的病。但保守的御医坚持不可，不愿皇帝冒险，一定要用中药去治理，不然，会失中国人的面子。中国人的面子那么重要，这么一来，连懂得医药的另一法兰西传教士罗迪士也慌张起来，不敢贸然表态。反而是皇帝自己，眼见自己的病情日趋严重，决定下令给他服半剂量的西药。很快，高烧退了，症状明显好转了，但还是有些低烧，不知道会否随时发作，便向全城寻找治低烧的良药，这在半官方的《京报》上披露了。于是，全国都知道龙体违和了。

皇帝病了，当然由御医诊治。太医院的御医，来自全国各地，有的是民间医生，有的是举人、贡生等有职衔者，精通医理，都可录用。太医院还负责培养医务人才，学习六年，考试合格才录用为医士，往后又六年考一次试，没有差错，才可晋升。考试受八股文影响，不考什么如何诊症，如何治疗，竟是作文章，考题有“知者乐水，仁者乐山”，还要看书法好不好。我看过叔叔写的药方，龙飞凤舞，像张天师画符，他医术再好，也成不了御医。而且，医士月俸银一两五钱、米九斗。比太监还不如，太监月银二两。俸银不仅偏低，风险又高，没有人统计过，多少御医人头落地。

你学医，很好，医的是普通人，你可不知道，当皇帝有病，却有六项程序要严格遵守：一、要组成班子，由院使、御医、内臣三方面负责，相互监督。二、要会诊，共同诊断。三、要共同选药，联名封记药剂。

哦。

四、要共同监视煎药。五、要共同尝药。就是每二剂合一，煎熟，分作两份，一份由御医、内臣先尝，一份进御。清朝比明朝尝药更严，一份由御医、院判、内监依次先尝，另一份进御。

如果这是要以毒攻毒的药呢？

别打岔。对了，臣民的性命，怎比得上皇上的性命？六、要脉案方剂存档备查。

这倒合理。

皇上患了什么病？皇帝也懂医药常识，可这种病他从没遇上，他说身体一时寒冷，如坠冰窖；一时火热，如入烘炉。在病中，皇帝的脾气差，这些日子，钦天监有没有注意天象的突变呢？上天有没有什么凶象呢？皇上大抵真是变成一颗暗星了。

救星从西方出现。之前耶稣会传教士罗迪士不是治过他的病吗？就请传教士来医吧。果然，法兰西传教士洪若翰和葡萄牙传教士刘应等人赶赴北京，献上了奎宁，皇上服药后很快就恢复健康了。皇帝得的病是疟疾。真奇怪，西洋人治病，不是总给人放血啊，催泻啊，不是把人的肚子切开，整理一番再缝起来，也不必麻醉病人，就和汉医那样，煎一把草药喝下几次就痊愈了，草药就是树叶啦、草啦这些东西。

草和叶？岂不是我们中国人最拿手的医法？李时珍，他的《本草纲目》里写的不就是草和叶吗？

我听过这名字。

听父亲说，万历时李时珍曾到南京的栖霞山採摘草药呢。

咱们的爷爷可能见过他，尤其是你的爷爷。

皇帝后来知道了，除了中国，外国也有用草木治病的医药，治好皇帝的药叫奎宁，是一种叫奎宁树的树皮，而且不是欧罗巴国家的产品，那是孛露[1]国印加土著用的药物。

91

康熙皇帝由传教士献上的奎宁治好了疟疾，非常高兴，想送个大礼给法国传教士，送什么呢？正在考虑，传教士就请皇帝赏赐他们一块地皮，好建一座教堂和住所。京师不是已经有宣武门天主堂，传教士正住在那里？不错，法兰西传教士的确已经住在

① 孛露，即秘鲁。

南堂，可是，似乎住得并不满意。皇帝怎么会想到，同是传教士，此中也有不同的分别。同是天主堂、同是耶稣会，未必一样。更不要说非耶稣会的了。宣武门天主堂过去住的是汤若望、南怀仁等神父，他们之中有日耳曼人、有弗莱明人，更早的利玛窦是意大利亚人，他们都属于葡萄牙耶稣会。而现在的白晋、张诚等神父全是法兰西人，属于法兰西耶稣会。同一宗教，但传教区不同，学养有别，各为教区的利益打算，对朝廷的宠幸，厚薄不同，彼此不免竞争。住在同一屋檐下，也是不大舒服的事。其实，白晋、张诚等人，也是南怀仁在世时推荐来的。同一教会，有这样的问题，更莫说不同的教会了。宁儿对此倒有个妙喻：同梦而异床。对赵大哥来说，耶稣会与非耶稣会，好像是不同的宗教。

我们钦天监的员工知道这种分歧，皇帝当然也会知道，就赐了一块地皮给法兰西传教士，赐地建堂的圣旨，由赵昌送去。堂址就在风景美丽的中南海紫光阁西蚕池口的地方，几乎是在皇帝的花园里了。这位置所以称为蚕池口，是因为这是皇家养蚕的重地。几千年以来，黄帝的妻子嫘祖发明种桑养蚕缫丝，生产了著名的丝绸，当上皇后的女子就有责任种桑养蚕了，不但要养蚕缫丝，还有一大串的礼仪要举行，建蚕坛啦，祭蚕神啦，亲蚕殿啦，浴蚕河啦，也成为礼部要遵办的大事。到了今朝，绝不例外，蚕舍和蚕坛就设在西苑丰泽园边。这么珍罕明秀的地皮，就赏给了法兰西传教士。主持北堂建设的是张诚，由工部兴建，于康熙四十二年建成，建了十年。从此，法兰西传教士就有了自己的教堂和宿房，不必和别的传教士挤在一起了。因为南面早已有宣武门天主堂，俗名南堂，法兰西传教士的教堂就叫作北堂。

92

北堂建成，钦天监的好几位西洋老师，并不热衷组织同学去参观。只有我和宁儿想去看看。因为去过的汉人同事都说好看，比南堂还要大，还要特别。南堂我们见过，和我们中国的房屋不一般，我们的房子和盒子差不多，平顶的、方方的，屋顶两边斜，有些有很大的屋顶，看起来像个“无”字，而南堂不是这样，它看来像个“矗”字，好像一个盒子叠在一个盒子上，或者是一个盒子叠在两个盒子的肩膀上，而盒子上的盒子，顶上还高高地竖起一根细杆十字。那么，北堂呢，令人也想去看看了。而且，法兰西的老师不断邀约，一次也不去，岂非很没有礼貌？所以，我们选了一个放假的周日，早上一起去了。

它比南堂远，不过走走也到了。远远看见一座白白的高大房子，又是下宽上窄，像个什么字呢，想到了，原来像个“辫”字，房子两边高，中间矮，好像是由三座房子砌在一起。墙身上有许多窗子，这些窗子才是最特别的，因为狭窄，像一支支箭般排列成行，箭头朝天，而整个墙面有很多等腰三角形，尖顶也朝天，最上面都各有一个十字架。好不奇怪，正中的一扇大门之上的窗子很大，架上还站着一个泥塑人，竟然是圆的，中间仿佛一朵花，散开了花瓣。房子灰黄色，但镶上了白色的边。像什么呢？宁儿说，像一件好吃的糕饼。

教堂前面是广场，地方宽广，正面有一所建筑，有游廊包围，壁上画有图像，这座建筑两旁有敞房十间，左五间为教徒学习教理之地，右五间为神父聚会所在，也充作客厅，这厅内悬挂法兰西路易十四国王，以及以西巴尼亚[①]、英吉利[②]等国国王的肖像。这内堂贴墙有半圆形柱十六支，绿色，柱顶雕满花草，非常华丽。这些柱顶上又建有半圆形柱十六支，所以大堂显得很高；柱与柱之间的空壁皆绘有圣像。大堂两边各有六扇窗子，也都是圆顶，窗子装上了玻璃，所以可以透明，光线穿过玻璃从外面照入，不用点灯也很明亮。堂内北面墙上画了一幅画，画的正是一座教堂，这明明是一件绘画，但看来好像画内的人都是真正立体的人，就站在那处，令我们都看得呆了。难怪许多人会说好看了。

教堂正中前面镌有“敕建天主堂”五字匾额一方，有了这件宝物，就没有反对西洋教堂的人敢来捣乱了吧。

容儿，找一天，我带你去看看。

好啊。

---

① 以西巴尼亚，即西班牙。

② 英吉利，即英国。

祭台之后，建有一座观象台，这台比堂脊高，用作观天象及藏书处，堂外另有更衣处。大堂东院是传教修士的住宅，皆依中国式样建成。西院有实验室和图书馆。传教士的住处有小走廊，一侧还有小庭院，另有小花园，真是美不胜收，比起来，钦天监老师的宿舍要寒酸得多。参观完，刚好开始崇拜礼，我们就在大堂内静静坐好听唱诗、诵经书。今天，原来是白晋神父讲道。

93

白晋神父是继南怀仁老师之后，入值南书房，为皇上讲解数学的传教士。他来讲道，我们都很高兴，唱过诗、念过经，开始讲了，他说他今天讲两个故事，第一个，我和宁儿总算读过圣书，早就知道，只是一般人闻所未闻而已。另一个，也应该是我们读过书的人都熟悉的，却有传教士新的解释。

第一个，他说，以前，有一名圣洁的女子，名叫德亚，她受到圣灵的感应，怀了孕，生下了孩子，就是耶稣。耶稣是上帝之子，是由童贞女所生。耶稣到世界上来，是为了拯救世人，免于罪恶，将来，不断祈祷，悔改行善的信徒，都可以进入天堂。神父讲述第一个故事时，还派给我们每一个人一幅图画，画中是美丽的圣母德亚，手抱着圣婴耶稣。这故事在哪里可以看到呢？就是这本书，他把手中的书举起：圣书。

但耶稣诞生的故事，不单载在圣书里，还载在其他书本里。这是我要说的第二个故事，说着，神父派给我们每个人一页纸，上面印着一首长诗，我一看，啊，却是《诗经·生民》。神父拿着诗页，说，这来自你们伟大的《诗经》。他先诵读一遍，文字有点艰深，他的音调也是怪怪的，反而像唱歌。然后讲解起来。

他说：诗写得很好，非常非常好，诗一共八章，每章有时十句，有时八句，句数前后交替。有趣的是，除了首尾两章，各章起首都用“诞”字，“诞生”就是要说的话。开始的时候，问了两个问题：是谁生下周的始祖呢？答案是姜嫄。始祖又是怎样诞生的呢？答案是姜嫄因为无子，她祭祀上帝，希望有个儿子。她踩到上帝的足印，怀孕了。就这样生下后稷。

接着说姜嫄觉得初生婴孩，太顺产了，无灾无害，很奇怪，心不自安。是上帝不满意吗？又因为无夫生子，时人不信，于是把后稷扔弃了。但这弃婴总奇迹般地受到保护。

后稷慢慢长大，显露非凡的智慧，学会耕种，种什么都得到好收成。他知道这是上帝的帮助，他开始祭神谢恩了。上帝很高兴。此后，后稷的后人，没有一代不祭祀，一直到了现在。

白晋老师用心地讲解，意思是说，中国的经典，说的其实是圣书里耶稣诞生的故事，这是同一件上帝创造人类的事，不过由不同的民族、不同的语文讲述。

我们听了都觉得神奇。我问宁儿：他说得好吗？宁儿少有地没有表示特别意见，只低声说：白晋老师，一直很有创意。

94

运用儒家经典来解释天主教的思想，白晋不是首创，利玛窦已试过了，他说："吾国天主，即华言上帝。"但真正深入研究中华文化，大量发掘，移花接木，还是白晋老师。当然，许多都不免牵强附会，例如认为帝喾是上帝，姜嫄是圣母，后稷是耶稣。但他的说法，他这个人，是否就完全否定呢？

他曾为康熙皇上讲授欧几里得几何。康熙三十二年，奉皇上之命出使法国，带去许多中国典籍，向法兰西国王要求派遣更多耶稣会的专才来华。之后，也许皇上见他对中国经典文化有兴趣，也有相当的认识，嘱他研究《易经》。白晋，就像利玛窦、南怀仁那样，目的是传教，同样通过调适的方法，他由经典入手，尝试把儒家学说纳入天主教义。这做法，和佛教最初来华运用的策略，其实是一样的。这么一来，对传教士的学问要求更高。宽容一点地看，这是一种不同文化的交流、冲击和挑战，尽管宁儿和我都不同意他的结论。不过，事实上，朱熹之前，儒家经典，何尝有唯一、绝对的说法？里面也有道家、佛家的解释。《易经》尤其是这样。白晋对《易经》进行研究，发现卦爻是智慧之母，其中包含二进制的结构，这结构，是新鲜数学，白晋老师曾应宁儿的邀请，对钦天监天文科的学生做过一场精彩的讲演。

我问宁儿，白晋老师说的二进制到底是些什么？他说了好一阵，问我明白不明白。看我不停摇头，就拿出一张纸，在上面横着写：

先说说十进制吧。

例如：在 222 这个数中，

第一个 2，是二百（2×10^2）

中间第二个 2，是二十（2×10^1）

第三个 2，是个位数，是二（2×10^0）

因此，222 实际上就是用十去乘：

$(2\times10^2)+(2\times10^1)+(2\times10^0)=222$

必须谨记：$10^0=1$

任何其他数的零幂次总是等于 1 。

（10^0）10 上头的 0，即零幂次。

幂次，或称方次，这是数学上一个数自乘若干次的形式。

如果是五进制呢？则是用五去乘：

$(2\times5^2)+(2\times5^1)+(2\times5^0)=62$

如果是三进制呢？则是用三去乘：

$(2\times3^2)+(2\times3^1)+(2\times3^0)=26$

二进制呢？最简单，只用 2 去乘。

这个系统，用两个不同的符号 0（代表零）和 1（代表一）来表示。

如果是 1101 这样的一个数，将会是用二去乘：

$(1\times2^3)+(1\times2^2)+(0\times2^1)+(1\times2^0)=13$

那么二进制和《易经》有什么关系？

《易经》中基本是阳爻和阴爻。

阳爻都是一条通线：—，阴爻都是一条断线：--，所有的爻都是六条线（三条或六条线不等，六条或十二条不等）。

乾卦是六条通线，在二进制中看作 1，数字是 111111；坤卦是六条断线，在二进制中看作 0，数字是 000000。

每卦都可用二进制计算。

试算乾卦，算式应为 111111：

$(1\times2^5)+(1\times2^4)+(1\times2^3)+(1\times2^2)+(1\times2^1)+(1\times2^0)=63$

现在试挑否卦和泰卦看看。

否卦，算式是 000111：

$(0\times2^5)+(0\times2^4)+(0\times2^3)+(1\times2^2)+(1\times2^1)+(1\times2^0)=7$

泰卦，算式是 111000：

$(1\times2^5)+(1\times2^4)+(1\times2^3)+(0\times2^2)+(0\times2^1)+(0\times2^0)=56$

上述的 63、7、56 都是和十进制的结果相同。

但愿世上一切事物都能否极泰来。

白晋证实伏羲六十四爻的排列与二进制记数法，其顺序是相同的。白晋还说他和泰西一位日耳曼著名学者通信，这个发现令学者大感振奋，要再深入研究。

95

我以往觉得康熙皇上是一位务实的君主，白晋老师告诉我，皇上的确很踏实、朴素，跟法兰西国王路易十四比较就格外明显了。白晋老师是真的见过两位伟大的皇帝，所以一有机会，我和宁儿就希望他多告诉我们法兰西国家，以及法兰西国王的事情。有机会，你们自己去看看吧，耳闻不如目睹，他说，不过，首先学好我们的语言，就像我们要学好你们的语言。是的，这问题我和宁儿也讨论过。康熙二十八年，和俄国签订《尼布楚条约》时，还得借重耶稣会的徐日升和张诚的翻译，之前，早在十五年，俄国使节来华交涉，十多二十次，也总由南怀仁老师翻译，为什么我们的国家自己没有懂外语的官员呢？其实不单翻译，当谈判僵持，张诚还从中调停斡旋，事后谈判的全权代表索额图因此向皇上力赞张诚。能够用外语直接和外国人沟通，就太好了。事实上，康熙皇上曾下旨，要官员修习外语，不过说过就算，并没有真正责成，没有设立什么学习外语的部门。来华的泰西专家各种各样的都有，就是从没聘请外语老师。我不知这和天朝独尊的思维有否关系。

凡尔赛宫，白晋老师说，像戏台，布满了装饰的东西。路易十四世喜欢艺术，喜欢看戏，他们晋见国王，也像演戏。当然，白晋补充说，这没有不敬的意思，只是文化习性不同。法兰西人喜欢观看别人，更喜欢让别人观看，凡事总带一种表演的趣味，尤其是公众的人物。路易十四世由幼至长，不断接受绘画，在画中扮演各种角色，耐性好极了。其中一幅，很著名的，皇上穿上华丽的大袍，却刻意地伸出一条苗腿。皇宫还举办过绘画他的图像比赛，真是匪夷所思。而他的肖像，出现在钱币上、物品上，出现在所有的地方，可说全国无所不在。这表示他总在现场。他有一句名言："朕即国家。"中国人呢，据白晋的观察，要含蓄、内敛得多，好东西大多收藏起来，这是外国人不能理解的，所谓"独得之秘"，他在华久了，才明白这话背后的思维。在中国，一般人哪里会见到皇上的真容？见康熙皇上当然要三跪九叩，不能抬头，就是普通的公堂，平民进来诉讼，也不敢抬头看官员的模样。康熙皇上很好，见多了，就免了他们跪叩的仪式。

中国的紫禁城，是按照星象、五行来布局，讲的是天人合一。但法兰西国王也讲王权天授，登基时也涂圣油，由教化主加冕。这方面倒是共通的，白晋说，帝王之上，仍有更高的主宰。

"朕即国家"，宁儿沉吟了许久。有一天，忽然对我说：要是路易十四世皇帝，不幸驾崩了，国家岂不是就亡了？

96

听完白晋的讲道后，宁儿和我不想立刻回去，这么特别的地方，还是多看看吧。宁儿说他要上茅厕，一位神父告诉我们从侧门出去转个弯就到，我们就沿着侧门出外。回程仍走入侧门，咦，不对，前面似乎火光熊熊，不是刚离开的门口。正在疑惑，只见神父走来，说，你们是回教堂的吧？教堂在那一头，这一头走过去，是玻璃厂哩。教堂和玻璃厂是相通的。要不要也过来看看？挺有趣的，你们是钦天监的老师吧。

玻璃厂，多吸引呀。我们就跟着神父，走进前面一个露天的院子，三面有围墙，成凹形，贴墙是一排窑炉。炉里的火熊熊燃烧。打铁店铺我们见过。可这里炉子不用拉风箱，而是在大砖墙上的圆洞内烧着。炉前站着几名工匠，各拿着一支长长的玻璃棒，棒子有碗口宽，中空，透明。长管的一头，匠人贴在嘴巴上鼓气吹送，一边吹，一边转动手上的玻璃棒，棒的另一头变大，像个大西瓜，越变越大，忽然就变成一个葫芦了。不久，吹玻璃的人停下来，用铁钳把玻璃从管上剪下，一面转一面剪，直到一团软软的玻璃变成花瓶的样子。原来玻璃瓶啊，碗呀，圆圆的器皿啊，都是这样子做成的。

看完吹玻璃后，神父又带我们去看另一项工序。沿着工场向前走，看见院内有十多间房舍，又有五间抱厦，进入一间，房内有工匠在绘画，在花瓶或碗上画上花卉和鸟儿。神父说，玻璃的材料是沙粒，称作硅，加热会烧熔，变得像糨糊，但过一会儿，热度完全退去，玻璃又会恢复石头一样的坚硬。画花纹要趁糊浆还柔软的时候，用刻刀点刻就行，并不困难，但必须眼明手快。

然后我们看到做好的制品，各式瓶、碗、壶，大小高低，不同形状和颜色，放在橱内和架上。宁儿最喜欢蓝玻璃的一只带盖高脚杯，刻了葡萄藤和叶子，线纹变成白色，蓝底白花纹，又透明，好看极了。我喜欢的却是一对刻花对杯，满布花叶和萝藤，中间点缀了许多白点子的葡萄。神父一面带我们看一面说，这间玻璃厂隶属造办处，做的都是最优雅的工艺品，所以不制平面玻璃，也就是不做窗玻璃。许多好看的器皿，知道吗，都是皇上设计的。

那么，哪里制造窗玻璃呢？

山东博山和广东广州的作坊。

哪里的玻璃制品较好呢？

最好的，是意大利亚国的威尼斯。

神父说，玻璃是很重要的，有了玻璃，才有眼镜、望远镜和显微镜。离开的时候，他取出两个玩具给我们，说是万花筒，厂内废物利用。万花筒是玻璃做的，圆筒内有三片玻璃捆在一起，又有两片圆玻璃夹着七彩的碎玻璃，举起来朝光处看，就像见到一个会变化的花园。万花筒，容儿一定喜欢。

97

数起来，北京的第一座教堂其实是宣武门天主堂，又称南堂。南堂是什么样子的，我并不知道，因为建成时，我还没有出生呢。我当然见过南堂，但见过的这座和钦天监关系非常密切的教堂，已经不一样了，朝代不同，连皇帝也不一样，这些，我都是一点一点听来的。

那还是万历皇帝的时候，利玛窦在中国内地传教多年，终于获得了北京居住权，他以五百金在宣武门内购了地皮建屋，又买下屋旁的百善书院，书院原来是明朝东林讲学的所在，由学堂改为教堂。西洋传教士由教会派到世界各地传教，由教会资助，建立教堂，并给予月俸。南堂最初的规模很小，信徒不多，堂内只挂了由西方带来的圣母德亚以及耶稣的圣像，一座十字架放在圣台的中央。

过了八九年吧，信众多了，利玛窦认为教堂要修建，于是就由另一位传教士熊三拔负责，因为只是翻修，并不是加建，所以二十天完成了。后来才在顶层及底层各加盖了三间房。可惜，万历三十八年，利玛窦突然病故。过了几年，发生了南京教案，因为中国的传统信仰与天主教的教义不合，明廷严禁国人信教，并且把在京的传教士驱逐到澳门，教堂也被封禁。

直到明崇祯二年，徐光启受命去开设历局，修订历书，任用西洋传教士，宣武门天主堂才开禁，可以传教了，旁边的房舍供传教士居住。至于时宪书局，既然是修历之所，遂成钦天监的分署。

清兵入京后，世祖顺治下令内城居民迁走，以便旗民居住。宣武门天主堂正位于城内，原应迁出，但汤若望上书摄政王多尔衮，说教堂内有许多天文仪器，如果要搬，都会毁坏，国家需要利用仪器测量天象，坏了，影响编历，再制造会很困难。多尔衮奇迹似的豁免天主教堂迁离，并且禁止军兵打扰。

顺治七年，成为钦天监监正的汤若望因“创立新法”有功，朝廷赐他宣武门内天主教堂一侧的隙地扩建，由孝庄皇太后颁赐银两，亲王、官绅等也慷慨捐助，因为不少人已成为教徒。汤若望亲自画了教堂的草图，两年后建成了。除了圣堂，东、西院还设有天文台、藏书楼、仪器室和传教士的住宅等，四个人身高度的铁十字架矗立在教堂的顶端，路人远远就可以看见，成为京城的一个地标。据说，教堂西侧汤若望宅中建亭池台榭，很机巧，有水四散喷注，以灌竹木。

康熙四十二年，宣武门天主堂开始重修，历时十年，到康熙五十一年才完成，由修士徐日升与闵明我改造。郎世宁参与了内堂装修，作了《君士坦丁大帝凯旋图》等壁画。这次以为总可以屹立许多年了吧，哪知天灾难测，到了康熙五十九年，京师大地震，教堂再次倒坍，壁画都毁了。唉，京师为什么有那么多灾难呢？连天主居住的房子也失灵。

如今，皇帝又下旨重建宣武门天主堂，不知会建多少年，又会建成什么样子。

98

清明时节，早一天适逢假期，我们有两天的假，两家人，宁儿和夫人，我和容儿，决定一起到畅春园的牧场探访阿克伊。容儿和宁夫人刘女士在钦天监是邻居，两人已是好朋友了。我们经常可以吃到留香记的糕点。宁儿有一儿一女，都已八九岁了，也一起同去。

畅春园牧场的守卫，听我们报上阿克伊的名字，要我们稍等一下，因为放假，许多员工都回家，或者外出了。不知牧副长官在否，试为我们通传。不多久，只见阿克伊笑眯眯地出来，好一个蒙古大汉，长了须髭，跟宁儿和我拥抱，跟嫂子打招呼。来来，就一手抱起宁儿的小女儿，另一手拖着小男儿，说，我带你们看马匹去。他的父亲、夫人和孩子都到市集去了。他们假日的节目是到市集去。幸好宁儿事先捎过信来。

阿克伊有五个儿子、三个女儿。宁儿笑说，阿克伊，你养人也当养马。阿克伊说，是么，我们每三年考成一次，即是检查考核，马匹比原额滋生多了，有奖赏；少了，呵呵，可要受罚，牧副可要挨四十鞭呵。康熙皇帝很重视马匹，说过历朝马政，以当今最佳。所以我们不得不勤奋工作，把马匹当自己的孩子看顾。

阿克伊经多年磨炼，也很会说话了。他边走边跟我们介绍。原来掌管牧马的部门是太仆寺。其中上驷院，打理的都是御马，专供京城内皇族使用。有正副主事等官员，然后是正副牧长，一大群牧丁员工。最特别的是，这里有不少马驼医师，医马和医骆驼，全由蒙古同乡担任。他的父亲虽已高龄，仍是马大夫。

来到一个马厩，牧丁向他行礼。马厩一格一格分开，地上铺了干草。马匹见他来了，都走到门隔前，伸出头来。他拎出小苹果，让男孩小静喂了其中一匹，抚摸马头、鼻子。再抱起小女孩，让她喂另外一匹。好玩吗？好玩啊，都开心极了。厩里分别有牧丁用刷子梳理马匹。马的病和人有没有分别？容儿问。几乎没有，他指指马厩最末一格，譬如那一匹，就生癞疮，我们就用医人的草药医它。它有点不高兴，一来生病；二来，这一阵隔离了它的同伴。阿克伊负责打理的马匹，竟有八十匹之多，分置不同的马厩。

谁要骑马呢？他对两个孩子说。我骑，男孩小静立即说。很勇敢啊，他说，指示牧丁牵出一头鬃毛色彩斑驳的马来。它十二岁了，已退役，仍很健壮，很乖。我想，这是当年那一匹脏马吗？牵出了马厩，装上马鞍、肚带，马忽然神气起来，大大呼了一口气。阿克伊亲吻马头，对它说了几句话，好像是蒙古语。不，是马语。他把小静放到马鞍上，要小静坐稳，双手抓着马鬃毛，他自己则一手牵着缰绳。他说，马会咬人，会用后脚踢人，小心不要站在它的后面。上马，我们大多从左边。它们很聪明，你一坐上去，它们就知道你会不会骑马，不会，会欺负你。即使会骑马，也要小心。他对我和阿宁说，南怀仁老师不是堕马受重伤吗？宁儿和刘夫人听着有点紧张。不过，阿克伊补充：乌骓特别驯良，很听话，四五岁时，是这一组所有马匹的头儿，放牧时，大小马匹都跟着它跑。什么是放牧？小静也会问。就是让马匹每隔一段时期，解去所有装备，让它们在大牧场里像野马那样舒伸，自由自在地奔跑，自由自在地吃草。人要自由，马也要自由。工作久了，也要放放假，不是吗？

他继续说，我们骑马，会脚踏着马镫，小静把双脚垂下就行了，也不要用小腿挤压它，一挤夹马肚，它就以为你要它跑了。他牵着乌骓在场里踱了一阵步，我们一直全神贯注地看着。然后回来，小静安全下鞍。他对小静说，它会认得你的。小静高兴极了。

后来一有假期，宁儿说小静哪里都不想去，就嚷着要探访阿克伊伯伯。

99

六月初六，是一个重要的日子，因为按照习俗，三伏天的这日，不论穷人、富人，皇帝、庶民，都要晒伏。晒的是什么呢？就看你是什么人了，譬如说，皇帝，那就要在宫中晒龙袍了。当然，这件事由太监们去忙。读书人呢，可以晒书；内府皇史宬晒的是历朝御制诗文、书集经史；北京八大刹均晒经书。不这么一晒，好像就失色了。家家户户可以晒衣服、皮货店晒皮毛、书店晒书、笔店晒笔，妇女则沐发，甚至替骡马猫犬沐浴，十分热闹。

但北京晒伏最吸引人的，却是一年一度的洗象。这一天，是京城的大事，因为，朝廷要为大象洗浴。大象，可不是平日轻易见到的，不是驼马牛羊，而是邻国的贡品，非常珍罕，平日饲养在皇家象房里，由专业的象夫照顾，遇上什么节日、庆典才在仪仗队中亮相。这些庞然巨物，平日可不会到处走动的，但每逢六月初六，它们就一起到护城河来洗澡，一群二三十只，列队而来，怎么不引来人山人海呢？当然不是说它们一年才洗一次澡，它们每天都在象房里冲洗，出外，其实是与民同乐。

我们几家人上次见面时就约好去看洗象，所以容儿、宁儿夫妇和他们的孩子小静、安安一早就准备好，快快用过早点起程出门。宁儿和我们都住在钦天监，又是邻居，一起去，阿克伊则和他的家人十个自己去，到了宣武门城外的海子会合，阿克伊说他会先去订好茶楼的临窗位置，因为到时会非常挤。到海子去看洗象是阿克伊的提议，自从到畅春园工作，他对京城有什么可逛好玩的地方比我们熟悉多了，宁儿和我整天就待在钦天监内，散步，逛街，也是来来去去的一些市场呀，食肆呀，哪及得上阿克伊，别看他好像被圈囚在马房里，知道的去处才多呢，因为他的朋友非常多，单是马夫就有上百人，每天见面的，还有来学骑射的公子哥儿、公主格格，什么阿哥，这群人都带着侍卫、仆人，聚在一起，别看他已是官员，却和下属打成一片，豪爽大气，并不拘礼，所以和任何人都投契，哪里有什么好玩意儿怎不清楚？看洗象不过是其中之一，而且，每到一处总会遇上熟人，订到茶楼的座位，又会找到拴马的地方。

去看洗象，那么多人，交通是否方便呢？阿克伊一家肯定没有问题，乘几匹马，一会儿就到了。海子离钦天监有十里八里路呢，容儿和刘香兰能不能长途跋涉呢？阿克伊说，别怕，生意人的脑子是一个算盘，你们到附近的客栈客运站就有长长的篷车队排了队，专诚送客人上海子，这些小马车只是节日才出现的，平日只走固定的路线和班次。

果然，我们在附近的客栈一带就乘上专车，很快到了，阿克伊才厉害呢，居然在小马车的终点站接我们，小静见到这位伯伯，连爹的手也不牵，跑过去向伯伯问好。我们终于挤过一大群人，上了一阵斜坡，登上一家酒楼的三楼，姨姨和大群孩子已经在临窗的桌前等我们了。为什么不订二楼的窗口位置呢？姨姨说二楼的窗子低，大象的个子高，它们常常会伸长鼻子朝人喷水。

我们一下车，不但见到人山人海，还听到又是鼓声又是喇叭声，此外就是人的喊叫、嬉笑，热闹极了，直到我们上了酒楼坐下，才好像静了一点。这时已是中午时分，午膳已经一盘一碟地摆上桌上，三家人早已熟悉，一面用膳一面朝窗外看，只见远处是一道河水，从远处流过来，在楼下朝另一方向流去，而河岸两边都站满了人，挤得水泄不通，只觉一大堆头颅插秧似的占满了稻田。在楼下的河水里已有五六头大象站在河里了，每一头象都像座小山似的摇着大耳朵，或者乖乖地站着，任由象夫爬上它们的背脊。

一头大象，至少有近十个象夫替它们洗浴，有的爬上象背，有的站在河水里，都卷起了裤管，各提着一个水桶，手拿刷子，替大象又擦又抹，又冲又洗，忙个不停。而鼓声、喇叭声不停地吹奏敲打。就在楼下不远的岸边，是一座有屋顶的平房，四周无墙，正中正坐着一位官员，官员两边站着两排官员，个个顶戴全套朝服，他们是这次洗象大典的监浴官，在这些人的前面，是仪仗队员，鼓乐声就是他们的杰作。

大象当然是这个节日的主角，它们也没有令人失望，除了站在河里让人观看洗澡的剧目，还会加插娱众的节目，例如，有一头象把鼻子吸满了水，举向空中，然后朝岸上的人喷去，一条水柱射中了好些人啦，大家赶紧逃避，还是被射中了，二楼的观众也中了彩，引起许多笑声。而大象，有的上了岸，就摇头摆尾，像跳舞。

坐在三楼上的我们没有被水喷到，小朋友都哈哈嘻嘻地笑，大力鼓掌，又缩起了脖子。年少时很静的阿克伊却和以往不一样，只听见他不停地说话，好像是说给大人听，但又好像是说给小朋友听：为什么许多人喜欢大象？它们很罕见呀，高大威猛，可又仪态端详，又长寿，秦朝就曾在南方设置象郡哩。西汉大司马骠骑将军的墓道上，其中一只石兽就是大象哪。唔，和象有关的故事你们知道没有？

有呀，阿克伊伯伯，就是曹操的儿子曹冲，他知道怎么称大象有多重；但父亲说，那可能是佛教传来的故事。

果然是宁儿的家教厉害，有其父必有其子。宁儿坐在一旁只是笑。

阿克伊伯伯，可以骑象吗？

这个嘛，这个，我认识几个象夫，还是不行，象房不容孩童进入，又有点危险，不过，有一点小静看来比父亲强。

宁儿领会，不住地点头。

100

康熙四十六年，皇上责成钦天监绘制一幅长城全图，容儿，我很高兴，很荣幸，在钦天监十多年，有机会参加这一项很有意义的工作。

法兰西杜德美老师是这次的领队，他有一套道理，说：天和地，就像你们说的乾和坤，其实是一体的两面；我们老是望天，解释天象，绘画天图，而忽略了脚下的地图，我们的一生，却是站立、行走在地图上，在地图上生活；我们如今的工作，是要把山川、丛林、城市等的分布，清清楚楚地绘写在地图上，还包括当地的地貌、风土、人情。

地图，原来是一种思维方法。康熙皇帝很有智慧，经过三藩之乱，平定台湾，和俄国人打仗，签订条约，醒悟到一张精确的地图的重要，知道自己的所有，同时知道自己的没有。我从另一角度想，地图，尤其是联系其他地方的地图，可以破除自我中心的桎梏，知道自己并非真的唯我独尊，周围的民族也不是蛮夷戎狄。这么一来，也可以让我们反省什么紫微中宫与其他星宿的关系。

我国早就有绘制地图的历史，对地图不可谓不关心。传说昆仑山的西王母，为了示好，曾把她居住一带的地图，和美玉一起送给了舜。送地图，等于把治权交托给舜。《左传》则说，大禹治理好洪水，曾将天下九州画了地图，铸在九只大鼎上，图中的山林川泽，非常清晰，百姓看了，知道自己居住的地方，不会迷途。这是美谈，但百姓真能看到吗？

谁是古代最著名的制地图者？我翻查历史，原来是西晋时代的司空裴秀。司空是朝廷的重官，专责工程和水利，他认为古代的地图都已过时，有些地方改变了，有些遗漏了。经晋武帝批准，由他主持绘制新地图。他概括经验为六个原则：

一是分率。分率就是比例尺。地图上的山川城邑，要按一定的比例绘画，而缩小的比例要统一、精准。这样，按照地图，才能了解山川城邑实际的大小和距离，不至于把大小颠倒、远近雷同。裴秀考虑到历代比例尺的长度不一，他规定只能用晋代标准的尺度，利用古图做参考时也要用晋尺计量折算。

二是准望。准望就是准确标示山川城邑准确的方位，以及相邻的相对位置。他用了后世称为“计里画方”的办法，在图上画出整齐的方格，把山川城邑的位置按比例，画在方格上，使方位跟方向、远近大小，与实际相符。

三是道里。道里是指远近距离。古代计算距离，多以道路的远近为依归，而不重视直线距离。这样，如果以京城为坐标，距离较远，但较直的某一地，与距离较近、道路迂曲的另一地相比，相差不多。这对两地交通的计算有用，但反映在地图上就会有误差。

最后三者是高下、方邪与迂直。是指地势的高下、地势的形状、山川道路的曲直，都要在地图上准确画出来。

为了考察蜀地的地理形势，裴秀和助手还专门访问了征蜀的将士，结合他们的经历或实地测量的资料，用作“校验图记”。花了三年多的时间，共绘制《禹贡地域图》十八幅。这些地图，展示了自大禹以来中国疆域不断变化的历史。另外又绘了一幅《方丈图》，可别误会，不是绘画一个和尚，而是当时的全国地图，按比例再缩小，全图约一丈见方，图内以一分为十里、一寸为百里、一丈为一万里，与此相对应，地图上以一寸为方格，就是实际面积一万平方里。晋代的尺，是沿用三国时魏国的尺，稍稍加长罢了。可见，这时的裴秀已经掌握了缩放之术。他的制图“六体”，成为绘画的定则，一直沿用到明末。唐、宋、明都有《海内华夷述》等名作，可惜，都已散佚。

我把这些告诉宁儿，这么聪慧能干的人物，终年才四十八岁。宁儿，我自幼至长的好友，早已成为钦天监里重要的博士老师，坐镇天文科，没有选去参加绘图。可惜呀，人和图，宁儿叹息说：好端端一个精擅绘图的人，却不明人体的分野。容儿听了，很生气：服什么寒食散呀，食用寒食散后宜服热酒，他误饮冷酒丧命，可不糊涂？

101

荆轲刺秦王，是我们熟悉的历史故事，荆轲带去见秦王的礼物，一是叛将的首级，另一是燕国的督亢地图。督亢地区是燕国最富庶的地区，没有督亢的地图，秦王不会接见荆轲。地图是故事的活钮，不能当死物看。古代一国的地图，是国家机密。荆轲带来了督亢的地图，如何不令野心勃勃的秦王动容？有了督亢地图，等于把燕国的腹地交给了秦国。

宁儿补充说：刘邦和项羽约定，谁先入咸阳，谁在那里称王。刘邦先到，大家都受秦宫的奢华震惊，像叫花子发现宝藏，可只有萧何一人，什么都不管，“先入收秦丞相、御史律令图书藏之，”其中也包括地图。这是后来刘成项败的分别。

对了，所以要绘制地图。有些人画地图，纯粹是觉得有趣，或者是被图像吸引。古人创造文字，不就是在画地图？“川”字是河流的图像、“山”字就是山峦的模样，而“田”就是分成一小块一小块的土地。创造文字的人，可算是最早画地图的人了。

绘地图对民生也有用处。宁儿说，外国有一个国家叫埃及，每到雨季，尼罗河就会泛滥，好处是会令土地肥沃，可是另一面把田地淹没了，分不清田地的主人，引起纷争。这时候，就要依靠原先画好的地图了，水退后，有图为据，可以分出界线，找回各家的土地。

那么，地图是怎么画成的呢？容儿问。

绘地图可不是绘山水画，不是画家喜欢怎么画就怎么画的，不是父亲一位有趣的画友说的“搜尽奇峰打草稿”，游完山后回家，据记忆把山绘画出来。不是的，那是艺术，绘制地图是科学，是要把地貌依照准则、实实在在画出。

地图称作舆图，是有原因的。舆是车辆，古人量地画图，乘坐名叫“记里鼓车”的马车，车分两层，每层有一个木人，车行一里，下层木人击鼓一次；车行十里，上层木人敲一下铃。只要记录鼓声，以及铃声的次数，便计算出马车走过的距离。绘制一幅地图，必须包括三个层面，那就是地形测量、计算和绘画。

古人制地图，需用十一种工具，包括规、矩、准、绳、表、丈杆、罗盘、望筒、度竿、记里鼓车、丈量步车；在罗盘还没发明之前，用的是司南。自古以来，绘制地图和仰观天象，都是第一等大事。要绘制准确的地图，是大规模的工程，要庞大的人力、物力，只有皇帝才有能力组织，而全国大地图更是国之重宝。

那么，你的工作是什么？容儿问。

还不知道，大概是校验方志吧，对了，还有一样，地图上要写上名字。

阿闵的楷书，在钦天监是最好的，宁儿说。

啊，过奖了，普普通通。不过，容儿你听到了吗？

训曰：《中华城池地理图样》，虽载于直省志书，但取其大概，而地理之远近，俱不得其准。朕以治历之法，按天上之度，以准地理之远近，故毫无差忒。曾分道遣人，尽山川城郭而量其形势。南至沔国，北至俄罗斯，东至海滨，西至冈底斯，俱入度内，名为《皇舆全图》。又命善于丹青者精心绘出，刊刻成图，颁赐尔等。观此图，方知我朝地舆之广大。祖宗累积，岂可轻视耶？既知创业之维艰，应虑守成之不易。朕惟祝告上天，俾天下苍生，永乐此升平之世界耳。

——雍正记录：《康熙家训》

102

这些日子，测量团在策划行程，准备仪器，并且阅读资料。开了许多次会。我也整天窝在摩星楼里找和地理有关的书看，特别是有地图的书籍。原来，我国古代已有许多人画过地图，可惜留存下来的不多，有些印在书中的又不是全图，笔迹也很模糊。例如有一幅叫作《首善全图》的，年代含糊，也不知何人所绘，刊印的不过是全图的一个角落，不过仍然看到一些特色，好处是字大清楚，其中所绘的街道和水道都是我去过的地方。首善就是北京，图中展示城中的西北角，可见这个九十度角是由城墙合成，由一横一直两道城墙交接呈现，北墙的四分一处，凸起一座二层高的楼，上写着“德胜门”。同样，西面的城墙约八分之一处也凸起一座门楼，名曰“西直门”。这是非常有趣的城市街道图，虽然只显出全图很小的面积，已提供了不少信息。

图中有一道肥胖的河连接着德胜门，那河是积水潭，河上还有桥。图中画了很整齐的街道，排在一起，依次写上头条、二条、三条、四条、五条、六条、七条，共七条胡同的名字。图中有好几座庙，都画成庙的模样，然后写着万宁寺、法华寺、龙三庙等。有些街道写着正红旗界、正黄旗界，一个圆圈内写着“街坑”二字，而两个双方框内写的是“炮局”。地图的边框是六条很细的直线，最外加上一条绘画的⊓⊔⊓⊔⊓⊔⊓，说明这是一座城墙。什么城墙？就是我居住其中的北京城，而我，一直不知道它在平面地图上是什么样子的。

宁儿知道我出行前总在摩星楼找书备课，所以，他也会到摩星楼来找我。

又在看什么地图？

《首善全图》，可惜就是不全啊。

能看到一角也不错，咦，这里是积水潭，可不是我们去坐冰船的地方。

我总不明白为什么没选你去参加测量队。

我知道。

你知道？

是呀，因为杜德美问过我会不会骑马。

103

我们出发了。参加的人齐集在钦天监大门外。一眼看去，那边有六名西洋人，除了领队杜德美神父，只有一名我比较熟悉，是白晋老师。内传白晋老师曾以年纪已大为由，盼能豁免出差，以便专心研究《易经》，研究《易经》毕竟出于圣上的嘱咐。到底还是随队出发了，看来此行是不容有失。钦天监的西洋官员徐日升、安多、闵明我，都不在队中。我知道，徐日升神父是病了，病得不轻。至于其他人，是钦天监四位年轻博士老师，其中一位是满人，一位是蒙人，这是因为全图用汉文说明，但东北地区会用满文，西北会用蒙文。还有一位，是摩星楼的副馆长，我们称他摩副。他负责收集方志，带回钦天监抄录。

我们的工作是测量国内的长城。康熙皇上一直想要一张准确完整的地图，《尼布楚条约》教会他，要清楚界线，这样的地图必不可少。长城，只是全国整个测量工程的小项目，一个试点，要是测绘成功，就会开展到考察各省各地，绘制集成全国的大地图。钦天监人员曾参照天文学家第谷的天文学体系，修订出一部《历象考成》，先确立地球为圆体，测量运用经纬图法，配合梯形投影法。

测量纬度，以赤道九十度为定数，正午时用圭表计算日影，晚上测量勾陈帝星在地平上的角度。在紫禁城内太和殿，勾陈一就在北极点的正上方，看来不动，是最好的测量定点。至于经度则以北京的经线为中央子午线，经线一度为二百里。

什么是第谷的天文学体系呢？

那是欧罗巴流行的说法，认为太阳环绕着地球运行，而五大行星则环绕太阳运行。

什么是投影法？

就是把圆形的地球转换到平面的地图上。这是一种变形，由弯曲变成平面，要按照数学的法则计算，加上经线与纬线的交叉点。这方面，传教士是专家。

我呢，真正的工作，是文书工作，写汉名，校对方志，这些原本留在钦天监也可以做，后来才知道因为要和地方人士谈话，以生活经验印证，这是裴秀的所谓“校验图记”。我会南京话，那时北京话尚未全国通行，或有助益。我想，皇上也不想测量队全是泰西人吧。晚上的测量，基本上我可去可不去，有时午后为了量度坡度，我也许帮点小忙。你知道，长城大多建在山顶，一个人登上长城，在城上把拴好的绳索向山下垂落，山腰有年轻人等着接收抛下来的那根绳索，把绳索抓紧拉直，再画上记号。从山顶到山腰是这样，从山腰到山脚也是一样，每一段都由两三人合作。而我，就守在山下，像呆子那样，只记得三角形有三条边线，横的是勾，直的是股，斜的是弦，知道其中两边的长短，就能计算出第三条边的长度。有一次，我居然请缨站在山腰接绳，攀上攀下，吓个半死。

学校门前停了一列四轮马车，十五六匹马，那是王府街驿站的安排。工作人员正把行李和仪器搬上车内，例如指南针、帐篷等，还有轻便的圭和表。远一些，有一个人在指挥搬运。咦，他好像赵大哥，但看清楚，其实是武英殿总监造赫世亨。在钦天监工作多年，当然知道赫世亨，赵大哥也曾介绍我们认识。武英殿造办处位于紫禁城内西路，跟东路的文华殿对称。在乾清宫装修时康熙皇帝曾暂居于武英殿，智擒鳌拜正是在这期间发生。赫世亨的汉、满文俱佳，和赵昌一起处理西洋传教士的事务，更负责宫廷的各种编刻、书籍和工艺制作。他们叫他赫老，后来我才知道，他的父亲是翻译大家完颜阿什坦。阿什坦是满族内务府正白旗人，精通满、汉文字，译出《大学》《中庸》等书。这次长城考察，显然是由赫老打点。

不久，一切安排妥当了，大队出发，车队前后有一小队骑兵。没有锣鼓敲响，没有旗帜飘扬，没有行人观看。我觉得很好，我们是一起去测绘地图，不是去演戏。

出发前一晚，我辗转反侧，梦到山海关、嘉峪关，自小在书本上认识，很兴奋，但长城忽而变成一条长而蜿蜒的巨龙，向山上蹿去，我们穷于追捕，又怕它转过来，向我们张口。我汗流浃背，但又想探问究竟，不想放弃。然后我听到容儿在身边说：别怕。

104

测绘长城，是以蓟州镇的山海关为起点，以甘肃镇的嘉峪关为终点。因为京师恰恰位于头尾关的中段，我们得先去山海关。算起来，得从北京向东逆行。我们乘的马车会一路把我们从钦天监的大门口送到山海关的西门口。

容儿，想想看，我们去看洗象的话，不是坐马车去吗？那马车不是就近停在钦天监门外？一上车，安安稳稳，把我们送到积水潭了。现在就是这样，马车会把我们平平安安直送到山海关哩，不用担心，只不过，到积水潭得半个多时辰，到山海关呢，远多了，得好几天。至于沿途的食宿，更不用担心。这么好？就这么好，因为有官马大路。

国家的官马大路，东西南北共有四条，以北京为中心，都是长途路线，在东华门外设皇华驿，从驿站到驿站，辐射出去，东边去到鸭绿江，南面可达越南，西面直通新疆，北面去到宁古塔。路既是给马走，得宽阔、笔直、平坦，路旁种树，等等。外交使节到来进贡，走的正是官马大路。一般驿站，走的是支马路，小县小府走的是马路。

我们正走在官马北路上，朝东面走，路很平坦，毕竟在马车上仍有点颠簸，不便写信。嗯，还是多看看窗外的风景吧，以往老师总是说，钦天监的孩子，就该多出外看看世面，别老是大青蛙般坐井观天哪。如今我身边年长的老师，都合眼养神，看来不胜劳累。我看窗外的街景，先是城内的街道和房屋、人群，渐渐地变成路边的树木，远处的田野，然后是更远的山峦，无边的云雾。我真的数着经过的乡镇、村落，记下它们的名字。从北京到山海关，约六百里地。明末袁崇焕从山海关出发，紧急驰援北京，兼程走了两天两夜。

我们呢，走了四天。

105

车抵山海关，已经是黄昏，天色渐渐暗下来，我们也累了。原来，走多了路会累，坐多了一样会累。下了车一望，远处有点朦胧，却有一片灯火。咦，我们上车时都是穿常服的，如今有两位却换上了官服，向有灯光的地方走去，我们也跟在后面，渐渐见到前面是一座城楼，连着两旁无边无际的城墙，这不是长城是什么？

城门大开，站在门前迎接的，是几位也穿官服的守城官员。在他们两旁，站着两行兵员，整整齐齐，每人手提一个灯笼。双方见面行礼。

我们被带进一个四面是城墙的地方，左、右两边都有群房。我们到车上辨认自己的行李，由士兵挽起，被带进不同的房间。我们的房间可住四人，我和另外两位绘图员、摩副同住。还没有坐下，士兵已分别捧来热水、肩搭脸巾，前来侍候我们洗脸。我舒服地叹了一口气。士兵捧着面盆离开，一面说：待会儿见。不一会儿，他又回来，说：各位大人，请过去吃晚饭。

经过几天的车程，我们都非常疲倦，晚上也不做测量了，养精蓄锐。第二天我们不用到户外工作，一早，一位副官和两名士兵捧了一叠又一叠的书本到我们的房间，内容都和山海关有关，是近年和较旧的方志，其他的有地图、图画，有的图文并茂，有的则全是文字。这些书够我们看好几天了，也可以让我们在室内休息。把书本专程送来，是因朝廷曾下谕，每一城镇每年都必须编一册方志，县有县志，府有府志，把一切山川地理、大小事件记录在案，呈交兵部。所以，方志早准备好，送过来了。

这天上午，钦天监的官员都忙碌地翻书。吃过午饭，测量队早已在庭院放置好圭和表，正午，“表”的日影落在“圭”的刻度上，传教士做了记录。

下午，山海关的官员约好当地的长者，包括老兵、老师、乡绅来参加茶会，和大家见见面，同事全出席了，随便聊聊，就说说这些年来，本地有什么变化，不论大小事都可以说说，例如见过什么特别的日食月食啦，水灾、旱灾、蝗灾啦，等等。

大家谈得很融洽。我们获益不少。有人说，怎么你们来测量长城不从辽东郡测起呢？长城的起点，山海关可不是起点呀。快回去告诉皇上，长城很长。山海关的东面，还有许多断断续续的长城，都是珍贵遗物，在地图上一座都不能少。有趣的是，年迈的百姓，说的仍是前朝的南京话，我成了翻译员了。

同来的两位官员和他们的随从反而没有露面，原来他们一早已经搭乘驿站的马车，赶回京师，汇报工作顺利的消息。那两位官员，一位来自礼部，另一位来自兵部。

山海关内也有钟楼，可以知道时间，不过我看见传教士都各有一个怀表。这种小怀表，好像不会自鸣。记得出发前和赵大哥聊天，时间久了，也见他从衣袋里掏出一个瞄瞄，那是一个铜镀的怀表，外框像莲花的，漂亮极了。他说这是造办处的产品，一位新来的日耳曼钟表专家替他仿制。这位传教士，很快就成为他很好的酒友，虽然，赵大哥说得有趣，别的传教士来华前后都会用心学华语或者满语，他却毫不在意，好像自鸣钟会替他说话。

那么，你俩岂不是语言不通？我问。

有什么问题，只要找到一种沟通工具。而且……赵大哥忽然迟疑起来。

而且？

怎么说呢，我们的交往，不再是他说我听的那一种。

晚上，天气好，我们在山海关张开了帐篷露宿，勾陈帝星遥挂在城头的夜空，从没见过那么灿烂。认识一个人，看一颗星，还要找对时间和空间。传教士辛勤地工作，测量队用火折子，燃亮了特别的防风灯笼。两位年轻博士协助做记录，我可以想见，不久的将来，他们会是测量队的主力。

你知道什么是火折子吗？

一种容易点燃的草纸卷，怎么会用口一吹，就燃烧起来，像变魔术？

是点燃后把它熄灭，它其实仍在隐隐地燃烧，不见火苗罢了，平时是放在竹筒里，只要一吹，就能再燃烧起来。

不是很方便吗？

许多事情，你以为它真的熄灭了，其实没有。

扯到那么远了。

我真的在胡思乱想。我是第一次离家远征，而且是第一次看见长城，在长城内过夜，仿佛自己成为历史的一部分，心情很复杂，激动、紧张、疲惫，整夜难以入睡，我怀疑其他人也是这样，因为我也听到他们辗转反侧。

方舆之书所纪者，惟疆域建置沿革、山川古迹、城池形势、风俗职官、名宦人物诸条耳。此皆人事，于天地之故，慨乎未之有闻也。

——刘献廷：《广阳杂记·卷三》

寂感之蕴，深究其所自来，是曰通几。物有其故，实考究之，大而元会，小而草木蠢蠕，类其性情，征其好恶，推其常变，是曰质测。

——方以智（1611—1671）：《物理小识·自序》

106

长城长而又长，从何画起呢？圣旨清晰地钦定自山海关起，到嘉峪关止，也包括燕长城、赵长城和秦长城。更加明确地指示：集中明长城。因为明不断修建长城，建了二百年。容儿，你大概会想，这和钦天监有什么关系，测天的部门去测地？又由法兰西传教士领导？其实都是数学的问题。南怀仁呼吁传教士来中国，法兰西的路易十四对东方早有兴趣，张诚神父曾告诉我，路易十四也想绘制准确的世界地图，所以派选他们到来，他们精通数学，同时擅长绘制地图。

张诚不是参加过《尼布楚条约》的谈判吗？

对了，条约以拉提诺文为正本。

张诚也参加考察吗？

噢，他已于康熙四十六年离世了。

皇上对传教士的兴趣，很微妙，好像已经从以西巴尼亚、葡萄牙的耶稣会转到法兰西那边去了。法兰西传教士都很博学，很了不起，譬如白晋，懂六七种语言，还会用满语跟皇上讲课。

明朝修理、接驳各地破碎的长城，曾设立九边的军事防御系统，初设辽东、宣府、大同、延绥四镇，继设宁夏、甘肃、蓟州三镇，再后加太原和固原，是为九边。于是，东起鸭绿江，西抵祁连山，绵亘万里，分地守护。

九边设九镇，省市是文治，镇是武治，每个镇设总兵指挥防务，镇以下分成许多路，路管辖关、城堡和墩台。例如山海关是蓟镇山海路的一个据点，而山海路共有十个据点。每一据点又各有关隘、城墙、城台和烽燧。

戚继光当蓟州镇总兵时，军令严明，戚家军名扬四海，他建立一千多座敌楼，即瞭望台，名空心敌楼，巡兵放哨，敌楼分两层，下层有砖砌券室，可容十余人住宿，储放弓箭、弹药和武器，还有多种火铳。可惜，戚总兵受小人诬谤，迁调驻广东，郁郁而终。铜墙铁壁似的山海关失守，非战之罪，只因吴三桂冲冠一怒为红颜。

把责任都推到红颜身上？

对不起，这其实是文人的渲染。吴三桂开关亡国之罪，赵大哥说过，是受李自成逼迫投降，他拒绝了，李在北京就怒杀吴家百余口。吴三桂不靠拢清兵，是两边受敌，和那位陈圆圆完全无关。

第三天，用过早点，我们换上关城提供的兵服，短衣长裤，个个显得英气神爽，山海关的总兵亲自带领我们认识整个关城。总兵的官衔为副都统。他说，很多人以为关城就是两幅城墙，中间开一道门，门内有一座高楼，兵士都在楼内。事实并非如此。我们山海关是所有关城中建得最严谨也最坚固，且防御力最强的。它是一个四方形的建筑物，由四幅周墙包围，四面各有一扇门，正门朝东，南方面海。这四幅墙的门外，原来各有一个诱敌的瓮城，敌人一进入，就出不去了。

在东西瓮城之外，是东、西两个大罗城，敌兵不易攻入。长城由北而南走来，东面的正关门一左一右是两座翼城。城体经过关城的大门，一直向南延长，通向最前哨的稍城，直奔入渤海。山海关果然名不虚传，有山有海，入海那一段长城，被称为老龙头。

这天上午，我们登上著名的天下第一关城楼，从楼上朝下，清楚地看到四周的建筑，看到东西南北四门，而东门共设三道防线，第一道是罗城，第二道是瓮城，第三道才是山海关的大门。明万历年间，因敌情吃紧，山海关不断增兵，成为沉重的经济负担。

从门楼下来，出了城外，过了宽五丈的护城河，又去过建在渤海之北边的老龙头，这天早上的参观就结束了。一位传教士在海边的老龙头捡拾贝壳，东挑西选，依依不舍，要杜德美频催。我们赶回关城，午膳后做日影测量。

107

下午由一位副官做我们的向导。原来关城的防御工程殊不简单，沿线有山海路的十处据点，互相支援。我们开始朝北走去，因为许多据点不在海滩这边，而在群峰的北面，山群从阴山迤逦起伏而来。这十个路中的六个已包括在上午参观过的老龙头等地，剩下的是旱门关、角山关、三道关[①]和寺儿峪关。其中三道关非常雄壮险要，处处悬崖，危危绝壁，走得每个人都说非常刺激。我们除了跟着向导前行，沿途还会停下选取测量点，到夜晚再来。夜观星空，无疑比在北京更清晰，更多变化。

三道关附近有一条河名渝水，翻燕山而来，令人惊异。可惜，这河有点麻烦，河床全是大小石块，所以又名石河，夏季河水泛滥成灾。我们也去加以测量，列入地图，以便提醒治河别漏了它。

从山海关一路北上，到了最北的九门口。这是一条奇异的长城隧道，地名一片石，它是长城的一段，建在九江河上，好像一座桥，桥下是九个拱洞。桥内其实是一条暗长的隧道，有两个入口，一个通向长城外的校军场，一个通向外面的点将台。暗道内有大小不同的岩洞，洞里可驻兵，有军室、仓库、粮食、伙房。

这一片石，大大有名，因为是清军得以入主的战场。崇祯十七年，李自成从北京亲自统率大军，前来攻打守山海关的吴三桂，吴三桂跪求清军助战，并接受剃头。结果，历史揭开新的一页。

接着的两天，我们留在关城内合作绘画地图，把资料集中。我们在饭堂的大桌子上摊开了一张大纸，用硬笔做草图，绘错了

---

① 三道关在明代隶属山海卫。清乾隆初，废山海卫置临榆县。

可以擦掉再画。经过的人，包括年轻的和年老的士兵，又来和我们谈天，问我们下一站是不是去蓟州，告诉我们不同的去法、住宿的地点。他们对传教士很好奇，大概是少见西洋人吧，常常围着他们问这问那，离开时，手中都拿着一些福音小册子，小朋友则拿着糖果，无不欢天喜地。

终于要离开了，我们都舍不得相处不到十日的大小朋友。副都统的热情招待、兵士们的朴实诚恳，都令我们感动。领队送副都统一件礼物，是一个自鸣钟，副官得到的是一个望远镜。他们都喜欢得不得了。领队也解释该如何操作。于是挥手作别，珍重，再见。送行的人里，有两三个竟泛着泪光。

108

我们朝蓟州镇的蓟州县进发。倘从明朝的九边计算，第一站是辽宁的辽东镇，蓟州镇是第二站。但因为我们测量队是以山海关作起点，蓟州镇变成了第一站。山海关隶属蓟州镇，只是十个山海路之一。

蓟州和蓟州镇原来大小有别，蓟州在蓟州镇内。蓟州是直隶省其中一个县城，像苏州、杭州；而蓟州镇指的是整个镇的地区，从居庸关到山海关，都隶属蓟州镇，简称蓟镇。

怎么走呢？蓟州位于北京稍东，在山海关之西，如果走一条直线，可以横着走，经秦皇岛、北戴河、沙石峪、玉田等地就到了，但是，这路线并没有长城啊。我们不是来测量长城吗？就该挨着长城走。领队杜德美决定，先朝西北走，直隶长城在卢龙县与青龙县交界，过迁安、迁西二县，过宽城县可到遵化，然后转东南行抵达蓟州县。这条路线有很多著名的关隘，数数看，角山、界岭口、冷口、马兰峪关、原军石关、磨刀峪、黑峪、古北口。

翌日又起程，开始沿着长城，走向西北，经过抚宁、迁安、迁西。这次可不是乘坐马车，而是步行，所以，有点辛苦。记得读过传教士张诚写的日记，写到跟俄国签订《尼布楚条约》的情况，他说，离开北京，从密云往东北方向走了三百九十里，第二天遇雨走了四十里，第三天过长城古北口，又写：前行五十里，在长城脚一处满是沙石的小平原上宿营，到达一小城，途中有久已失修无人驻守的废堡。我们比张诚幸运，天气很好，没有遇上雨，还找到投宿的客栈，每天午、晚都能如常工作。虽然累，却很顺利，而这段长城非常美丽，大家都不住赞叹。

有人兴奋地说，最喜欢界岭山，那是位于秦皇岛市青龙县与抚宁区交界处的长城，经历过无数次的战火，那些烽燧都已崩坍了一半，剩下一些破碎的墙体，杂草丛生，凄寂、苍凉。戚继光不是修固整段长城了吗？怎会没有修复这一段呢？

有人说，秦皇岛也奇怪，为什么是个不结冰的良港？有人说，印象最深的是青山关提吊式水门，位于迁西县北部，那里还有一座古堡，建在山脚平台上，堡内有署衙，有民居，还有茶馆。见我们车马一队人到来，茶馆东主很热情，要招待我们喝茶。我们只好停留了一个时辰。一个长者告诉我，他的祖父曾追随戚继光，这里的居民，大多是当年戚家军留下的后人。

一位传教士说，真奇妙，那些剥坍的敌台、卷门，都是砖砌的，砌出好看的图案，门洞的砖块，是一块块平放，工字形交错，砌到了门洞顶上，都转为竖直了。而且边上几块又是斜斜地贴紧，成为一把扇子的模样。这种砌法，竟和欧罗巴的一些教堂的门扇一式一样，两地人民未尝来往，怎会这样呢？

而多数人说，长城这一段，怎么密密麻麻都是敌台？敌台，就是瞭望台。至于实心的烽火台，都筑在最高的山顶上，远远地，像在指引旅人向前走。在荒山野岭，苍凉，孤独，却留下人迹，带给我们平安、希望。

我们来到了迁西，长城那一条曲曲折折的线，忽然消失了。要是再朝西走，会进入遵化的县界。长城为什么消失了？钦天监的官员当然最清楚，遵化是东陵所在。遵化原本连接一道十里长的长城，那也是戚继光修建的，因为要扩建东陵，那段长城给拆得一砖不剩了。

到了遵化，测绘队改为西南行，取道沙石峪、玉田，前往蓟州。为什么一定要去蓟州呢？它离长城又远，根本是块平原，为什么会选为九边之一？原来，北京东面有两个蓟州，另一个竟是迁西，它才在长城边，也许迁西离山海关太近，才改了吧。而蓟州成为九边之一后，由戚继光当总兵，不但在长城沿线建加了一千二百座空心敌台，又亲自练成戚家军，名动全国。

路走了不少，疲惫不堪，但晚上总睡不着，记下这些。想家。

109

当我们来到蓟州城门外，忽听得有人发话：来者可是钦天监测量队？又听得有人回应：正是，我们正是奉朝廷之命来蓟州工作的测量队。只见先前发话的一名士兵伸手向背后示意，有人随即跃上一马绝尘而去。又听得一句话：各位大人请在此稍待，长官马上就到。

果然，一眨眼却见三匹马在街角冒出，马上飞到城门口，跃下三人。一位是都统，两名是副将。原来蓟州治所就在附近，走数十步就到。

到了蓟州治所，只见是一普通民房，没有山海关的气势。到底这里不是一座军营，蓟镇的军营设在三屯营。治所大门敞开，门内置一座影壁，为木刻作品，并不起眼，可我一看就觉眼熟，竟是我早两个月见过的地图，因为作品特别，所以记得。那是九边地图，共九幅，其中一幅正是这座影壁上的木刻，名为蓟镇边图，绘画了蓟镇管辖的范围，由山海关起，直到西部边城，内有数十城县，包括古北口、蓟州、居庸关等，图中有山有岭，画得清清楚楚，特色是画中有两列帐篷，一字儿排开，篷顶插旗帜，在风中飘扬，为其他地图所无。

蓟州治所是典型的传统房子，共三进，之后是非常大的院子，四周是群房，另有附属的马房、射击场，还有一片菜圃。我们走进第二进的屋苑，这里是一个大院子，这时，厅堂中走出一个西洋人来，钦天监的人都“咦”了一声，而测量队的传教士则“噢”了一声，竟然是认识的。原来是另一批新来华的传教士，到北京后，其他人都分散到各省去了，圣上选他为测量队的生力军，由于测量队已经出发，就派他到蓟州赶上我们。他名叫费隐，是日耳曼的一位地理学家，大块头，不苟言笑。他说来了两天了。

费隐从厅内拿出一个鸟笼，里面是一只信鸽。他说，一位赫世亨大人送他上驿车，请他带上鸽子，到了蓟州，见到了测量队，就放它飞回去。消息当然可以由驿站的兵员带回去，但怎及得飞鸽呢？这鸽子，原来经常来往这两地，对长城，比我们熟悉得多。

宾主坐定，寒暄了一阵，互相介绍。都统起先有点恭谨，大概是发现来宾并没有兵部的官员同行，证明这一队人真的是来工作，不是巡视哪，才变得放松、健谈起来。晚上，费隐立即投入测量工作了。

110

初到蓟州的那天，我们循例整理行李，该洗的衣物都交给勤护兵拿去洗，看看鞋子可需修理，等等。自己也清洁一下，让人剃头理发，途中好几次了，当然都比不上容儿的细心。

翌日当地的官员把蓟州的州志借给我们。我们如常午间测日影；下午则开茶会，邀请当地的老兵、乡绅、草民、文化人前来聊天，谈谈近年本地新鲜物事。和山海关开的茶会一样，到的人很踊跃。一位老兵津津乐道蓟州的磨盘峪，一再强调这是杨家将中穆桂英的出生地。杨家将的故事在我们这里家喻户晓，传教士可听得津津有味。一位法兰西传教士还问我，穆桂英是否像法兰西的民族英雄贞德?

接着的一天，我们留在官衙中绘地图，把离开山海关到蓟州来的测量资料记录在地图上。然后，我们准备晚上的野外调查了。我们在日间观察，选定测量地点，晚上再来工作。

蓟州的长城时断时续，我们要分三次测量，是从蓟州向北，分东、中、西三条路线各走一次，每次一整天到几处，然后回来，隔日再去另一处，并不在外地留宿，这样可以避免拖着行李消耗体力。而且，每次测量完毕，也可以于翌日在地图上记录下来，这也是我们要先到蓟州落脚安定下来的主因。

第一程，我们穿上赴野外短衣长裤的军装，向北行到密云去。都统很照顾我们，派来一名干练的向导。清晨起程，半途还会休息，在小店买烧饼吃、喝豆浆。很快就到了第一个目的地：司马台长城。

司马台长城在直隶省密云东端，以险要著名，被鸳鸯湖分隔为两段，分别有十六座和十九座敌楼，远远望去，一字儿排开，沿着山脊，一座比一座高。每一座升一级，可以数为第一楼、第二楼，第十五楼至第十六楼之间是一天桥，墙阔约一尺，南面是悬崖，最为危险，攀楼者，最多到十二楼而止。除了险峻，司马台的建筑也最多样，既有单边墙、双边墙，又有障墙、天梯，还有水关，俯望是鸳鸯湖，有山有水，互相辉映，非常壮丽；朝西北望去，远山近在眼前，那边就是金山岭长城。和司马台长城一样，也属于燕山山脉，建于北朝。

从司马台的几座楼下来，我们就过去看金山岭长城，这里也有麻麻密密的敌台，长者告诉我们，沿途共六十九座，都是巨石，高约二丈，还建有栏马墙、垛墙和障墙，多姿多彩，难怪有人说，最多长城墙体和敌台，就是密云了；密云之美，天下第一。这第一，我没有看过所有的长城，姑且听之。但的确不虚此行。临别时，回望层层天梯似的敌台，仍觉不可思议。

到了金山岭，还有时间，向导带我们去了附近的古北口，长城这一带有一系列的门口，都是通向长城外的大门，比如喜峰口。古北口也是其中之一，通道窄窄的，小小的门洞，外面就是蒙古大草原。在古北口停留一阵，不得不赶回蓟州，刚好赶上晚膳，疲累是一定的了，但心情很愉快。

从密云测量回来后，我们又花了一天把资料加填在地图上，每个人都把他担当的成果填到同一的大草稿上，我当然是把地名写在正确的地点上。

我发觉一位传教士沿途采集花朵和树叶，夹在书本里。

111

翌日，我们又出发了，这次目的地是慕田峪长城。一路上，我脑中仍荡漾着鸳鸯湖碧波粼粼的风采。路程离蓟州稍近，很快到了。

慕田峪长城却很宁静，它在怀柔，好像长久没有翻修过，显得萧条、破落。不过草虽枯黄，山峦嶂叠，又显得幽深野美。这长城有一个特色，南北两边的墙上都有垛口，有点浪费，可又很好看。最奇怪还是它的敌台，叫正关台，却是三座矗立在一起，与众不同。

在慕田峪外，附近还有箭扣长城，位于怀柔西北约六十里，我们也去看了。这里的长城，建造在险峰断崖上面，特别险峻，而且蜿蜒曲折，如同扭曲的蚯蚓，煞是奇异。

看完了也赶着回蓟州。又停留一天测绘地图。

接着第三次再到户外去测量，去哪里？去昌平。这县与蓟州齐名，因为也出过一位出色的总兵名杨四畏，与戚继光同样是位名将。昌平有什么长城风景哪？就是大名鼎鼎的居庸关。

五年前，居庸关发生了火灾，结果烧掉了著名的过街塔云台上的泰安寺。果然，过街塔与泰安寺俱已不再，只余烧剩下的云台。云台很精美，台下券门内墙上雕了四天王和佛像，壁上刻有六种文字。居庸关在唐朝时叫蓟门关，有南北两个外围关口，南口是入口，北口就是八达岭岭口。我们也去看过了，做了测量，只见敌台遍布，很险峻，气势雄伟，不愧名关。

我们回到蓟镇镇署，午后又留下绘图。也许是受了费隐带的鸽子的影响，人人都写起家书来，我也分别写给父母和容儿。离家二月，家里一切安好吧，由于马不停蹄，不能收到家书，但容儿对我的挂念，应该不会比我少。我们写的信都收集起来寄回钦天监。翌日临别，我们也送了自鸣钟给都统大人。我们称他都统大人，他显然很高兴，因为山海关的关长，不过只是副都统，那两位副官，也欢天喜地，各收到一个望远镜。

容儿，行程里我也结交了新朋友。传教士里有一位葡萄牙人，叫麦大成，很健谈，对中国书法很感兴趣，大概也因为我是个不太差的聆听者吧，和我很谈得来，他有些泰西葡萄牙人特别的意见。他经过长期的航海，辗转多年才来到中国。有趣的是，他的说话总从航海开始，往往以航海终结。一次，他告诉我祖家曾有一位亨利王子，生活朴素，可大力资助国人的航海事业，训练了不少航海人才。本来呢，贵国明朝的郑和是伟大的航海家，可惜朝廷出海的目的，是要宣扬国威，有人说是为了要访寻前朝后裔，但始终是政治性的，并没有西洋人那种经济的动力，更没有对未知世界的好奇，你知道，一切科学的发展，就源于这种好奇。由于倭寇作祟，国家也穷了，朝廷就实行海禁，不许出海贸易。可惜啊，他一面说，一面手舞足蹈，出外贸易是利多于弊，可以增加税收，只需保护商船不就行了？西洋人远航，真正体验地球是圆的，而中国人始终不肯放弃地平的思维，仍然以中国为中心。长城嘛，对不起，长城好像保护了贵国天朝，但你看，明朝不是也因此费尽财力、物力吗？麦大成最后说：海禁，不就是海上无形的长城？你不觉得有点奇怪吗？

奇怪？

一个国家，这里那里堆起了这许多的墙，看来，请勿介意，像伤痕。

那么，这次测量长城又是否枉费心力呢？我是否问得笨？

哈哈，不是笨，而是很笨。对航海的人来说，最需要的是什么呢？一张准确的地图。但，周先生，别以为只有航海家才需要。

然后，他引圣书，好像自言自语说：航海的和海中所有的，海岛和其上的居民，都当向耶和华唱新歌、从地极赞美他。阿门。

112

清初海禁，那是为了应付郑成功，加上海盗猖獗，政府下令内迁沿海居民三十里，居民保留一张渔网也当勾结谋反论罪。不过，康熙二十三年，台湾平定，海禁已经解除。

我们继续向西北行。这次的目的地是九边的第三个镇——宣府，也就是宣化。我们拉一条直线，从蓟镇经过北京的北面直走昌平，由于已经到过昌平的居庸关、延庆的八达岭，我们不再重复在长城边上走，而是从昌平斜向西北走，绕赤城、独石口、崇礼，再拐回南面抵达宣府。到了宣府，安顿下来，依然是先看方志、开茶会聊天，午间和晚上测量。宣府不像蓟镇，长城四散，我们得逐一去探访，好像打开一把折扇。

在宣府我们只去了很近的张家口，也不是为了看长城，而是出长城去见识一下城外的另一天地。麦大成说：知内还要知外，你找寻陆地，先要搞清楚海洋，你们不是说：四海之内……他见杜德美走来分配工作，马上收口。杜德美却接上口：兄弟，你总不能永远在海上，陆地才是目的啊。两人相顾大笑。

白晋、张诚等法兰西人，跟葡萄牙的徐日升等人不协调，是人所皆知的事，这次测量队基本上以法兰西人为主，居然有一位葡籍人参加，可能是为了证明唯才是用，更可能是由于麦大成随和、坦诚、四海为家的性格。

长城边上的关塞，如喜峰口、古北口、张家口，都是通向关外的要道，是“走西口”的门户，许多贫民出走，尤其是张家口，把当地变成一个贸易市场，有马市、牛市，家庭用品、农产品、衣料、茶叶，什么都有，非常热闹。

沿着长城，我们经过了天成卫、镇勇卫、阳高卫等县卫，到了大同。啊，日子过得真快，五月底才起程，已经是八月多了，不知不觉，我们进入了山西。天气变冷，尤其早晚，我们都穿上厚衣。晚间在外工作，辛苦多了，风极大，会不断吹熄烛火。一位传教士闹着感冒。所以，我们往往留在屋里。

一天正午工作后，杜德美提议到市场走走，由一位大同青年侍卫带路。问青年，山西有什么特产？他说陈醋、牛肉，尤其是平遥牛肉，这是山西人吃火锅时的最爱。我老家北京的西山，冬天偶然也吃火锅，牛肉可不知是否来自平遥。赵大哥说康熙圣上也喜欢吃火锅，吃的是鹿肉、羊肉。

山西土产还有金针菜，又叫黄花菜。我们差不多每天都吃到。摩副告诉我，金针菜其实就是萱草，冬日的叫冬萱。容儿，我想起孟郊的诗："萱草生堂阶，游子行天涯。慈母倚堂门，不见萱草花"，萱草是忘忧草，我想起母亲。我买了五瓶陈醋，回家送亲戚朋友。

出了直隶，像到了另外一个世界。直隶的长城都建在险峻的山峰上，崖严壁峭，那也是燕山山脉的动人景色。山西呢？地处太行山脉，并非没有高山崇岭，可是，建筑长城都偏选平原，而且，从东向西，往往排成笔直的一条线，仿佛用直尺量过。例如阳高卫，仿佛一座群房的屋顶，竖满了高高低低的烟囱，墙顶上溜圆，不能站人。如何作战呢？据说，是以火铳对付蒙古骑兵。还是吃了许多败仗。

大同是九边镇城之一，由前朝大将军徐达扩建，城池规格高，城周广十三里，高四丈二尺，有四个牌楼、四个城门、四个城楼、四个瓮城、四个吊桥和四个角楼。城内有四大街、八小巷、七十二个绵绵巷。在军事上一直是镇都统的治所，能够在这样的大镇留宿，真是难得。多尔衮当年曾围困大同九个月，军民饥死殆尽，大同城墙也被斩低五尺。数十年后，大同才有居民，冒出一个新地，叫凤凰城，好像浴火重生。

113

长城并非只是一座城，并非两面城墙、中间一扇门，并非关城加关口加瓮城加罗城加翼城加稍城，并非敌台加烽火台加箭楼加栏马墙加护城河。自从出了宣府镇，一直往西行，我们发现还有更多的建筑物，不同的据点，都属于长城。所以，长城不仅是一道很长很长、由城墙和城墙连接起来的事物。

譬如沿途我们见到长城脚下的防御系统，有五类，镇之外，还有路、卫、所、堡。最大的是镇，最大也最少，明代的九边只有九个。最小的是堡，可数目最多，单单是宣府到大同一段路，就经过左右近五十个堡，都是屯兵的系统，其中以得胜堡最著名。这些据点屯兵，同时屯田耕种，开辟盐场、市场和马场。堡与堡之间又紧密联系，形成驿站，传递消息和公文。镇与镇之间的距离约一千里，每镇驻兵约十万，这就是我们经过的长城。

长城还是奇幻不定的，我们一路追踪，它仿佛自有主意，有时直朝西北走，有时取道西南，例如在大同到偏关的路上，长城忽然变成了人字形，分为外城和内城。外长城继续西南行，走向河曲、神木和榆林；而内长城呢，则折向东南，走向老营、神池、宁武和雁门关。再走下去，会一直回到东面的娘子关，近直隶省哪。

我们则贴着外长城的边缘走，在长城的大边和二边之间，这些地方有军田和民田。偏关、宁武和雁门关是外三关，前朝偏关的总兵在夏季时经常移居宁武，宁武是一风沙飞场的黄土城，但唯独宁武西南的管涔山和芦芽山层峦叠翠，山顶上有天池，多溪流瀑布，密林中野兽满山，风光如画，难怪偏关总兵在此避暑。不过到了冬季，那总兵又得回偏关驻守，因为黄河结冰，北方的游牧民族又会从冰上过来掠劫了。我们过了黄河，向西南行，到了神木投宿。

人到神木，只见家家户户张灯结彩，我当然知道，这是八月十五中秋节。倘在北京钦天监，宁儿和我两家人，有时还加上阿克伊一家，那才热闹哩，我们和其他同事一样，把桌凳搬来庭院，吃月饼，还喝一点酒，阿克伊是大口肉大口酒，小孩，一大群，则玩花灯。这晚上我们不看星，星都识趣退避了，我们赏月。如今呢，室外太冷，我们都窝在屋内，西洋传教士神色自若，可几个钦天监的同事却满怀心事。

114

整夜雨雪翻飞，晚上不能测量。第二日放晴，天蓝云白，仿佛洗了一把脸，日影特别分明。午后，我们预备到下一个九边镇榆林。马队才走了几步，忽听得前头大声叫停，原来白晋老师已坐在马下，状甚苦痛。我猜想天虽晴但路仍滑，有什么从路旁蹿过，可能是狐狸，马受惊急停，把老师抛了下来。我们连忙下马，有人想扶起老师，他说没事没事，却没法站立。于是连忙跑回驿站，掇来一把交椅，由几个人抬起老师，安坐椅中，再抬回旅舍内。官员急忙发人寻找大夫。幸好神木是个大县，很快就找来了。经过大夫检查，不能断定有否骨折，因为年纪不轻，这期间不宜走路了。

看来白晋老师要留在神木一些日子。大家商量，觉得留他在神木，最好能够住在教堂，由传教士照顾。问题是神木可有教堂。官员答，有，小小的，可以安排大夫每天上门治理。

白晋在教堂安顿好后，我们早晚轮流去探望，并且让驿站把消息传递回北京。过了两天，有一富商，是教徒，盛意拳拳，提出要款待白晋入住其宅。白晋于是从小教堂迁出。我们看他精神不错，什么也不缺，尽管依依不舍，也得继续行程。大家祝他早日康复。他说，他会得到很好的护理，大家放心，手上也有几本书可以消磨，还可以和儒商讨论《易经》。他还对杜德美说，带来的福音书并不足够，可向小教堂买，沿途送人。

1

博津（白晋）起初不愿去。若其脸色照常，则装病还矣。若返家后痊愈，则伊为传教之人，行此不体面之事，可谓足矣。若是病愈之日自行赶回，则其罪虽大，尚可垂悯。对此众西洋人谢恩，朕有所不解。尔（赫世亨）如此碌碌转奏，应即革职，执送慎刑司议罪。尔张口讲礼仪，不知此何书所载。

——康熙四十七年奏折

2

传宣谕旨，闵明鄂等惊惶失措，与博津说西洋语良久，闵明鄂、徐日升、安多、苏霖等叩言：博津于本月初三日既到，问其坠马事，言已痊愈，等语。视其脸色，犹如病前。我等以为，有“伤愈后，勿令赶回”之旨，故众人齐集谢恩。今博津告诉我等，始知无此谕。若知博津未奉不要赶回之旨，则闵明鄂我等必逐博津赶回。皇上为我西洋人事，颇费圣心，恩养如赤子。我等罪愆，不胜枚举，皆蒙圣主宽免，以至今时，洪恩浩荡，但闵明鄂我等纤毫未报，而今我昏庸，仍如博津行不法之事，咎由自取，惶愧不已，有何脸面管博津之事。

——武英殿总管赫世亨上奏（康熙四十七年八月初十日）

3

八月初九日，赫世亨传三堂众西洋人进内看旨意，臣白晋一看即不禁身心战栗，神散魂飞，后稍定，敬谨细看，即将始终本心真实录，故具此以为启奏，伏祈皇上睿鉴：臣二十余年，过受皇上格外洪恩，浃髓洽肋，即碎肩难报，臣至愚极谫，质憨行迂，然从未行一虚假无脸面之事，此皇上圣明洞鉴。今臣五十四岁，岂反如此迷糊，无病而饰言有病，将欲谁欺，委任之事未成，回京有愧于己，尚何敢回见皇上圣容。臣当起身，本月同众，才出京门时，马忽惊跳，重跌，腰痛甚，半月后尚未全愈。臣若原有退回之心，彼时甚易，然臣勉强仍前行。后到神木县，不幸复发，臣幼年肺胸虚劳病，实不能骑马前进，若再强行，必大劳伤殒命。臣对同差官员前，与雷孝思、杜德美明议云："奈何，我病不去，或微有误大事，即不顾身，必定要去。"彼二人云："你如此病去，徒舍身何益，既无你去，亦不至误事，我二人当之足矣，不如留你在此养病，俟病好些，慢慢进京。"臣等三人即将所议详告布尔赛，并写与巴多明，以为启奏。同差官初不肯当，后不得已将臣托与地方官员云："我同差白晋，一路得病到这里，不能前往，交给你们副将道里等，着他暂住调养，待他身子好些，若要回京时，你们拨官兵护送。"臣在神木养病八日，实不敢久，徒受地方供养调摄，因谬想皇上图画旨意，既不能效力，不如带病，随力渐行回京，以营皇上前所留旨意之事，或得以报皇恩，即坐轿回京。

臣彼时愚昧，不想该在彼处候旨，是一大罪；后病微好，不舍身赶上供事，是二大罪。臣素愚昧，从前外错之处甚多，屡蒙皇上以大父母之仁心慈宥，今臣负此大罪，惟战战兢兢，叩首段千，伏祈极上洪恩宽释，臣虽肺腑尚虚弱，力实不足骑马远行，然必愿复行赶上供事，庶稍偿补不尽之罪。但臣罪若系于假病，直为无脸面之事，无故误大国公务，全负历年皇上隆恩，且深为耶稣一会之大耻，为天主圣教之极羞，则臣明明是一饰言诡诈为众所当弃之匹夫，又何颜复行仍堪委任之大事？宁甘受重刑，速绝世以雪之，断不能冒受此至可耻莫大之罪名也。臣白晋不胜惶悚之至。本月初十日发报，臣不幸稍迟误点，无奈再候。

——白晋上奏（康熙四十七年）

115

称为关、称为堡、称为营的地点，主要用于防御外敌，那么树呢？原来树也有这种作用。像秦人种植的榆树林。榆树长大后，粗壮稠密，习惯在平原上乘马作战的民族，遇上密麻麻的树林，是无用武之地。树林也就成为另一段长城似的屏障。秦始皇修建长城时，曾大量种植榆树作边界，因此得了榆林的名字。著名的“榆溪旧塞”，因此成为明九边镇的第六位，称为延绥镇。可惜外敌太强，榆林的树阵被火毁了。

我们离开神木后，心情十分沉重、低落，好像打仗时损兵折将，传教士尤其默默无语。麦大成呢，竟也仿佛茫茫漂泊，找不到陆地。唯一安慰的是，测量的工作已近半完成了。到了榆林镇，并没有久留，只重点测量了镇北台，翌日继续走，很快经过横山、靖边，以及旁边的毛乌素沙漠，可以说马不停蹄，经过以产盐著名、兵家争夺的花马池，绕过腾格里沙漠的南缘，北上直奔宁夏镇，正是九边重镇的第七站。明朝时的宁夏，由宁夏卫、宁夏左卫、宁夏右卫、宁夏前卫、宁夏中卫、宁夏中屯卫、宁夏左屯卫、宁夏右屯卫，再加上固原卫、宁夏后卫集中于一起，现名为银川，东有毛乌素沙漠，西有青铜峡，也是兵家必争之地。我们在银川，停留了多天，才南下九边的第八重镇固原。离家日久，想来我们都归心似箭，想尽快把工作完成。

天冷，黄土高原以西，沙阜草衰，雨雪加上飞沙，真的举步维艰。我终于体验到古代征人的惨苦，以往读到的塞外的诗句，都立体起来。长城曾保护我们，代价是筑城人、守城人的血汗，年年岁岁的离家。传教士都同意，长城真是人类伟大的工程，百闻不如亲见，但对长城的作用，就众说纷纭，不完全肯定了。我想，长城原本的作用，的确已失去了，只怕残留国人心中，真的变成无形的锁链。

雪山封路，星月也无光，测量员很失望吗？可我看见几位传教士毫不气馁，不再愁眉苦脸，有的在下棋，有的在写札记，或者写信。那位沿途画画的传教士，却冒寒跑到门外看雪，不一会儿跑回来，低头用放大镜看一张黑纸片上接到的雪花，兴致勃勃，把雪花的模样快速地画在纸上。雪花融化了，他又跑出门外接，然后又跑回来绘画。他对我说，你看，雪花多美丽，六角形，很对称，而且没有一片相同。你知道，天下的雪花也是一样的。

那一位沿途收集泥土、石块、贝壳，加上不同的植物样本的传教士，休息时就从袋里、书本里掏出来细看、把玩，还用心地做记录，在困境中竟然都找到乐趣。传教士都多才多艺，人人会画画，带了画本，沿途上画了许多山川、民居、窑洞、驴马、羊皮筏子。他们有的脚上长了冻疮，有的患上伤风，但并不诉苦，使我敬佩。

我们在固原镇也没有久留，只走上一次景色独特的六盘山，然后转西北，经过靖远、藏人居住的天祝，到古浪，过武威，直上九边的第九站甘州。甘州也名甘肃镇。这是九边的最后一站，但还不是长城的终点，终点是得到更远一些的酒泉、再过一站的嘉峪关。我们走到了旅程的终点了。

116

嘉峪关和山海关很相似，就是一个四方形的空场，东西两边的城墙中央向内凹入，建有东楼和西楼，楼的北面，比较特别，各有宽阔的一条马道，可让马匹跑上城楼绕一圈的。东、西楼外建有瓮城，南、北墙的中央，则有敌楼，城墙四角都有一个角楼。在这个方城之外，却有另一重城墙包围，西面才是正门楼，两边的墙角都有箭楼，相接的长墙是嘉峪关罗城和护城壕，一直由西向东伸展，把内城保护在内。我们又走到地势最高的嘉峪山上，一览无遗，果然是另一天下雄关。

为了加强防御能力，嘉峪关除设总兵镇守，还曾加派一名游击将军驻守，关内因此设游击将军府，驻守官兵千人。关内除官房外，有官井、关帝庙、文昌阁，还有戏楼。当然，我们来到时，将军府住的是副都统，兵员少得多了。我们呢，住上了文昌阁，在阁上向四周观望，只见白茫茫雪景，城外有游牧的骆驼。测量队在这里辛苦地工作了好几天。

到嘉峪关后，循例开了一次茶会，在会上，传教士对来宾说，晚上刚好是西历 12 月 24 日，晚上是教会一个重要的节日，为了庆祝，在关内的戏楼前会演一场戏，希望大家都来观看。晚上，果然有不少人光临。传教士邀请我们钦天监的同事当临时演员。

天已经黑了，只见戏台前黑压压站了一堆人。忽然看见远远有一颗银色的星在空中浮现，其实星是纸片绘画，由一位钦天监的同事用长杆撑起。然后有两个人拖着骆驼走来，直走到戏台前。拖骆驼的人踏上戏台，戏台忽然烛火通明，原来台上早有一名女子坐着，前面有一铺了干草的摇篮，内躺一婴孩。看清楚，是麦大成披着发假扮的，婴孩是木偶。他轻摇草篮，奇怪，我觉得他像撑船。这时有一个响亮的声音说：圣母德亚诞生了救世主耶稣，野外的星引领牧羊人来崇拜他。果然，上台的人去拜了圣婴。接着，又有三个人上台来，各献上一件礼物。三位天使来到台上唱圣诗。又有一人上台读福音书，带领台下的人祈祷。气氛温暖、肃穆。最后，传教士都下了戏台，向观众派送福音传单，以及每人一小袋糖果。最满意的当然是小孩。我做了什么呢？我就是开场时拖骆驼的其中一人。据说那是一位国王。那骆驼大概喜欢我，让我分享它嚼碎的草，吐给我一脸。

戏一演完，群众散去，却留下一位老伯，挑着两担砚台，向我们推销，说嘉峪山产矿石，颜色青紫，制成砚台，名满全国。结果，他带来的数十个名砚被我们全买光了。我当然也买了送父亲、岳丈和宁儿。麦大成买得最多。晚上他找来一大张白纸，要我写几个字留念。我说这和航海有什么关系呢。他说正因为没关系，所以难得，说时就用水磨起墨来。推辞不得，只好在烛光下，写了王昌龄的诗句，并为他约略解释诗意：

琵琶起舞换新声，总是关山离别情。
撩乱边愁听不尽，高高秋月照长城。

我们的工作完成时实际已是冬月。离开嘉峪关的清晨，天又下着大雪，我们乘上联系好了的驿车，在雪地上急驰，渐去渐远。向外望去，只见远远的大黑山、祁连山、嘉峪关、长城，都融在一起，变成白茫茫一片。地上留下我们走过的印迹，可不多久又被新下的雪掩盖，不见了。

117

回到家里，赶上了新年，离家已超过半年了。

父亲问我感觉如何。

我说，世界真的很大很大，人太渺小，不过生存也还是有意义的。

娘亲问我感觉如何。

我说，我认为还是母亲做的菜好吃。

容儿问我感觉如何。

我说，家里真温暖啊。

我们都回到钦天监绘制真正的地图，每个人贡献他的收获，两个月后，合并而成一幅很大的地图，足足有一丈二尺长，地图用投影法，并测定经纬度，上绘长城三百多个口门、堡塞，以及附近的山川、城镇和河流，非常详细。皇上看过，很满意。到了五月，皇上决定把全国各地的省份的土地都按此统一测量绘画，立刻重新组织测量队，分派出外。其中一队仍由杜德美领队。队员当然包括钦天监的一些员工。出发前还到钦天监饯别。我有趣的朋友麦大成还未开口，我抢先说了：又远航了，祝一路顺风。不，他改正我，一海顺风，上主最早的两个信徒，是两个兄弟渔夫，主在加利利海边讲道，讲完了，要兄弟打渔，一网就捕得许许多多的鱼。你以为主是胡乱选人、胡乱选地方的吗？

测量队先选到东北地区测量土门，直到松花江一带。皇上的计划并不小呢。原来白晋老师在神木稍留就已回京了。他到我们钦天监时，不用拐杖，大家久别重逢，都跑来跟他拥抱问好。只是再看不到赫世亨，也没有人提起，他的工作由他的弟弟和素接任。

从四十七年我们回京城起，到五十六年止，十年内全国各地各省，除仍不平静的地区都测量过，完成了《皇舆全览图》，比例约为一比一百四十万，东北至库页岛，东南至台湾，西至伊犁河，北至北海，南至崖州，其中西藏的考察，由钦天监训练出身的两位喇嘛楚儿沁藏布、兰木占巴承担。测量过经纬度值的地点有六百多处。

在这十年中，我没有再加入外测队，我和几位同事留在钦天监，做校对员，每一幅地图稿送回来，都由我们做最后的审订，检核其中的每一个标记；每一个文字有否错漏；地名是否确当；明代的大同左卫、右卫，如今是否已改为左云、右玉；图上的经纬线准确否；方志的资料有否改正；山脉、河流清晰否。不止校正一次，还得交叉互对。我埋头工作，小心翼翼，书写名字的时候，如履薄临渊，却也像走遍了全国能够走的地方。

118

康熙五十八年六月，《皇舆全览图》完工后，先出木刻版总图一幅，分省图和地区图二十八幅；再交马国贤神父主持雕版印刷，马国贤来自意大利，号称擅长绘画，且是雕版匠师。可这次做出的效果不佳，不得不转送巴黎，于是雕刻至一百二十幅，轰动整个欧罗巴。

不久，我正式申请退休，钦天监的员工退休，理由只消是视力衰退，实时批准。退休前是七品加一，薪俸微薄，因无儿无女，两夫妻省用一点也是可以的。我和容儿商量，她极表赞同，我们从钦天监的宿舍迁出，回到西山的老家去。退休后，我可以仔细读书，重新认识我们走过的历史，我们这一代的人和事。

一天，宁儿托人捎信来，邀我们饭聚，并说到时会看到一位许久不见的旧朋友。这位老朋友是谁？原来是刘女士的弟弟、当年初见的小明明，在溜冰场里有幸再遇，那时，他还是个小毛头。然后再在宁儿的婚礼上见面，他已是个高大聪明的少年了。原本跟他的哥哥一样，在国子监读书，哥哥做了官，派到外地去，他没有做官，承继了家族留香记的生意。留香记是百年字号，在苏州和杭州都有分店。往后我和宁儿两家经常聚会，也常常看到他。他和我年纪稍隔，却很谈得来，他往往告诉我一些我不知道的民间实情。后来他的父亲觉得他可以独当一面，把他派到苏州去，主管留香记的分店。一别二十年。这次他从苏州回来，探访老父、哥姐们。天上的星宿，千百年来，变动不大，我们呢，岁月却写在我们的身上、脸上、眼眸里。

苏州是个很美丽的地方，园林都很有意思，有些园主我倒算认识，阿闳兄嫂可要来看看啊。

一定的。

就住在舍下，由我当向导，四处逛逛，总可以玩一个月。

完成一些俗务，当然要效法徐霞客，趁还走得动，到处看看。

还有什么俗务呢？宁儿插嘴。

也许写一些钦天监生活的体验、回忆之类，也许。

好啊，这就不是俗务了，哈哈，阿闳兄，切要为阿克伊和我美言几句。

肯定的，一个爱马多于爱人，另一个，哈哈，一直是个问题儿童，没一刻安宁。

不妨来苏州写，近来的社会骚乱已缓和了，明明说。

骚乱？

苏州是江南最繁华的城市，怎么会有社会骚乱？宁儿也问。

繁华的背后，是骚乱、争斗。姐夫有所不知，苏州大批踹匠不断叫歇停工，这一阵差不多扰攘了一整年。

愿闻其详。

是这样的。江南三大织造，苏州、杭州、江宁，由于管理不善，皇上多次巡幸，亏欠太多，表面风光，实已大不如前，三地的官办织户，还不到三千。可苏州一地，私营的丝织作坊已过万，大多集中在东北城区，所以说“东北半城，万户机声”。苏州的布商做布不多，主要从事加工染色，从松江、无锡等地贩来棉布，然后染成青蓝等色，再转售各地，利润很丰厚。染布坊，当地人称踹布坊，工序很特别，不是普通人能做得来的。踹布工匠把染好颜色的棉布卷在轴上，下铺光滑的石板，上压巨石，然后足踏巨石的两端，左右来回运转，布缕变得紧坚、薄贴，而且有光泽。这巨石，像元宝，凹字形，所以又叫元宝石，重数百斤，据说有的重达千斤。为了保持平衡，工匠要两手伸开，紧握两旁的支柱。所以双手双脚都需要很大的力气。

为什么要用这种元宝石？

我说得也许还不清楚，元宝石其实就是另一种碾石，做法也相似，我们用碾石磨碎谷物，去除硬皮；石碾不是分上下两部分，上面的叫碾砣，下面的叫碾盘？不过苏州商人对付的不是粮食，而是棉布，可不能把它碾碎。元宝石的好处是，碾压久了，石不会发烧，不会因此磨损织物。此外，又可以使染过色的织物紧密而不松泛。

这是民间智慧，好像宋应星的《天工开物》提到过。

姐夫说得对，所以，好的元宝石很昂贵，坊户也以此炫耀、招徕。

119

踹工叫歇停工，是为了加薪酬？小静问。小静也早已在钦天监工作，而且几年前结了婚。听宁儿说，这年轻人很有自己的主见。当年每逢放假就去畅春园，再不是探访阿克伊伯伯，而是阿克伊的一个女儿。后来宁儿和阿克伊就成了亲家。容儿说，很好，很好啊，青梅竹马。

是的，踹匠大多来自农村，因为农村讨生活太艰难，才跑到城市来，成为踹布工。他们由踹坊的“包头”分配到机户去，包头当然作威作福，一个人手上可以操控几百个踹工。踹工大多每日计酬。每天在广化寺、花桥等地，聚集了大批待业的工人，巴望获得包头选用。进入踹坊，踹石也是得向机户主人租借的，踹一匹长四十尺的棉布，酬劳也只有一分一厘。每天充其量只能踹三四匹。扣除踹石的租费，再经户主、包头，以及官僚的重重剥削，还余下多少呢？

这是连犬马也不如，宁儿说。

犬我不知道，马呢，一般都受到善待，小静接口。

但你不做，有其他人做，明明继续说。要是没有通胀，差可维生，只要物价不要上涨。问题在近年经常灾旱，例如康熙四十五年，就发生大灾荒，米价不断暴升，工人忍无可忍，联合起来要求增加酬劳，所谓“齐行增价”，否则叫歇，机主就告到官府去，你们以为官僚会站在哪一方？

还用说，我们都知道。

工人停工，你如何逼迫他们做工，又没有合约。但欲加之罪，何患无辞，苏州知府下令复工，办法是宣布发起停工的其实是一帮流棍，煽惑群众，大批无知工人盲目纠结，以致包头畏躲，没有人敢动工踹石。这里面，的确也有流氓无赖，趁机浑水摸鱼。姐夫也许有所不知，苏州是南方最繁华的城市，苏州的丐帮却也是全国首屈一指，本地丐、外来丐，都由丐头管理，丐头手执杆子，指挥子弟给商店分发字纸，使张贴在门外，这叫“罩门”，文字是“一应兄弟不准滋扰”。有了罩门，丐帮兄弟就不来滋扰了。商店每月要花钱向丐头买罩门，不算太多，会视你的生意大小收取，不会杀鸡取卵。丐头再分发给其他兄弟。

要是兄弟径直向商店取索呢？宁儿问。

当然可以向官府投诉，但倒不如直接找丐头投诉，由丐头加以责罚。至于其他人家，则听丐自乞。这其实是另一地下官府，居然比官府更有成效。踹匠停工停久了，户主赚少了，就声称无力支付罩门费，丐帮没了收入，就有人拆牌坊、烧城门，镇日抄打、破坏公物。有的混入踹工，抢掠商户。劳资两方多次谈判，商人稍稍让步，约略增加薪酬，踹匠当然不满意。拉拉扯扯，扰攘了近一年。最后知府增加军兵镇压，不管好人坏人，一律查办，解雇若干人，发还原籍，并且引入保甲法，十家为一保，倘有流氓混入，又或有聚众闹事，知情不报，则九家连坐。

看来这是治标而不治本之法，宁儿说。

留香记受影响吗？我问。

总有一点点，幸好是老店，员工也是老伙计，总可以勉力维持，不过一有事，市面就变得萧条。我们也索性暂时关门休业。这种停工纠纷，其实纸作坊也时有发生，骚动有大有小、有长有短，但每年都有发生。

我大半生在钦天监，真是知天不知地，也不知人，宁儿叹说。

我也不知道，我说，《京报》全没有报道。

120

康熙五十九年，退休后一年多，一天容儿要我到王府街的市集去购置家庭的物品，难得到王府街，我先到钦天监探访宁儿、旧同事。然后到热闹的市集摊档里浏览，总觉得背后有一个熟悉的身影在跟踪着，我转身站定，啊，原来是赵大哥。最初在钦天监读书，然后教书，经常和赵大哥见面，我参加绘制地图，在监里埋头工作，八九年间只偶然见面，退休前一年已难得见面了。他忽然出现，他老了，颓了。我自已呢，肯定也改变了不少。

小兄弟，许久没见，我们找个地方叙叙旧好吗？

好的好的。

他带我在胡同里穿插，走进一所我没有留意的酒馆。才进门，迎面看见一位中年人出来，风采凛然，一看就知是有学问修养的人物。赵大哥向他鞠躬问好：方先生，好。他也回答：赵老，好。

赵大哥显然是熟客，我们在酒馆的一个房间坐定，小二招呼后就退出不再打扰，赵大哥告诉我，刚才遇见的人是方苞。你可知道方苞是谁？

略知一二，我说。这些年，我在钦天监工作，也读一点书，认识一些朋友，总算约莫知道世局，但道听途说，也不知真假。我知道方苞是文章大家，一度坐牢，之前已名满士林。他是安徽桐城人，一位父辈早年推介他的文章，总不忘强调他其实在江宁出生，原本是我们的同乡，这种乡土观念，我总觉得很怪异。几年前，似是由于《南山集》闯祸而入狱。但《南山集》是禁书，传闻甚多，其实没有人知道得清楚。

《南山集》的作者是戴名世，赵大哥说，是个很会作文章的书生，这是一本文集，其中一篇，谈及要搜集前朝南明的事迹。你可能不知道南明事，知道了也别告诉人你知道。这是改朝换代后，南方好几个地方先后出现的反清势力，是前朝皇帝的亲戚，或者号称亲戚，仍然奉明为正朔。不过早被剿平了。戴名世说要搜集明人这方面写的材料，认为不整理出来，就会灰飞烟灭，再没有人知道真相了。但，小兄弟，历史不是普通人写的，那要看谁当家做主。

这时小二进来沏茶，奉上小点，然后退出去。赵大哥直面看我，说：我俩认识三十多年，你这个小兄弟，家世清白，父亲出身钦天监，来京后没有做官，岳丈行医，尊夫人也是出色的大夫，而你又沉实可靠，是可以信赖的。你不涉政治，很好，但政坛疾病，一传十，十传百，你以为有免疫的人吗？

他知道我这许多。他说起医药，康熙皇上四十岁那年得了疟疾，由耶稣会的传教士进西药奎宁治好。他继续说：我的少友曹寅同样得了疟疾，也曾托人要求皇上赐奎宁医治，可是药送到时，曹寅已逝。皇上对西药很有兴趣，在宫中设炼药房，试制西药，还亲自监察。皇上又提倡种痘以防天花，先给子女种痘。但皇上很清楚，中医有中医的道理，只是道理说不清罢了。

不过，许多话，私下说，可小兄弟，万万写不得。这位戴名世也真书生憨痴，不知避忌，他那一篇出事的文章，写于康熙二十二年，其实是一封给朋友的信。不过，朝廷不是设了明史馆，一直在修明史吗？修了许多年。他却以为不能做到完整、公正的历史。康熙四十八年，他年纪一把，还参加殿试，考得榜眼，结果被仇家告发，翻他的旧账。你知道，我一直规行矩步，也曾被人投诉，幸好康熙圣上知道大体。但圣上也高寿了，心力已大不如前。本来大学士上议来年圣上七旬大寿，请求举办庆典，圣上也推却了。

希望圣上一直安康。

圣上万岁万万岁。

这时，小二进来，在他耳畔沉吟了几句。他起身走到门外。我看到门外一个黑衣的身影。

121

赵大哥回来，神色有点凝重。良久，他说：

我们说到哪里？对了，有孩子吗？

没有，还没有，年纪也不小了。

我其实知道你们一直还没有。你毕竟也成熟了，仍是我可靠的小兄弟。我倒有几个孙儿，最近还新添了一个男孩，你知道，我们包衣奴才，人口增减都得呈报登记。还没有上报，是还没有想定名字。我是包衣奴才，世世代代是包衣奴才，虽屡沐天恩，毕竟下贱。

添孙总是喜事，恭喜赵大哥。

这之后，他低头无语，出神了好一阵。

那《南山集》和方先生，有什么关系？我尝试打开话题。

是这样的，赵大哥喝了一口茶，说，他为戴名世写序，他们是同乡。这事牵连甚广，直接和间接有关的人有数百之多。初判罪名为“谋逆”，戴名世受凌迟，写序的几个人处以绞刑，方苞是其中一个。另外有的处斩，有的贬为奴。幸好方苞名重天下，圣上仔细看了罪状，知道了，认为太苛，颁旨减免，戴名世处斩，方苞呢，经大学士李光地等人的保荐，得以免死，只贬入旗籍，坐牢两年就释放了。又赦了不少人。后来，圣上让我看《南山集》，差我暗中对他打探，觉得没有问题，就请他做皇太子的老师，又召他入值南书房，讨论诗词文章。《南山集》禁了，可民间不是一直流传？小兄弟，圣上还是爱才的，不只是口头上喜欢讲宽容。他还谕旨不用避忌“清”“明”“夷”等字眼。倘案发在顺治，或者圣上登基初年，由鳌拜顾命，可能会有不同结果。

何以见得呢？

之前也有庄廷鑨案，发生在鳌拜专权的年代，同样是收辑明朝史稿，刻印一本《明史辑略》，这个庄某是个富豪，本人失明，只是好名，可笑他以为请人编那么一本书，自己挂个名就得以不朽，谁知同样犯了叛逆罪。处死了二百多人，入狱、流放的多达数千人。戴名世的文章我看比得上方苞，游记写得极好。若说叛逆，其实冤枉。他后来不是悔其少作吗？你知道，当你能操生杀之权，是否愿意宽恕放过，也不肯无辜杀错？你能保证在你之下的人不想邀功？谁又能保证自己绝对安全？虽说“明”“夷”之类字眼可以不避，但仍断不可用。你知道朱三太子案吗？

好像是有人伪冒前朝朱三太子，反叛圣朝。

朱三是崇祯朱由检的三皇子，朱由检自缢前把三个儿子差太监乔装送走。这些前朝遗裔的下落，困扰了大清七十多年，尤其是今上康熙圣朝，一直有人以太子之名号召起兵反叛，至今总有九起十起。康熙四十七年，一个和尚又以拥立朱三太子的名义集资纠党，他拥立的这个朱三太子，已改名王士元，倒过来就是“原是王”，这人已七十五岁了。他被捕后承认自己就是皇子，不断流亡，苟且偷生，从没有参加任何反抗朝廷的活动，且又年已古稀。但朝臣认为朱某虽无谋反的行动，难保没有谋反之心，于是全家处决。这王士元到底是朱三抑或朱四，其实不是问题，圣上宽厚为怀，倘真的是前朝遗裔，声言会加以善待，所以这肯定又是伪冒。小兄弟，这名号沾不得啊。

我们谈了许久，告别时已近黄昏。做一个平民，就做一个平民吧，要是我也可以选择，他忽然唱起秦腔：马行在狭道内，难以回马。我们拱手互祝珍重。他带我左拐右拐走出胡同，转眼消失在人群之中。

昔者宋之亡也，区区海岛一隅如弹丸黑子，不踰时而又已灭亡，而史犹得以备书其事。今以弘光之帝南京，隆武之帝闽越，永历之帝两粤、帝滇黔，地方数千里，首尾十七八年，揆以《春秋》之义，岂遽不如昭烈之在蜀、帝昺之在崖州，而其事渐以灭没？近日方宽文字之禁，而天下所以避忌讳者万端，其或菰芦山泽之间，有仅仅志其梗概，所谓存什一于千百，而其书未出，又无好事者为之掇拾，流传不久，而已荡为清风，化为冷灰。至于老将退卒、故家旧臣、遗民父老，相继澌尽，而文献无征，凋残零落，使一时成败得失，与夫孤忠效死、乱贼误国，流离播迁之情状，无以示于后世，岂不可叹也哉。

——**戴名世**（1653—1713）：**《与余生书》**

康熙五十一年三月，余在刑部狱，见死而由窦出者，日四三人。有洪洞令杜君者，作而言曰：“此疫作也。今天时顺正，死者尚希（稀），往岁多至日十数人。”余叩所以。杜君曰：“是疾易传染，遘者虽戚属不敢同卧起。而狱中为老监者四，监五室，禁卒居中央，牖其前以通明，屋极有窗以达气。旁四室则无之，而系囚常二百余。每薄暮下管键，矢溺皆闭其中，与饮食之气相薄，又隆冬，贫者席地而卧，春气动，鲜不疫矣。狱中成法，质明启钥，方夜中，生人与死者并踵顶而卧，无可旋避，此所以染者众也。……”

“苟入狱，不问罪之有无，必械手足，置老监，俾困苦不可忍，然后导以取保，出居于外，量其家之所有以为剂，而官与吏剖分焉。中家以上，皆竭资取保；其次，求脱械居监外板屋，费亦数十金。惟极贫无依，则械系不稍宽，为标准以警其余。或同系，情罪重者，反出在外，而轻者、无罪者罹其毒。积忧愤，寝食违节，及病，又无医药，故往往至死。”

——方苞（1668—1749）：**《狱中杂记》**

122

康熙五十一年再废太子之后，为继承人问题，皇帝自言心思用尽。这个权力至高责任也最大的皇座，岂能贸然交出？废了太子，他禁言立储；立了储，就怕谋权篡位，脾气变得很不好。赵大哥之前说，这是皇上耳闻目睹众阿哥开始明争暗斗、结党争逐的缘故。加上他自己早年几次亲征，又不断南巡视察，长期勤政，身心已过分劳损。何况，人毕竟渐渐老去，身体已不若当年。他右手已无法写字，无法亲批牒章，写“知道了”。他天纵英明，应该很清楚，他身系天下的安危，一旦有病，管治就会百病丛生。即使如此，他仍然保持对天文、数学的关心，这一年，他下旨畅春园的蒙养斋成立算学馆，派皇三子胤祉主持纂修《律历渊源》，集历法和算法于一书。

康熙五十四年秋天，他没有像以往那样率领众皇子射箭习武，身体越来越差，步履不稳，行走时竟需人扶持。

康熙六十一年，看到他的人觉得他容颜清减。但他毕竟是个喜欢活动的人，那年十月，《京报》说他又到南苑打猎，好像又恢复了生气。

到了十一月初七，传出他身体违和，就回到畅春园休息。所有通过太监的问安都传谕回复“朕体稍愈”。内外大臣均不得见，只有身兼理藩院尚书、步军统领、九门提督的隆科多一人随侍。这次，不像多年前身患疟疾，并没有法国传教士在宫中陪夜。

然而，十三日，隆科多忽急召七名皇子赶到寝宫榻前，出人意料，谕明皇四子继位登基。谕旨下达时，赵大哥说，四子胤禛并不在场，他赶到畅春园时已是巳刻，他三次进见问安，皇帝仍能说话，直到夜间戌刻，即自鸣钟十九时至二十一时，皇帝驾崩。

皇上宾天的消息由乾清宫在翌日传出。十一月二十日，皇四子在太和殿登基，受百官朝贺，是为雍正元年。大行皇帝八岁垂髫登位，做了六十一年皇帝，经历比其他皇帝都多，智擒鳌拜、三藩之乱、雅克萨之战、签订《尼布楚条约》、平定台湾、六次南巡，继承人问题，以及，更重要的，西洋科技的冲击。这一天《京报》的封面改用蓝色，以志哀悼。但民间各种流言，直传到我们耳边。

当此君臣利害之关，终身荣辱之际，奴才虽一言而死，亦可少报知遇于万一也。谨据奴才之见，为我主子陈之：

皇上有天纵之资，诚为不世出之主；诸王当未定之日，各有不并立之心……我主子天性仁孝，皇上前毫无所疵，其诸王阿哥之中，俱当以大度包容，使有才者不为忌，无才者以为靠。昔者东宫未事之秋。侧目者有云："此人为君，皇族无噍类矣！"此虽草野之谚，未必不受此二语之大害也。奈何以一时之小忿而忘终身之大害乎？

至于左右近御之人，俱求主子破格优礼也。一言之誉，未必得福之速；一言之赞，即可伏祸之根。……素为皇上亲信者不必论，即汉官宦侍之流，主子似应于见面之际，俱加温语数句，奖语数言，在主子不用金帛之赐而彼已感激无地矣。贤声日久日盛，日盛日彰，臣民之公论谁得而逾之。

至于各部各处之闲事，似不必多于与阅也……

本门之人，岂无一二才智之士……更求主子加意作养，终始栽培，于未知者时为亲试，于已知者恩上加恩，使本门人由微而显，由小而大，俾在外者为督抚、提镇，在内者为阁部九卿，仰籍天颜，愈当奋勉，虽未必人人得效，而或得二三人才，未尝非东南之半臂也。

以上数条，万祈主子采纳……当此紧要之时，诚不容一刻放松也。否则稍为怠懈，倘高才捷足者先主子而得之……悔无及矣。

——戴铎:《文献丛编》(致胤禛密函)

1722年12月20日，在所住的佟国舅的房子里吃完饭后，我正在和安吉洛神父聊天。当时我们听到了一种不寻常的低沉的嘈杂声，好像还有一些其他的声音从宫中渐渐响起。鉴于对这个国家的了解，我马上把门锁上，对同伴说，要么是皇帝死了，再要么就是北京爆发了叛乱。为了摸清这次骚动的原因，我爬到我们居住的墙头上瞭望。墙脚下有一条马路环绕，我吃惊地看到数不清的骑兵，相互之间谁也不说话，驾着马疯狂地四面八方去。几次看过他们的行动后，我终于听到一些步行的人说：康熙皇帝死了。我随后就被告知，御医们断定皇帝不治后，陛下指定了第四子雍正为继承人。雍正即刻即位，人人都服从了他。

——［意］马国贤：《清廷十三年》

123

雍正元年一月，宁儿传来消息，新君登基数月，大行皇帝的第三子允祉迅即被发配到遵化马兰峪为康熙守陵。为了营建这墓陵，风水师勘察一番，认定马兰峪附近的长城不好，因为压了龙脉。雍正于是下旨清拆，把陵区内的原有居民逐走，整个地方成为禁区，设重兵把守。最后，成了康熙永远的居所。三子允祉本名胤祉，因为避今上的“胤”字，兄弟俱改名为“允”，胤祉改称“允祉”。唯一不用避皇帝讳的人，是十三阿哥胤祥，他受封铁帽子王。而在发配允祉的同一月，他的老师陈梦雷则被远逐到黑龙江去。

这位陈梦雷，宁儿是认识的，不算深交。陈梦雷想编一套贯串古今、包罗万象的大书，这书内容分门别类，包括历象、方舆、明论、博物、理学、经济六部。他是允祉的老师，编书得允祉大力支持，特别让他阅读“协一堂”藏书，在城北给他置楼工作，并且雇大量员工帮助缮写。他曾因搜集历书资料访问钦天监，由宁儿接待，两人谈话很投契。我和他也有一面之缘，觉得他是个温文尔雅的读书人。

赵昌当然认识他，在宫廷出入的人，赵大哥岂会不知？赵大哥曾告诉我他和李光地的一段过节。他和李同是福建人，也同是进士出身，他担任编修，又与李光地是同事。他当年回乡省亲，不幸遇上耿精忠在福州带兵反清，胁迫当地名士参与反叛朝廷。为了躲避耿精忠，陈梦雷避入佛寺，后来因老父被拘，不得已进入耿营。当时，福建安溪的李光地也被迫进入耿营，李以父重病为由请假回家。陈梦雷称，李光地临走前，他俩曾经密约：陈梦雷留在贼营，离散逆党，探听消息，再把消息从山路带给在外的李光地，让李通报请兵。

李光地上疏请兵，却一字不提陈梦雷。陈梦雷不但无功，更因附逆，入狱论斩。陈梦雷曾多次要求李光地为自己申冤。李光地返京后，也曾为陈梦雷上疏，但对陈梦雷在福州做内应，以及同谋请兵之事仍然不提。所以，陈梦雷写了《绝交书》，痛责李光地出卖朋友，欺君作假。当然，赵大哥说，人会为名为利出卖朋友。李光地当然一概否认，一直步步晋升。后来刑部尚书徐乾学等人上书救援，陈梦雷才得以免死，改流放奉天。他在奉天，努力读书、著述，编写成多部地方志。

康熙三十七年，皇上巡视奉天，陈梦雷献诗，皇上欣赏，传召他回京，获派侍奉胤祉读书。由于学问好、尽职，和胤祉气味相投。胤祉知道他有志编书，遂加以人力物力协助。这书也得康熙皇上的同意。历经五年，独力于康熙四十四年编纂成《图书汇编》，共一万卷，目录也有四十卷，一亿六千万字，敬呈皇上御览。但卷数实在太多了，康熙皇上无暇完全省览，只改赐书名《古今图书集成》，书还没有面世，就驾崩了。记得康熙皇上曾先后两次下旨，要臣子的奏章写得简要些，字数俱有定额，但总有人冗长逾格，令他费神。

雍正二年《古今图书集成》印出，我在《京报》上看到雍正皇帝作序，编者注名为蒋廷锡，据说加上了医部，收医书五百多卷，但已没有陈梦雷的名字。他在黑龙江是否也知道自己的心血终于面世了？书成就收到秘府去了，百姓可以看到吗？

允祉爱好文学艺术，在所有皇子中他可能对储位最没野心，交结的都是读书人。但时代毕竟在变，有时是渐变，可有时却是突变，变得令人陌生起来。

124

自从从钦天监致仕，我们回到西山的老家居住。这一天，天才微明，我独自走后山上去。我学会走路以来，经常跟父亲走上山顶，遥望山峦和树林，就见到山下一大片土地，长满了野树野草，渺无人烟。

在山上，我不禁思前想后。爷爷和父亲在江宁鸡鸣山居住的时候，已经是许多许多年前的事，那时候，还是汉人当皇帝的朝代。前朝的第三个皇帝把朝廷搬上北京，大多数的官员也一起搬到北京来，爷爷在明后期当官，官小，一直留守江宁，累积了一些耕田，所以明末欠薪，他仍然可以养家，并且把儿子送到钦天监去，好像预知风云正在变色。他再没有离开了，与清风明月长伴。改成新朝后，父亲搬家到北京西北这儿的山中，父亲也像爷爷，喜欢住在人迹稀少的地方，所以选了多树木的山区，离城远些，但风景好，宁静，从山外看，只见山石和树木，不知道山中有人居住。因此，李自成攻入时，没有遭受战火洗劫。后来，清人入关，成为主人。邻近的城市死人无数，尤其是扬州和嘉定，长辈形容为尸横遍野、血流成河，我们都得以幸免。

容儿的父亲在山下打理小医馆，以往经常上山采药，我父亲偶然也同行，当是运动，也会带我同去，当然还有容儿。记得我们逐渐长大后，反而少了话说，不再唧唧喳喳说个不停，见见面就好。婚后我们说话也不多，大概也无须太多说话了。她每天在岳丈的医馆帮忙，替病人按医单捡药草，累积了许多年的经验。不少女性，老的、少的，总喜欢由容儿看病。所以也够忙的。我每天翻看《京报》，承继了父亲的习惯，算是了解一下国情。看了特别的消息就告诉容儿。

父亲和天上的星星是好友，不过在这世上，他仍有不少知交，大都是有学问的人，虽有学问，可都是没有官职的白丁。朝代变了，既不能做官，也都不愿意做官，他们总是躲起来，有些书已不能看，连看星也变得偷偷摸摸，幸好看星总在静悄悄的晚上。在江宁的时候，他偶然也会接待来访的朋友。他说起一位僧友曾来住过好些日子。这个僧人很会喝酒，也很会绘画，喝了酒就绘画。父亲还说，有一次，他们也走上山去，父亲说这山是否太平淡了。他答，奇险从平淡来。我一直不理解。他曾送给父亲一幅画，好像叫《鸡鸣晚照》，人我从未拜会，画倒也见过了。这就是鸡鸣山吗？绘的整个画面是山和水，都是山石，都是树木，之后是一片红霞。他还引了《诗经》的句子：

风雨如晦，鸡鸣不已。
既见君子，云胡不喜？

父亲告诉我这是陈伯伯的作品，我看画上的题名是髡残。这个“髡”字，还是父亲教会我的。迁来北京后，画在朋友间辗转失去了。失去就失去了，父亲也不太惋惜。康熙三十一年，当父亲接到画僧去世的通报，那时就想起他曾有过这么一幅画。如今父亲也过世好几年了，母亲也随其后离开了。福伯大半生照顾我们，早已退休。父亲一直野鹤闲云，对世事似不上心，但他其实什么都留神。他生长在社会剧变的时代，他的选择，我完全理解。我想，能过自己想过的生活，他一生是愉快的。

同样的山，如今只我一个人上去了，容儿善解人意，也让我一个人上去。山顶并不太高，我越来越觉得它矮小了。我到处浏览，山下的泥地和河流，都可以很清楚地看到。许多年了，那一大片荒地为什么仍然荒废着呢？康熙五十一年，皇帝曾明谕这一年以后盛世滋生的人丁，永不加赋。真是德政。可是仍然有不少人没有房子住，不时听到灾荒、竭工的消息，这好像是永远解决不了的问题。

方李自成之挟东宫二王以出也，范君知其必且西奔，于是弃其家走之关中，将尽厥职焉。乃东宫不知所之，而范君为黄冠矣。

太华之山，悬崖之巅，有松可荫，有地可蔬，有泉可汲，不税于官，不隶于宫观之籍。华下之人或助之材，以创是庵而居之。有屋三楹，东向以迎日出。

余尝一宿其庵。开户而望大河之东，雷首之山，苍然突兀，伯夷、叔齐之所采薇而饿者，若揖让乎其间，固范君之所慕而为之者也。自是而东，则汾之一曲，绵上之山，出没于云烟之表，如将见之，介子推之从晋公子，既反国而隐焉，又范君之所有志而不遂者也。又自是而东，太行、碣石之间，宫阙山陵之所在，去之茫茫而极望之不可见矣，相与泫然。

作此记，留之山中。后之君子登斯山者，无忘范君之志也。

——顾炎武（1613—1682）:《复庵记》

125

康熙皇帝生时一度禁止传教，那是康熙八年，也许各地屡传教案，加上不断有士大夫投诉，不胜其烦，也就降旨禁教。他的国土里，不是还有其他宗教崇拜吗？禁教其实并未雷厉执行，几所教堂仍然照常活动，只要不高调，也就不必自寻烦恼。

康熙二十六年，皇上公开表示天主教与白莲教有别；三十一年，更正式恢复天主教传教的自由。他知道利玛窦的适应策略是怎么一回事，并不反对。

问题是所谓的“礼义之争”。争论反而是由传教士互相之间挑起的，反反复复，旷日持久。在钦天监工作许多年后，我才大概明了这问题。

按照南怀仁老师的说法，大概公元1500年之后，中国的黄金时代因海禁而逐渐失去，在欧罗巴兴起的航海强国是以西巴尼亚帝国和葡萄牙帝国，两国为争逐东南亚的香料群岛爆发冲突，经教化王亚历山大六世的调解，曾签订一份瓜分新世界的协议。

后来，再通过帝王相互之间的政治婚礼，加强了关系，终于签订了《萨拉戈萨条约》。张诚神父告诉我，这条约将欧罗巴之外的地球一分为二，西部为以西巴尼亚权力范围，那是大部分的亚墨利加洲[①]，加上菲律宾；东部则属葡萄牙，那是利未亚和亚细亚，

① 作者在这里采用了当时人们对世界各大洲的旧译名。亚墨利加洲，即美洲；利未亚，即非洲；亚细亚，即亚洲。

包括我们的中国。这条一刀切的分界线称为教化王子午线。在各自的势力范围内，分别占有传教的权利。

一条划分贼赃的线，我说。

是的，地狱只有一个，天堂却容许两种面貌，宁儿答。

之所以葡萄牙的耶稣会最先在中国登陆，是因为早期利玛窦灵活的“规矩”很成功，获得康熙皇帝的信任。可是到了教化王克雷芒八世，解除耶稣会独有的保教权，让其他教会进入中国传教，争论就开始了。多明我会和方济各会都不同意耶稣会的做法，以为应守贫奉道，向下层百姓传教，而非交结上层的名流，更不应违反教旨，接受当地迷信的仪式。当然，多明我会和方济各会在其他地方传教，面对的往往是文化落后的群众，岂同有深厚文化传统的中国？所以，他们并不理解利玛窦他们的用心。耶稣会在中国的传教士有没有问题呢？我想也有，这是假想线的问题。他们对其他修会的同工很冷漠，认为他们逾过界线，要分一杯羹。再加上后来法兰西传教士由路易十四派遣来华，虽同属耶稣会，但法、葡分属两个不同的教区，明显不融洽。

所有教会都得听令于罗马的教化王，争论必然上呈罗马教廷。为了天主的译名，两边争论一番，又为应否容许善信祭孔祭祀祖先而各自表述。而教化王，前后变动，并没有一套固定不易的裁决。

我听监里耶稣会的西洋传教士说，罗马的教化王到了克雷芒十一世，传谕禁止天主教徒参加中国祭孔祭祖的仪式，裁定这些是异端行为，并派出密使多罗到中国，事前耶稣会并不知情，以为当年卫匡国的调停成功了，可以安枕无忧。耶稣会的葡萄牙和法兰西传教士，从汤若望、利玛窦、南怀仁，以至白晋、张诚等人多年来兼容的努力，至此白费。康熙皇帝希望教化王收回成命，被拒，才做出禁教的决定。密使的疏通失败，教化王把密谕公布，通令各教会严守“禁约”。当康熙皇帝看到通谕，当然很不高兴，代表罗马教廷前来的传教士，又大不如前，不通汉文，更不尊重中国礼仪，禁止好了。于是提出一领票制度，要所有传教士受管束，领取信票，钤盖内务府印，否则逐走。

信票？

即是居留证，证上列明西洋人的国籍、年纪、来华多少年、声明再不回西洋等等，意思是领了票，侍奉的王就从罗马教化王转变为中国的皇上。

领了票，就要守利玛窦的“规矩”？

是的，耶稣会的传教士大多领票，其他的就被逐到澳门。

其后仍然有罗马使团来临，从罗马来华，顺利的话也要四年，但这些使节，只是信差，怎及得早期到来的传教士，学问好，又努力学习汉语、满文，努力认识这个传统深厚的国家？结果都不欢而散。康熙皇帝一气之下，斥责来使不懂中国的大理，圣旨在《京报》上披露：“西洋人不必在中国行教，禁止可也，免得多事。”中国和西洋传教士的蜜月期，看来告终了，也终止了罗马教廷与中国宫廷的关系。可想而知，领了票，留在中国的传教士的处境，尤其是耶稣会的，是既尴尬，又困难。即使如此，康熙皇帝临近晚年，仍然希望有学问的传教士能到北京来；他对未知的物质世界充满好奇，南怀仁也想带领他进入另一个未知的领域，然而，没有时间了，南老师总是说，没有时间了。

只是当某些传教士，为了权力，从事政治活动，介入帝位的争逐，有的推动这个阿哥，有的推动那个阿哥，新登基的皇帝，会怎么想呢？而雍正皇上信奉的，是藏传喇嘛佛教。

得查西洋人，仰慕圣化，由万里航海而来。现今治理历法，用兵之际，力造军器、火炮，差往阿罗素（俄罗斯），诚心效力，克成其事，劳绩甚多。各有居住西洋人，并无为恶乱行之处，又并非左道惑众，异端生事。喇嘛、僧道等寺庙，尚容人烧香行走。西洋人并无违法之事，及行禁止，似属不宜。宜将各处天主堂俱照旧存留，凡进香供奉之人，仍许照常行走，不必禁止。俟命下之日，随行直隶各省可也。

——康熙三十一年（1692）容教令

臣等禀奉圣谕，即将多罗安在澳门等旨情由恭缮折子，先差家人赍捧奏闻，仍一面速查有无技艺巧思，或系内外科大夫之西洋人，以便急速差送。今查有新到西洋人十一名内，惟庞嘉宾据称精于天文，石可圣据称巧于丝律，林济各据称善于做时辰钟表，均属颇有技艺巧思。其余卫方济、曾类思、德玛诺、孔路师、白若翰、麦思理、利奥定、魏格尔等八名，俱系传教之人，并非内外科大夫，遵即暂留广东，不许往别省去。见在候旨遵行。今将庞嘉宾、石可圣、林济各三人，臣等专差家人星飞护送进京。

——康熙四十六年（1707）《两广总督赵弘灿等奏报粤东地方年成并查有新到西洋技艺人等情形折》

126

钦天监刚安排好康熙皇帝风光大葬，又有另一件要事降临。我过去在钦天监许多年，从没接连办两件大事。为什么要急着做，才离大丧不久？原来要为一座王府择吉入伙。于是，可以想见，钦天监的高级官员都要聚在一起推敲日期和时辰，才决定在雍正元年九月二十日卯时乔迁。而这时，我和家人已经远离京城，开始漂泊的旅途。我是在南方的《京报》上看到的。这事，西洋传教士应该没有参与，风水的抉择，和测星看月无关，西洋传教士例不沾手，是借鉴以往汤若望吃过很大的苦头。从宽容到严禁，传教士的影响力，是否像天上的流星，光辉闪过，然后走进黑夜？

皇族的家事例必隐秘，只有极少的人知道，但事情总是会一点一滴地漏出去。什么人要迁居、迁到哪里去、多少人参与，事情忽然就传开了，因为牵涉许多皇府人物和工作官员，都得准备好及时出席、及早办事。秘密越要守，越会扬开，其中又加上不同的想象、阐析。原来新建成的王府位于城外昌平的郑家庄，离城二十里，规模不小，整个地方就是一座坚固的内城，城内房舍院落，又是十一檩歇山屋顶，又是七檩硬山屋顶，密密麻麻，另有各式连房，数也数不清，绵延至河边。这些房舍全用高低不一的围墙分隔，在建筑之外，再用一道厚墙把一切包裹起来。最特别之处，这座王府有一道护城河。北京城中的王府无数，有护城河的有多少？从外面看，这座王府会是非常坚固的堡垒，把主人好好地保护；但从里面看，却是没有出口的牢笼，主人被牢牢地关锁。

郑家庄这座王府是康熙皇帝在世时下旨兴建的，依十四阿哥王府的图则而建，建了三年，建成之后，皇帝还亲临视察了三次。为谁而建呢？皇帝遗命，这是留给二阿哥允礽的，皇帝始终对这个儿子耿耿于怀。

至于十四阿哥自己呢，他是今上雍正皇帝同父同母的弟弟，康熙五十七年被任命为抚远大将军，带军进驻青海，显见备受大行皇帝的重用。他平定了西藏叛乱，军功显赫，朝野一度盛传会层楼更上。今上登基，马上召他回京，交出帅印，并设定回京时限。到了，他可没有入住王府，而是径直派去汤泉守陵，从此我们再没有他的消息。他本来叫胤祯，避今上的音讳，改为胤禵，然后再改为允禵。

那么，从哪里搬来？搬来的是谁？原来是从咸安宫搬来。紫禁城中这么一座咸安宫，很少人知道。它坐落在皇城内的西北角上，皇城西面有武英殿，有慈宁花园、慈宁宫。慈宁宫是皇太后的寝宫，在这宫殿之后，有一个小小的四合院式建筑物，就是咸安宫。按理说，这是后宫女子的天地，咸安宫住的是贵妃吗？哪一位贵人？都不是，咸安宫中长久住着一个男子，他是废太子允礽，康熙皇帝把他囚禁起来，却一直留在身边不远。他出生不久就被立为皇储，几乎做了四十年，被废；半年后复辟；不久又被废。他可知道，父亲已经驾崩了吗？熙熙攘攘，他知道发生了什么吗？这一天，有人要搬走，搬到原意是属于他的地方，他可以出去吗？

搬到郑家庄去的，原来不是允礽，而是他的次子弘皙。对，这位二阿哥的第二个儿子，要是运气好，可能是另一个皇太子二阿哥呢。但此刻，他的运气还不算太坏，甚至可以说不错，因为雍正皇帝把他封为理郡王，送给他一座山明水秀的城堡，离皇城不太远也不太近，让他和一群亲族，包括各房的家眷、男女仆役一起迁入，还赐太监一百多名、官兵六百名，完全依照郡王等级的享受。这一群人，分住房屋共两千多间，一切日用开销，全由国库拨给，与其他王府相同。

咸安宫中独留废太子允礽一人；翌年，这人在咸安宫病故。

127

晚上，天色灰暗，从窗格朝外看，一片黝黑，无星无月。本想到庭院散散步，还是打消了念头。放下手中的书，反正总读不入脑，要不要坚持看下去，抑或起身运动一下，定定心神？忽听得有人敲门，声音很轻，感到诧异，闩门稍开，已有两人急推门而入，神色肃穆，前面一个问我是否是周若闳，我答是。两人转身就走，后面的人留下的，却是一个小孩，乖乖地立在门口，身边有一暗黑的事物，竟是个小木箱。我出门追问，两个黑衣人已去得无影无踪。

我急忙把门关上，锁好，矮下身来，仔细端详眼前的孩子，他小眼睁着，朝我看，又向前走到我身边，拽着我的衣裳。于是我抱起他，一手携着木箱回返内室。容儿见我抱着孩子甚是惊讶，我对她说：上天赐我们一个孩儿。那孩子眉清目秀，衣着很普通，看模样还不会清楚地说话，大概才两岁而已。问他饥饿否，只是摇头。那个木箱，打开来看，满是珠宝首饰。容儿，马上把木箱收藏起来。

这孩子也不见外，一直由我拖着小手。就给他取名天佑吧。

128

这一日是雍正元年正月初，宁儿忽然急捎信来，我打开一看，大吃一惊：赵昌，刚被抄家。新皇帝基登，已是四十四岁中年，一朝天子，难免裁撤一些旧人，晋升另一些新人，赵大哥被撤换原也不是太大的意外，令我震惊的是不单免职，更是籍没，而籍没之速，康熙皇帝也不过刚长眠景陵。我接信如雷如霆，惊骇良久。

许多消息，在别的地方传播得不一定快，但在钦天监，尤其是和皇帝有关的事情，我们总很快就知悉了。钦天监的员工，天生有一双千里眼，同时也有一双顺风耳。

赵大哥一直伴随大行皇帝，从小到大，从不犯错，毕恭毕敬，深得欢心，比任何大太监更善揣摩主子的心意。所以，他的地位一直上升，成为玩具厂造办处的总管。大多数人都知道他有权，于是也有钱，平日既得到康熙皇帝的许多赏赐，又收过西洋传教士、高官的馈赠，但新皇帝可未必这样想。接近权力就是这么一回事，以为保险，其实也最危险。我告诉容儿这消息，她低头深叹。

罪名是什么？

不知道，是因为从小在康熙身边，和二阿哥过从太密，知道的内情又太多？

他住在哪里呢？造办处有他的办事房，也有他的寝室，但他另有真正的府邸。我过去不知道，原来离王府街不远。王府街一带，自从明朝在这里修建了十王府后，住的都是皇亲国戚，都是有头有脸、有威有势的人物。譬如说，大太监就是其中之一。府邸漂亮、宏伟，如同小王宫。

太监不是都住在紫禁城中吗？

不错，都应该住在紫禁城内，可如果是大太监呢？他们有钱，得到各方面的赏赐，又有办法从不同的管道得到好处。紫禁城外，漂亮的房子，有不少就是他们的，他们不但有房子，还有妻妾，还有孩子呢。

有妻妾，还有孩子？

要是大行皇帝宠信他们，肯定更不得了。除了大太监，厉害人物还有不少，例如这一所漂亮的房子，谁是它的主人呢？经过的人，大多数不知道，我之前也不知道，现在，知道了，原来是赵昌赵大哥。

唉，赵大哥。

赵大哥，多年交往，我问过他家属的情况，他说除非他告诉我，否则还是不知为妙。

129

这所房子，路人经过，一定看见大门上交叉贴上了官府的封条，两张黄纸，吓得人心惊胆战。屋主是什么人？不到半个时辰，人人都打探到细节详情，到处传开了。这家大户，遭官府查抄，抄查的时候，门外也一定围观了许多好事的人。翌日，《京报》上刊载详细的抄查记录：

男女大小共二百一十九口

房屋共五百零五间半

田地五十六顷七十六亩

庄田汉子共一百八十九人

共有驼、牛、马、骡一百五十三匹

有银三千一百九十两

借出银四千九百一十九两

皮衣帽等二百六十九件

玻璃器皿二百零五件

西洋物品一百七十四件

又有各种甲、盔、腰刀、枪、鸟枪、钟表、手镯、银器皿、珠子、宝石、元狐皮、貂皮、人参、书画等。赵昌入狱，籍没家产。罪名有三：

一、借欠内库银五千两。

二、利用职务安插亲人。

三、私给废太子允礽，以及其子弘皙制作火镰。

这三条罪状，以第一条来说，凭赵昌的家财，补还欠款又有何难？第二条，也不是大罪，充其量是在权贵面前美言几句。相反，非耶稣会的传教士，例如马国贤、德理格，就会对他落井下石。圣书上好像说过：谁是没有犯罪的，谁就可以拿石头扔她。要命的可能是第三条。但这一罪，早在康熙五十五年十一月，赵昌因私伙养心殿其他部门主管答应弘皙的要求，让养心殿工匠叶色制造逾制的珐琅打火器，遭人告发，结果叶色流放，赵昌与另一监造同受处罚，不过当年已获康熙帝赦免了。赵大哥曾解释：弘皙是皇太子胤礽的儿子啊，我一直步步为营，主子的需索可总不能所有都拒绝。抄查的清单我反复细读，亲属只列人口数目，没有明确身份。我再托宁儿暗中打探，不多久知道抄查由署理内务府总管事务允禄等人负责，当日抄获："赵昌夫妻、子九人、儿媳四人、孙三人、孙女二人。"

赵昌在狱中，本来友朋不少，可没有人敢去探访，我想过去，但也不敢，人家也未必可以让我进去探问。这几年我辗转好几个地方，总不忘读书，从蒲松龄、刘献廷，到黄宗羲、顾炎武，无所不读，我要追回快将失去的记忆。

雍正六年，我辗转来到苏州，在《京报》上读到报道：江宁织造的曹家被抄，族人一概拿问进京，押入狱神庙。九年，我在一个渔村的地方，收到宁儿的邮递，赵昌七十五岁，在狱中过世，死前一直拒见任何人，临终前却点名要求一位日耳曼传教士来给他洗礼，入了天主教，教名约瑟。

（唐子）曰：“大清有天下，仁矣。自秦以来，凡为帝王者皆贼也。”

妻笑曰：“何以谓之贼也？”

曰：“今也有负数匹布，或担数斗粟而行于涂（途）者，或杀之而有其布粟，是贼乎，非贼乎？”

曰：“是贼矣。”

唐子曰：“杀一人而取其匹布斗粟，犹谓之贼；杀天下之人而尽有其布粟之富，而反不谓之贼乎？三代以后，有天下之善者莫如汉，然高帝屠城阳、屠颍阳，光武帝屠城三百。使我而事高帝，当其屠城阳之时，必痛哭而去之矣；……吾不忍为之臣也。”

——唐甄（1630—1704）：**《室语》**

130

容儿，看来我们也要搬家了。

好的，搬到哪里？

哪里都可以，就是要远离京城。

到江宁鸡鸣山去？

也好，其他山也行，江宁鸡鸣山，其实只是我多年来的想象罢了。天下何处不可容身呢？趁还走得动，不妨到处看看。

对，只要我们在一起，和天佑，我们仨。小翠留下来，她年纪也大了。

屋子就留给岳丈。你这几天收拾一下，尽量轻便，书不用带，我需要的都手抄起来了。我安排一下行程，带上一些盘川，其他的，你带给岳丈保存。我们漏夜走，邻居不多，也不要惊动。

我明天见父亲，请他们安心。

也请他原谅，我们不孝，不能侍奉膝下了，你也再不能到医馆当帮手了。

两位堂兄已经接手，父亲老了，已很少亲自看病了。他是理解的，他不是告诫过，我们不要误堕尘网去吗？母亲在世时也嫌我经常回娘家，老说我是外嫁女，什么嫁鸡随鸡。还说遗憾不见我们有子女。

如今不是有了天佑？那么，我们不是真要回到鸡鸣山去了？就是去了，也不再到观星台工作，我们年纪都不轻，我已接近知天命之年，先到处看看，等走不动，就在哪一个山下或山上，买块土地，建一个小屋，能耕种就耕种。到时，我教你和天佑看星。你可知道我为什么叫阿闳？

你什么都告诉我，说得很详细，这个可从没告诉我。

父亲很尊崇汉朝的落下闳。落下先生和司马迁等人编成历法后，不肯做官，走回故乡四川，自由自在，可以看星，也可以不看。

啊，原来如此。也要和宁儿话别吗？

不必了，我突然回钦天监会惊动人。宁儿很聪明，他在监里很受天文生欢迎，资历深厚，学识最好，我离开时，他也流露要退休的意思。

宁儿也要走？

他喜欢说话，太率直，有时没心机，已是六品加一，难保不招惹是非。不要以为只看天的人，就没有是非。何况，小静和安安也各自成家了。也许，我会想法子跟他保持联络。

阿克伊呢？

他在畅春园管理马匹，最近和一位西洋青年画家打交道，名字好像叫郎世宁。这位蒙古兄弟儿孙满堂，看来如鱼得水，没有问题。当年他不多说话，对天文学大概已乐于忘得一干二净。他倒说了句话我一直记得。他说，我们总爱把简单的事情弄得很复杂，我们抬头看天，天就是天了，天是没有国界的，没有国族，星斗满天，叫星宿，可不是叫星族。

我会想念他们，父亲、宁儿、阿克伊。我会想念这个我们生活了许多年的地方。

我也是，但天下无不散之筵席。

我不怕，只是有点担心。

对，我们并不怕，人世匆匆，有什么可怕的。

终

引文参考文献

蒲松龄:《全本新注聊斋志异》，人民文学出版社，1989 年版。

刘献廷:《清代史料笔记丛刊 · 广阳杂记》，中华书局，1957 年版。

张璐:《张氏医通》，上海科学技术出版社，1963 年版。

［意］利玛窦:《中国札记》，中华书局，1983 年版。

［西］帕莱福等:《鞑靼征服中国史　鞑靼中国史　鞑靼战纪》，何高济译，中华书局，2008 年版。

《中西闻见录选编》，台北文海出版社，2009 年版。

汪辉祖:《佐治药言》，台北艺文印书馆，1966 年版。

李渔:《都门故人述旧状书》,《笠翁一家言》,《李渔全集》卷一，浙江古籍出版社，2011 年版。

《清史稿 · 列传五十六 · 明珠传》，中华书局，1977 年版。

张岱:《石匮书后集》，中华书局，1959 年版。

徐光启:《治历疏稿》,《徐光启集》(下)，中华书局，1963 年版。

徐光启:《历书总目表》,《崇祯历书 · 治历缘起》，法国国家图书馆藏明刊本。

徐珂:《清稗类钞》，中华书局，1984 年版。

《庭训格言》，康熙撰，陈生玺、贾乃谦注译，中州古籍出版社，2010 年版。

［意］利玛窦:《利玛窦书信集》，罗渔译,《利玛窦全集》，台湾光启文化事业，1986 年版。

《戴铎奏折》,《文献丛编》第三辑，故宫博物院文献馆编，1930—1931 年国立北平故宫博物院排印。

［意］马国贤:《清廷十三年: 马国贤在华回忆录》，李天纲译，上海古籍出版社，2013 年版。

张埏:《息影偶录》(影印本)，姑荔文富堂刊本，清咸丰元年木刻版。

黄宗羲:《黄宗羲全集》,浙江古籍出版社,2005年版。

杨光先:《不得已　附二种》,陈占山校注,黄山书社,2000年版。

[比]南怀仁:《鞑靼旅行记》,《松漠纪闻　扈从东巡日录　启东录　皇华纪程　边疆叛迹》,李澍田主编,薛虹译,吉林文史出版社,1986年版。

[比]南怀仁:《南怀仁的〈欧洲天文学〉》,[比]高华士英译,余三乐中译,林俊雄校,大象出版社,2016年版。

张岱:《快园道古》,浙江古籍出版社,1985年版。

《明武宗实录》卷一〇八,台湾"中央研究院"历史语言研究所校印,1964年版。

《宫中档案康熙朝奏折》,台北故宫博物院印行,1976年版。

梅文鼎:《梅氏丛书辑要》,颐园藏刊影印本,1874年版。

船山全书编辑委员会编校:《船山全书》,岳麓书社,1988年版。

袁枚:《黄生借书说》,《小仓山房文集》卷二十二,文明书局,1918年石印本,英国约克大学图书馆馆藏。

方以智:《物理小识》,商务印书馆,1937年版。

第一历史档案馆编译:《康熙朝满文朱批奏折全译》,中国社会科学出版社,1996年版。

戴名世:《与余生书》,《戴名世集》,中华书局,2000年版。

方苞:《狱中杂记》,《方望溪先生全集》,商务印书馆,1935年版。

顾炎武:《复庵记》,《顾亭林诗文集》,中华书局,1983年版。

《军机处档:抄写得西洋堂内康熙三十一年碑文》,台北故宫博物院藏。

《两广总督赵弘灿等奏报粤东地方年成并查有新到西洋技艺人等情形折》(康熙四十六年),《康熙朝汉文朱批奏折汇编》,档案出版社,1984—1985年出版。

唐甄:《室语》,《潜行》,中华书局,1955年第1版,1963年第3次印刷。

后记

是怎么开始的呢？

写作《钦天监》的源头，大概有下列几个。

一、看了一本名为平面国的小说，内容写一个虚构的国家，那里的人都是平面的，即是，所有的人，都是二维的，只有长和宽，没有厚度。因此，那里的人，个个像板块，只有圆形、三角形、五角形、铅笔形、方形，等等，却没有厚度，像一页页的薄纸。

二、又看过一册和中国古代《易经》有点关系的书，说西洋有位数学家名莱布尼茨，发现《易经》中的爻卦，由一阳一阴的六条横线组成，阳爻连，阴爻断，每三爻合成一卦，不是二进制的 1 和 0？

三、清初康熙皇帝，原来在他七十多万平方米的豪宅里开创了一个玩具厂，专门制造各种奇巧的手工艺，包括中国的漆器、瓷器，和西洋的玻璃、自鸣钟、眼镜、鼻烟壶，等等，好玩又有用。

这些加起来，岂非一个有趣的故事？我喜欢写有趣的故事，于是动笔。

我是一直动笔写小说的人，五十多年不变。桌上摊开圆珠笔和原稿纸，从第一篇小说起，写到《钦天监》。年轻的朋友多次问我，干吗不用计算机？我学过用电脑，也用过了，可我曾患上癌症，康复后逐渐出现后遗症，右手受了伤，再不能写字，用一只手操作计算机很麻烦。那就一仍旧贯，用笔和纸写吧，不过由左手接替疲累了的右手，也很不错，我居然写出了好几本书。《钦天监》也是这样，断断续续写了五年多，终于写成，很是高兴。

这小说，和以前的写法和处理不同。我过去的长篇，大多是先在报章上刊登，往往定下大纲，就随写随发，每天见报。如今阅读的方式和媒体改变，已再没有连载长篇小说的专栏了。这小说我是从头到尾，逐节细写，每次累积约一万字，就交给朋友做计算机扫描，然后传到打字公司去。近十年来都是这样，字打好了传回来，打印后我再慢慢修改。小说这样慢写，并不一定比每天快写好，但至少严谨些，思考得细致些。何况，我也再没有年轻时那种冲天的干劲了。

改了的稿，还得让朋友储存到计算机上，其实一切与计算机有关的大小事务，包括联络、通信，都得由我的朋友帮忙，我的计算机久已送人，我也乐于不用手机。没有我这位天使朋友，这小说肯定写不成。

还不止此，朋友还替我找资料，订购参考书。记得四十年前我在报上写《啃鹿》连载时（1980 年），也需大量的清初史料。一天，朋友送来五六尺高的资料，他到处搜集，有的则是从大学图书馆借来。这一次，邮购方便多了，搜集得更多，应不少于一丈高吧。材料多了，有一个更重要的问题，是如何消化，以及转化。像一堆黏土，捣匀后，如何捏成泥坯，经过阴干，再加以彩绘。我的做法是，先定了一个故事的框架，那是主干，然后尝试让枝叶舒伸。不过，如果这棵树真有生命的话，那么它逐渐长大，自有合乎情理逻辑的发展，它的选择，由不得作者完全主观的操纵。

想来《哨鹿》写乾隆时，已播下了写康熙的种子，似乎是无意识，却是最早的源头。朋友提醒我，再早一年（1979年），我写过两首诗，一首是《奏折》，副题是“读李煦”，刊于香港诗刊《秋萤》，副题在结集时删去了。另一首是《雨与紫禁城》，最后几行是这样的：

护城河内的紫禁城
在我国的地图上
是一处
是唯一处
从来没有水患的
地方

康熙六次南巡，视察民情，主要还是看治水。水患，在清初是一大问题，南方的江苏、浙江等地固然治不胜治，北方的，譬如无定河，因上游淤泥冲积，也造成很大的困扰。康熙的爱孙乾隆，同样效法祖父六次南巡，自己明列四个南巡目的，其一是问民疾苦，内容同样是关注河工海防。不过目的之一，他没有忘记游览名胜。名胜是要游览的，但巡幸时的奢华挥霍，远超于他的祖父。康熙南巡，声明需用之物，全由内务府提供，又下旨告诫接驾的官员节约，不可扰民。可照例没有人认真奉行，有人因为不敢怠慢，不得不亏空公款，种下抄家的悲剧。康熙作为皇帝，还有一事是前所未有的，他好学，在南书房找来大批的老师，而且主要是西洋传教士。他出外，必定要西洋传教士随行，他不是信徒，而是随时随地向他们请教科技、天文、数学。能够大半生向洋人屈尊下问的皇帝，前所未见。传教士来华，开初就以钦天监为切入点。

写康熙的历史小说很多，但写康熙一朝的钦天监，我还没有读到。五年来我边看边写，不断有新的认识、新的想法。

我到过紫禁城许多次，2016 年 6 月，听说慈宁花园开放，我特去参观，同时要再去看看养心殿，哪知养心殿锁上门，整个殿内的文物家具全搬去了香港，正准备开放展览。那次行程，我参观了古观象台，登上徐光启摔跤跌断了腿的石阶。朋友很惊异，因为我竟不用搀扶，而我体弱多病，自诩已比当年光启先生年长。

我当然要去参观北京天文馆。我也希望去看慈宁宫后的咸安宫四合院，可惜还没有开放。我也专程重访三大天主教堂，先去北堂，却是大闸紧闭，闸上贴一告示：游人不得在此逗留。只好离开。南堂、东堂都开放，欢迎参观，这两座教堂都是倒坍后重建，早已不复南怀仁他们生活时的风采。我也不是教徒，这全是创作小说的需要。我当然知道三百年来经历了天翻地覆的变化。当年的禁城，如今公开了，我们很幸运，可以看到古人看不到的物事、看不到的文献资料。再逛一次北京，对我来说很重要，让我在现场有一种靠近历史的幻觉。